舒飞廉 著

团圆酒

上海文艺出版社

目 录

冤	1
盗锅黑	20
广长舌	85
温泉镇	105
团圆酒	152
空山灵雨	250

冕

他回复完上海一家杂志约小说稿的微信,撑起圆圆的黑伞,走向停在河堤边沿上的帕萨特,她在车窗下已听完电话,降下车窗朝他招手。下午四五点钟,牛毛一般的清凉春雨飞洒,将远处的澴河渲染得烟水茫茫。岸边护堤的白杨林在重新生叶子,灰白的枝丫间绽开的点点鹅黄,与它们沟壑纵横的树身,有奇异的登对,以台湾人爱引用古文修辞的习气,就是"黄发垂髫,并怡然自乐"。河堤是一弯修眉的话,澴河就是她春水一般的眼睛?白杨林是她细密的眼睫?不过是一个小时没有看到她,心里就像撞鹿似的,还是二十余年前,你十五六岁?他在心里嘲讽着自己,一边将手中捏持了半天的小花环递给她。

他花了半个小时来编这个小花环。十几根荠菜花茎,花序绵密如同细齿,童稚,细瘦,象牙白,元宵节一过,荠菜起薹,无法炒食,荠菜花会被爹爹婆婆们扯成小捆,去瓦瓮里煮三月初三寒食日的鸡蛋,这样去送女人讨个好,不多见的。七八根小黄花并不是蒲公英,河堤边翡翠般的细草里,蒲公英一簇一簇蔓生其间,显现出去年它们的种籽打伞冲举漂流江湖的威力，但另外一种纤细的小黄花抢在了它们盛开之前。他用手机上的形色APP来辨认，形色讲，它叫秃疮花，当然也有家伙叫它兔子花，随着不断上行的中年发际线，他当然不喜欢"秃"这个字，但花是好看的，蒲公英，还有河堤外油菜花的明黄，都太强势了，像她小时候学画油画时，他送她的调色盘，不如这几株兔子花有扑朔迷离的神采。另外还有十来支紫红色的唇形细花，风铃般，果然像噘着嘴的一串吻，形色说，它是宝盖草，模样有一点像益母草，但比益母草开花来得娇艳，宝盖这个名字，多好听，好像是要扈从仙女出游的样子。他在细雨里漫步河堤，由春雨唤醒的铺天盖地的野花野草里，散漫地挑出白黄紫三种，一二十株花朵，又用坚韧的马鞭草将它们编成花环，成为一个整体的"它"，它是什么意思？荠菜平常而护生，秃疮花与宝盖草，形色觉得它们的花语，是娇美而羞怯，它们合在一起，是要去表扬一个娇媚而平常的乡下姑娘吗？她从前是，现在已经不是了。

之前的半个小时，他就举着黑伞，像蒲公英的种籽一样，漂浮到他们从前的村庄里荡路。下堤的柏油路将村庄分成南北两半，像嵌在一起的虎符。细雨飘打在鳞鳞黑瓦上，如同梦幻，黑瓦下白墙围出来庭院与房子，铁门上有褐锈，木门上有翠苔，分别贴着红绿白色的春联与门神，红色占多数，说明这些屋子里的人平安喜乐，绿色说明前年有人去世，白色则说明，一场丧事刚刚在屋顶下落幕。黑瓦白墙间，枫杨、桑树、苦楝、栎树、乌桕、樟树、枣树、梓树、美人蕉、栀子在长新叶子，这些乡下的树，难不倒他，开花的是梨树、杏、樱桃，最美的是房前屋后，横斜在池塘边的桃花，刚才路上他开车，她在副驾上，张望沿路村庄里的桃花，赞叹好好看。黑背白腹蓝羽的喜鹊在开花与生叶的树枝间跳动，它们因为肥硕而显得姿势笨拙，树下是一群群在惊慌与闲散之间自如切换状态的母鸡，由昨夜的惊雷里爬出来红蚯蚓绿蚯蚓，堪堪成为它们的美食，五百块钱一只的溜达鸡啊，他点数母鸡的数目字，一边感慨村子里的万元户之多，这些"有钱人"，青壮年多半已坐动车去各地的城市工作，余下寥寥无几的孩子在陡山镇中学小学校里混日影，老年人在牌屋里打麻将与长牌，春雨沙沙，村巷里空荡荡的，空气中散发着青草味、花香与人畜粪便的臭味，喜鹊与母鸡羽毛的气味，蚯蚓黏液的气味，与雨水滋养出来的泥土气味混合在一起。好好闻，她一定会说。三十多年前，要是时光一下子倒流回去，好像海浪由沙滩上猛然退走，他与她，更多的孩子，会小螃蟹一样，由迷宫一样的小巷与门洞里钻出来吧。"伢们的，出来玩，莫在家里打脾寒！"春天，的确是瘟疫与脾寒挨家挨户来寻人与动物的时候。一边死亡，一边生长。他们手拉手玩游戏，湿漉漉，汗津津，像田鼠刚下的小崽似的，由村庄到河堤，由河堤到溪岸，荡路游乐，直到母亲们裂帛一样，放开嗓子，叫喊着他们的名字，阿力？小狗？将他们拘回家去在棉籽油灯下乖乖吃晚饭。

团圆酒

　　一小时之前呢？他们刚刚碰面，他在天河机场 T3 航站楼二楼 B 出口接到她。她推着巨大的 MUJI 行李箱，黑色的敞口包垒在行李箱上，由接机柜后的出口绕过，由百度的搜索引擎里，由新浪的 VIP 邮箱里，由气息奄奄的天涯社区里，由已经了无踪迹的 MSN 里，俏生生地站出来，兴高采烈的样子，还是令他慌乱不已。再之前，回返到空客 320 的深腹，回返到蓝天白云，是南台湾的阳光，观音湖中归巢的鹭群，柏林郊外的深雪，在慢跑中被冻僵的白狐，是十余年的岁月，大半个地球，是"生日愉快""新年好""你身体还好吗""我最近爱看的书是"……是伊格尔顿，是拉康、列维-斯特劳斯，是海德格尔、阿尔都塞，是胡塞尔、荣格，是本雅明、黑塞、米沃什、叶芝、帕斯捷尔纳克，更是保罗·策兰："我们站在窗口拥抱，他们从街上望向我们：/是人们知道的时候！/是那个不安搏动了一颗心脏，/使石头迸裂开花的时候。/是它成为时间的时候。/是时候了。"真的是时候了吗？我们重新碰面。河堤之下，杨柳青青，春雨夜，云梦泽中的小村庄，桃花比十年之前，开得更加妩媚、朴野、娇艳。村口的墙壁上，粗野的颜体字，列着最近一次婚礼送礼金的名单，层层累累熟悉的名字。"打深井黄师傅"三个字旁边，写出黄师傅的手机号，好像他随时都会骑着电动车戴安全帽突突出现在柏油路。村里浅表的地下水不太能用了，可是在二三十米之深的深砂层，云梦水仍在活泼泼地涌流。"电视锅李师傅"保证收到天下所有的电视节目，比录像还好看！"送煤气张师傅"会将秸秆还给田地，也是他消灭掉了家乡的炊烟吧！"丧礼一条龙马师傅"的电话后面，会是一个小小的团队，道士们唱念坐打，头发油腻纠结，哭丧的女人可以随时召唤出珠串般的眼泪，打湿她的口红跟胭脂。他已经将她，由过去的、外面的、虚拟的、电子的世界里下载下来了，有力的手，温暖的笑，能够破掉冰雪，唇上的热吻激发的热泪落在副驾的黑色仿皮车垫子上。站在村口的枫杨树下，他觉得这一刻，比十余年来的任何时候，都更加想念她，十余年的时间，只是客机与动车中虚无的旅行，时间如同无意识，好像永无终点，舱门滑动的刹那，才最是惊心动魄，魂牵梦绕。

"曾经有一个来访者姑娘，是四川人，她丈夫开着一家4S店，之前他们俩是合伙人，他们谈恋爱，从大学时代开始，分分秒秒在一起，她说整个四川都变了，他们没有变。有一天她丈夫和一个来修车的漂亮女顾客，到长江边的公园里幽会，她跟上了他们，她久久地站在车的附近，一边想要不要过去敲车窗，一边看明月挂在黄桷树上，长江在崖下奔涌。这个夜晚的结局是，那个女顾客打开车门，走到她面前，跟她说，我刚才已经羞辱了你丈夫，我说你这么差的功夫，怎么好意思出来玩女人？我帮你惩罚了他，所以你放心吧，他跟我不会有下一次，祝你们快乐……这件事之后，这对夫妻就好像被这个女巫画了四个圈诅咒了，一个无法唤起，一个阴道痉挛，他们再也没有了性，关系非常艰难。她在我这里讲述了两年,努力去发觉自己内在的欲望,她发现从那个晚上开始,自己就对与丈夫幽会的那个女人产生了深深的爱恋,她的被压抑的女性意识和主体性,一点一点地被唤醒,被重新拼接。"她向他讲她在工作中遇到的临床案例,一个女精神分析家,她将向她求助的她们称作"来访者姑娘"。他将他们的车在春雨中转入三一六国道,又向右拐向往陡山镇去的县级公路,路边是绿意蓬蓬的白杨枫杨,白杨枫杨外是碧水涟涟的女儿港,港外是绿油油的麦子与金灿灿的油菜,金绿的图画里,是一个一个岛屿般的村子。每一个岛都由一条柏油路连向他们疾驰的公路,在临近女儿港的地方,会变身成为长长短短的桥。或新或旧,石头,或者水泥预制板,每一座桥,都有一个自己的名字。他一边听她讲故事,一边留意那些被雨水磨洗的小桥的名字:池庙桥,四屋塆桥,新堤桥,罗家河桥,杨家咀桥,朝阳桥,草庙桥,卫东桥,罗坡桥,祝家桥,晏家桥,保光桥,舒家石桥,大树桥,梦北桥,方桥,袁湖桥,喻家桥,三集桥,阚家桥,王桥,茨林桥,井山桥,高潮桥……

"二十四桥明月夜,玉人何处教吹箫。"何止是二十四桥啊,又何止是玉人,春雨如丝的黄花天,绿麦地,又哪里比明月夜差了,你在你的人生里,在这个故事最精彩的弧线上奔驰,你知道的,编这个故事的你,也知道,唉,其实你们也并不知道。你如果知道,就会右脚稍稍松开油门,就会将右手由方向盘上移下来,握着她的手,谛听她用一点点闽南话腔调好听地说话。"有一位来访者姑娘,是意大利人。她出生在南部的西西里岛,就是那个《西西里的美丽传说》的岛,还有一个电影名叫《豹》,你也看过对不对,她是一个贵族地主的后代。这个姑娘当时交往了三个男朋友,后来她遇到了一个麻烦是,她发现自己怀孕了。她不知道怀上的是哪一个男朋友的孩子,就不能确定要让谁陪着她去向医生说明为何要堕胎。为了解决这个麻烦,她只好找了一个新男朋友,陪她处理这件事,所以她就有了四个男朋友。按照她处理关系的这种模式,她会有第五个,第六个,第七个男朋友,而她在这些复杂交错而又无法自控的关系里痛苦不堪……她分析了很长时间,在她结案之后,我和她成了朋友,她的确是一个聪明而有趣的姑娘。她请我到'阿尔卑斯—普罗旺斯—蓝色海岸'地区做客,那里有父母留给她的一处居所,推开门,就可以看到地中海,洁白而滚烫的沙滩,透明的粼粼大海,松树冠的墨绿与海的深蓝连接在一起,梦境似的。刚才,她在我们之前分析的那个时间里电话我,问我回中国了吗,找到你心里面像魔鬼一样住下来的那个男人了吗?我说是,他正在河堤上的春雨里为我编花环,我看到眼睛湿润。"

她每天都会听到这样的故事吧,缠绕不清的爱,电话的谈话,国内外,男人与女人之间,隔着的就像天上西王母用发簪画出来的曲折银河?在地上,就像这个女儿港一样?从前女儿港上也是没有桥的,它由大别山的某一个山冲里流出来，由云梦泽的外弧上流过，汇入由云梦泽深处流出来的漳河，再汇入贯穿云梦泽的汉江与长江，由云梦泽地往大别山，跨过河流，要乘渡船。他将女儿港来历的故事讲给她听："我爷爷讲过，我们这一带的地名，跟春秋时代的伍子胥有关系。伍子胥据说是附近云梦县伍家山人，他的父亲伍奢与大哥伍尚被楚平王杀掉后，他穿过云梦泽逃往吴国。一路上经历了七次危难，被称为'伍七逃'。据说他躲过的老家，在他离开后，亲族都改姓了黄，所以塆名也改成了'一夜黄'；他落脚一个罗汉庙，有虎皮蜘蛛织网封门骗走了追兵，后来改成了伍洛寺；他步行走过的一条街，引他走向了平安的三岔路，所以叫大埠街，谐音就是大步街嘛；他去掉马铃铛的一个乡塆，叫打铃巷；另外一个乡塆，看到他经过，笼中公鸡都叫得特别早，提醒他赶紧动身，所以更名为"鸡笼叫"。后来他来到这一条河旁边，骑着没有铃铛的马，后面楚王的追兵已经遥遥在望。河中摆渡的是一个姑娘伢，长得好看，头发长，像刷过油漆，一声不吭地将伍子胥一人一马牵上了船，将他渡到了河对岸。伍子胥上岸后，骑上马，向前走了几步，又勒住缰绳回望，姑娘站在船头，对他喊道：'伍将军快走！'就扑通跳进了冰凉的打旋的河里，原来她早就认出来闻名远近的公子伍子胥，又晓得他不放心，怕她向追来的士兵告发，怕她将他们也渡过河来追赶。人们因此将这条河叫做'女儿港'。后来呢？后来伍子胥过大别山，昭关下一夜白头，过了昭关，在'新宁寺（心宁寺）'下

冤

打尖，自然是逃到了吴国，遇到了明主阖闾，之后率兵攻入郢都，挖楚平王坟鞭尸，报仇后班师回到姑苏，后来呢，他被吴王夫差勒令自杀，死后尸首扔到钱塘江里像江猪子一样沉浮，他终于与划船的姑娘在江水里重逢，在江河湖海深深的漩涡里，他最终得到内心的安宁，可能并非是灭了楚，报了仇，而是终于与此生唯一为他赴死的姑娘相遇了吧。"她凝神听完这个故事，评价道："要是我，也会让伍子胥上船，只是他必须放走他的马，去云梦泽里吃草。我们可以将船划向澴河、汉江、长江、大海，我们可以到江边海上去渔猎游牧，伍子胥渡得过江湖的漩涡，却渡不过复仇的漩涡，庙堂的漩涡，他是一个可怜的英雄，他没有真正的自我。"他将右手由方向盘上挪到她的左手上，沿着这些故事，他们执手向前。就像他们这样，开着车，在油菜、小麦的黄绿海里游牧？女儿港清碧绵密，就像她乌黑的长发一般。陪伴它的县级公路，去年夏天新铺的沥青，体贴黏着的春雨，沙沙地咬合着轮胎，将他们带往烟雨垂暮中的陡山镇，平原上的小镇，其实并没有山。

晚饭在陡山初中附近西陵三路的"一家亲"酒店。日暮里，他们将车停在鸡肠般的细街边小卖部门前的积水里，手拉手，经过一段通往四楼的旋转陡峭楼梯，在昏黄的廊灯里推开一间灯火明亮的包厢，五位客人，已经坐在一张枣红色的圆桌旁边等候他们两个人。右边第一位是镇上算命的夏先生，闭着眼睛一脸微笑。他身边往右，是镇党委宣传部的

团圆酒

薛委员，头发微秃，头顶上已经升起浅浅的地中海；小学校的校长，姓程，身材瘦长，牙齿有一点点黄；程校长身边是一位女老师，姓柳，在旁边的初中教英语，一个乡镇的女英语老师，当然应承担起本地时尚的潮流，所以她当仁不让地烫着栗色玉米头，早早地穿上了一件浅灰色的旗袍；柳老师旁边，是市里理工学院来的马教授，戴着菩提子骷髅头的手串，黢黑的肌肉男，一个常去健身房的教授吗？其实非也，他只是刚刚兴起的城市自行车俱乐部中的成员。加上他与她落座在电火闪闪的仿壁炉的圆形窗台下，一共七个，从前小学、初中、高中、师范学校出来，或者同学，或者熟人，好像一根南瓜藤上结出来的七个南瓜，天南地北，总会被弯弯曲曲的藤蔓牵连在一起。酒是马教授带来的五十三度的梦之蓝；菜，也由能说会道的老板娘打理好，由羞怯的乡村女服务员用木托盘端上来。一碗红糖糍粑，金黄方正，层层叠叠。十几块豆腐底子与蒜叶一起漂浮在酱油水里，所谓豆腐底子，是将豆腐捏碎，平铺在豆油皮上，加入盐粒生姜调好切块，炸出来的油豆腐，它的样子，马教授说像打稻场上的草垛，程校长说，其实太像丧事中的棺材，薛委员说好好好，我就爱吃这个豆腐底子，升官发财，一边柳老师吐槽，你好俗气。应山红烧肉，据说只能在食指粗细的蒜杆里堆出七块，但每一块，必须是猪肋条以下的五花肉，肥瘦相间，一层都不能少，每一块，也应在二两以上，微胖的老板娘对夏先生讲，我知道你要请客，特别要他们去集贸市场郑屠夫那里买的土黑猪肉，郑屠夫一刀砍下去，往秤盘上一丢，一斤四两，一星不多，一星也不少。程校长就说，郑屠夫也是我们小学同学啊，作家你记不记得，我们初中时，读"鲁提辖拳打镇关西"，你就给他取外号叫郑屠夫，后来他毕业，真的学杀猪去了，应该叫来喝酒的，薛委员和柳老师就皱起了眉头：这欢迎作家与精神分析家同学的盛宴，怎么能够让屠夫来参加，他要是坐在夏先生的身边，背后电壁炉里的闪闪火苗，都会被他吓灭掉。你看，过去三十年，有人算了几千个命，有人杀了几千头猪，你呢？读了几千本书，去了几千个地方？两碗鱼菜，一个是"土憨巴"，他们小时候，常常去胜利桥下面的桥墩下，用网来的蛛丝粒钓到，只是这样一拃多长，马教授身材一般肥滚滚的"土憨巴"是罕见的，整个童年，他们做梦也未钓到过，另外一大碗，是七八条用辣酱烧出来的黄颡鱼，当然，本地也叫它黄牯鱼，因为它们的长相，的确有一点像滑到女儿港里，变身到百分之一的黄牛，黄牯是指公牛，黄沙是指母牛。鱼菜之外，两个青菜，翡翠一般的新毛豆，新生的毛白菜，两个锅仔，一个黑山羊肉，一个是驴肉，在幽蓝酒精块点着的铝锅里沸腾，在生姜、花椒、蒜瓣的助兴下，追逐着白萝卜块与胡萝卜块，老板娘说，锅里的黑山羊与黑驴，昨天都在女儿港边吃青草，昨晚上才被牛头马面赶入黄泉，本地人吃肉，讲究四黑，黑羊黑驴黑猪与黑狗，前面三黑都有了，老板娘怜爱地看一眼夏先生，接着说，云堂喜欢吃的狗肉没有弄，是云堂自己说好的，他担心我们由外面回来的女客人不吃狗肉。

其实是对的，他心里想，她的小名，还叫小狗呢。听到黑驴黑山羊锅仔咕嘟嘟的翻煮声，他身边的瞎子夏云堂麻利地捏起筷子，招呼其他六个人："你们咽菜，咽菜，酌酒喝，莫讲客气！"很多年后，他和她在他们爬满丝瓜瓠子冬瓜南瓜的乡间小院里写字喝茶时，会想起这个春雨迷离的晚上，这个平常无奇的饭局。是回机场？还是留宿在故乡？不管他，他答应带她来听云堂唱《道情》，一种民间的小曲，有一点像楚剧，也有一点像黄梅戏，是那种未点上卤水之前的黄豆浆一样原始的小曲。之前他约老同学一起吃个便饭。没想到，酒过三巡，电壁炉中的火光驱走一丝丝暮寒，在豆腐底子、红烧肉、黑驴肉、黑山羊肉的催发下，除了答应开车的她，其他六人都被两瓶梦之蓝灌得微醉。小程校长说他不愿意做这个校长，他最爱的是他的第二职业，乡村婚礼与丧事的主持，穿着白衬衣，站在红色吹气塑料拱门下讲普通话，婚礼上让人笑，丧礼上让人哭，百年好合讲诚信，养老送终讲忠孝，多么了不起的指挥家。薛委员终于忍不住与小程校长换了座位，坐到柳老师的旁边，他们本来就是情侣啊！薛委员与柳老师青梅竹马，可是柳老师年轻的时候一时糊涂，嫁给了市里的一位同事，现在，她的老公常年不回家，薛委员的老婆也跟着儿子去外地陪读，两家人，住在一个楼洞里，邻墙隔壁，程校长开玩笑，说他小时候学过泥瓦匠，要不明天就去帮他们在间墙上开一个藏起来的月亮门，这样，就不用薛委员去崂山学穿墙术，晚上悄悄钻到柳老师家就行，听得柳老师又是脸红，又是掐小程校长的手背。马教授，马教授酒也喝多啦，他圆胖的脸变成了酱红色，回忆起他白天骑着单车，由澴河堤到河口桥向西，又沿着女儿港边的公路向北，直到胜利桥往东过澴河，由河堤折向南，他觉得论这一条环路的油菜花，还是作家同学村里最好看，果然是"有才华"唉，可他停留最长的地方，不是陆山渡槽吗？胜利桥外的那一片水杉林，你小学五年级，第一次春游，骑着自行车，那时候，长得又白又细，豆芽似的，你车后座上驮着你心仪的女同桌，穿着红色的上衣，单衫杏子红，双鬓鸦雏色，你不是将人家扑通摔到泥坑里去了吗？她现在，在哪里，生二胎了吗？马教授把玩着酒杯，盯着手腕上油光水滑的沙和尚往脖子上套的那种骷髅头菩提子，在柳老师旁边发呆。

但梦之蓝引出来的故事，最吸引人的，还是瞎子云堂的吧！云堂吃完薛委员夹在面前碗里的菜，抽薛委员点好的黄鹤楼烟，讲起他的爱情故事。"我从小就是一个瞎子，生下来的时候，睁不开眼睛，接生婆将我的眼睛扒得流鲜血。八三年，我十三岁，我对我父亲说，给我买一个收音机，长江牌的，十六块钱。父亲舍不得，我说妹妹读书到五年级，也花了一二十块钱，您就当我读了书的。母亲也在屋里哭。父亲将收音机买回来，圆头圆脑，像个小冬瓜，放在我枕头旁边，代替之前挂在木壁上的公社喇叭。我听严凤英唱黄梅戏,《天仙配》,又听路遥的《人生》,高加林跟刘巧珍。八四年我出了师,拉着二胡去算命,坐渡船过澴河,那时候澴河上还没有桥。河对面有一个张长塆,有一个姑娘叫程翠林,她要跟我学二胡,让我叫她干姐姐,其实她也就比我大月份!她跟我讲:'你教我二胡,将我手捉好!'我摸着她的手,柔柔的像小香葱,抖得厉害,就晓得她喜欢我。我教她拉《霍元甲》里的歌,《昏睡百年》,我十四岁,体会到男女之间有快乐,人要过一生,就要有一个懂你的女人。很多次,她都是在河边草林里偷偷地跟我学拉二胡,《江河水》《二泉映月》《梁祝》《龙船》《寒春风曲》《听松》《赛马》,我也是刚学,教不出什么名堂,她不在意,后来比我学得还快,她明路人,看得见嘛!大清早,太阳升好高,将我们全身烘得滚热,她才抽身出来,脸上火烫,匆匆忙忙去上学,能赶上第二节课,就不错了!半年后她初中毕业,不上学了,我叫我父亲去托媒人提亲,父亲不干,我不吃饭,父亲没得办法,托媒人去了,结果程翠林的父亲跺脚骂,不行,要是翠林嫁一个瞎子,我就跳河。结果他没跳河,翠林跳了河,寒冬腊月,澴河边的水洼里还有凌冰啊,我的乖乖,她肚子里有我的儿,三个月,马上就要出怀。她长得几好,我摸过她的脸,她的身体,她的骨头,像瓷器,像面粉,像木梓树一样挺拔,她身上的气味跟春夏的草林一样,芬芳湿热,说不出的好闻,我由八五年开始算命,三十年,都没遇到一个人的命,比翠林姐姐更苦,早知道,我就不坐船,不过澴河,不去张长塆，不教她拉二胡，不去摸她的手，人昏睡百年几好，醒了几痛苦。你眼睛都睁不开，还想去搞女人。不瞒你们说，我每年都去胜利桥底下，给翠林烧纸，给我那没见过世面的孩子烧纸。我师父讲，不算一万个命还债，下辈子还会做瞎子，等我将债还清，我就去陪她们娘俩。"谁敢问云堂你现在算命，算到了第几千几百几十几个呢？好像由澴河里传来的层层深寒，也让桌边的客人们稍稍摆脱了梦之蓝的蛊惑与黑驴黑羊肉的躁动，都过去了，往事如烟，不堪回首，瞎子哥你现在一年挣上百万，天天在馆子里请客吃饭，是翠林没福气享受。走！酒将我们的心浇得痒痒的，耳朵也痒，听夏先生唱《道情》去！

"实指望我们配夫妻天长地久，哥哎，未想到狠心人要将我抛丢，你好比那顺风的船扯篷就走，我比那波浪中无舵之舟，你好比春三月发青的杨柳，我比那路旁的草，我哪有日子出头，你好比那屋檐的水不得长久，天未晴路未干，水就断流。哥去后奴好比风筝失手，哥去后妹妹好比雁落在孤舟，哥去后奴好比贵妃醉酒，哥去后妹妹好比望月犀牛，哥要学韩湘子常把妻度，且莫学那陈世美不认香莲女流，哥要学松柏木四季长久，切莫学荒地草有春无秋，哥要学红灯笼照前照后，切莫学蜡烛心点不到头……"没福气的，岂止是四川姑娘，西西里姑娘，伍子胥，翠林，这个蔡鸣凤，不也是这样吗？男人女人无舵之舟在情海里沉浮，唉！夏先生坐在他小区一楼，由车库改成的工作间里，在明黄的电灯光里拉《小辞店》，用他破锣败鼓一般沙哑的声音，唱他自己最爱的小调，紧闭的双眼里，古泉一般流出一脸的泪，听的人，热泪滚滚的，又岂止是薛委员、柳老师、程校长、老马？他与她，由外面的世界回来，像两粒麦子掉进家乡的谷仓，掉进这亘古的悲情里，他回握着她的手，觉得她在微微发抖。"冷吗？"她摇摇头，坐在红色的塑料方凳上。"'走过那个大塆去看我的郎。''你拿么礼？''我郎得了相思病。''天呐。''什么样的好药诊不得我郎病。''那你郎是死。''我郎是死我也是亡。'"他与她是在这一首自问自答的《道情》里离开夏先生的车库的，细密夜雨里，灯光照亮的车库好像一只船，铁钩船长的海盗船，薛委员柳老师他们还在甲板上听，眼睛里放出亮光。喝下去三两酒的夏先生正是来神的时候，破嗓子一会儿扮人家少妇，一会儿又扮老婆婆反复设问，切换自如，将手中二胡抹挑勾翻，随心所欲，在过去三十年里，它大概就是翠林的一个化身委身在他怀里。

　　回程的路，他与她没有原路返回，而是受老马骑行油菜花田的启发，穿过小镇继续向前，由县级公路跨过女儿港何砦桥，向东过澴河的胜利桥。她开车，开得比白天要快，打起车大灯，灯柱在柏油路两边的白杨树上晃动，起落的射线，指挥无穷尽合抱的白杨树，沐风栉雨，像一首无穷尽交互变幻的夜曲欢迎着两个人。找不到路也没关系，将百度导航打开，很快，手机里的女声就提醒，胜利桥到了。将车开过胜利桥后，他要她将车停在路边，两个人由车上下来，车就亮着大灯照着路边河滩上的小草原,灯柱里,一片一片的车轴草正在开花,如同梦境,他对她说:"车轴草的白花好看,精美得就像钟表的齿轮,下次我用它们给你编花环,或者,我可以用它们造一个巨大的钟表?"她点头说好。由路边下坡的时候,他们差点撞到一头枫杨树影里正在吃草的黄牛身上,幸亏她眼力好,一把拉住了他。一座三四十年历史的水泥桥,明显是上世纪八十年代前苏联的风格,潢河在夜色细雨中自北往南流。他跟她打开手机上的手电筒,去照流水与桥洞,流水打着深漩,不急,也不缓,桥洞是由大别山里取出来麻石一层层垒成的,掩藏在荒草与蛛丝里,平日其实很少有人会下来。这样的桥洞,自然是麻雀搭窠的好地方,他们下意识地往石面上看的时候,不由得叫出了声。在离地五六尺的石面上,密密麻麻地插着竹签,它们组成一个圆,形状像一面小小的簸箕。"这是瞎子算命用的签,是夏先生插上去的吧。"他对她说,映照在手机的灯光里,站在荒草丛中的她,真好看。瞎子一定是每年来烧纸的时候,摸索着烧完黄裱纸给翠林,之后就会往石壁上插竹签,他会一边哭,一边将他摸索成深紫色的签片用力插进石缝里,而且尽可能地去插出一个圆?潢河水涨涨落落,夏天会淹掉这个桥洞,瞎子能维护好这个圆,不容易的。"我数的是九十三。"他说。她数出来的,是九十四,要比他多出一根。"我觉得,瞎子大概是在计数,如果他算完一百个命,就会由胜利桥上走下来烧一次纸、插入一根签的话,他离一万个命，离他的翠林姐姐，其实已经不太远了。"

他们带着瞎子云堂的秘密回到车上，折转向南，风驰电掣，由澴河堤向下午他们出发的村庄奔去。大概是十点多钟的样子，他们在几声漫不经心的狗吠里打开了老家的木门，拉开灯，收拾灰堆里的屋子。他说："你看我们花了这么多年回到家乡，绕一个多么大的圈子。"她说："回到机场，也是一个圈子，在镇上吃饭的时候，我坐在你旁边，一直在想，晚上要不要回机场去，过去的那么多年，我觉得机场更像是家。昨天晚上我在慕尼黑机场转机，航班更改了计划，我又不愿去城里住旅店，一个人在机场里闲逛到深夜。我朝玻璃幕墙往外看，上百架飞机就像夏先生的竹签一样，一圈圈摆放在停机坪上，清晰如梦。也许爱并不是要向前，而是归来。现在我改变了主意，我不应该在美好的时刻逃走，世界是没有尽头的，我不要恐惧黑暗，我们寻找缝隙，最后还是需要让故事闭合起来。"

她这样说的时候，窗外他们的村庄里夜雨打湿着油菜花与萝卜花，紫云英花，梨花与桃花。小麦与秧苗在拔节，草木在舒展出新叶芽，群星密云之下，植物成长转变的声音，是听得到的。她正赤裸着身体站在房间中央的澡盆里洗澡。他跟她说，这是小时候，他洗澡用过的桑木澡盆，有一次，他光着身体站在里面洗，不听话，爷爷用毛巾抽打他，一身的血痕纵横，他咬着牙，也不哭。经过这么多年，它还不漏水，真是一个奇迹，那时候的桐油跟国漆真是好。洗澡水呢？水是他由小天井里用压水井打上来，黄师傅们打出来的深水井，将云梦水由平原的深腹抽取上来，用电水壶烧热。他趁着明黄的灯光，将热水一瓢一瓢浇到她瓷器一般的身体上，她的身体妖娆，变幻，有着春夏之交草林潮湿的气息。

"这算不上一个玦。这是一个冕。"她闭上眼睛，摸索着木澡盆黑褐色的边沿。"像羊水一样温暖，我比跳进女儿港与澴河里的女人们运气好，我感觉自己就要被它重新生出来，与你一起生出来，我们可能会变成孪生的姐弟。"

2018 年 4 月 26 日，湖北省随州市曾都区洛阳镇桃源湖

盗锅黑

　　金安早上五点就醒了。窗外一团漆黑，繁星在银河里，白霜在田野上，微光荧荧，大概都奈何不了冬月寅时的黑。这是人家铁拐李做强徒后悔了，一夜荞麦枕头上不眠，起床归还偷盗的铁锅的时刻，老天爷替他遮着耻呢。叫醒老金安的，除了膀胱里一泡热尿，还有秋裤里硬得像烧火棍擀面棍一样的阳具，老不正经的东西啊，都五六十岁的人了，火气还这么杠，不丢人吗？金安让自己去听黑暗里传来的鸡鸣，南头晏家湾，西头何砦，东头肖家河，北头郑家河，从前乡下人多，养得鸡鸭成群，早上公鸡打鸣打擂台似的，每一只鸡的嗓子里，都含一块铜，或厚或薄，形色不一，喔喔声能织成厚毯子，毯子大红大绿，描龙画凤，现在也不太行了，稀稀落落，无精打采，像孝感商场门口促销的时候搭起的舞台，从前人山人海，眼下已经没几个人挤到台下听，台上的人又唱又跳，意绪索然，混混沌沌，好歹坚持到底。好处是，金安腹部的一点热力，终于也随着一阵阵寥落的鸡啼散掉了，热力一散，人也不用花花肠子、想七想八，咚的一声，金安跳下地，穿衣统袜，倒昨天烧好的开水洗脸，对着木镜台刮胡子梳头发,将自己收拾清白,一边柴房里推出电动三轮车,打火出门。

出村口,上小澴河堤的时候,晨色初萌,天也就是蒙蒙亮。他自己种的三亩稻田、菜地一条一条,伸展在澴河堤下面。晚稻上周找郑家河的保志用收割机割了,以前收晚稻,他得将凤英由武汉叫回来,两个人又是割谷,又是打场,又是扬尘,又是晾晒,搭伙忙上七八天,才能将晒干的稻谷装到麻袋里,一二十只,扛到二楼上去。现在保志开着红头绿脑铁苍蝇一般的机器,一个时辰就搞定,抽支蓝楼,耳朵上再夹一支,接到钱,数也不数,塞到牛仔裤的屁股袋里,一声多谢金安叔,突突开着车走,他忙着呐。花钱?凤英坐高铁由武汉回来,打折返,不是钱?她一走,儿子媳妇小宝餐餐下馆子,不是钱?今年稻谷长得好,杆壮腰直,西北风吹来,好像在摇晃着一地低眉顺眼的金子,现在割去了,余下四五寸长的稻茬,印着白霜,茫茫一片,让金安心里也空落落的。不仅是稻棵没了,稻田里的青蛙,泥鳅,水蛇,蛐蛐,都没了,稻田上空的星斗,好闻的稻花清香,也没了。好在一边菜地里,黑白菜已经长圆,萝卜缨子下面的红萝卜也有小宝拳头大,菜薹也在开花,晚蜂子在黄花里爬来爬去,粘一身粉,等菜薹起来了,尺把长,大拇指粗,装一麻袋红萝卜、白菜、紫菜薹,六十多斤,抵得上高铁的票价,他就能去武汉看孙子唉。

菜地的尽头,是金安扎的稻草人,它跟孙子一样,有

团圆酒

名字的，孙子叫小宝，稻草人的名字，叫小强。春上二月花朝，他去武汉儿子家住过两周。大学教书的儿子整天关在书房，公安局上班的儿媳忙，晚上回来手机都接不停，凤英接送小宝上下学，做饭，拖地，晚上去领着东亭小区的婆婆们跳佳木斯僵尸舞，围一个圈扭腰摆胯，他一个闲人，喝着儿子喝不完的明前茶，抽各种黄鹤楼牌子的烟，灌稻花香白云边劲酒各种酒，拎着淘宝新换了蟒蛇皮的二胡，去沙湖公园梅花香里拉《二泉映月》《江河水》，又感冒了一周，厌了，跟凤英吵架，背着麻袋回了家。来的时候，麻袋里是腊鱼腊肉腊香肠，走的时候，麻袋里是一只布偶男洋娃娃，十岁？金色的头发，鼻子皱皱的，脸白，有雀斑，小牛仔背带裤已经扯破了，是个外国男孩儿。他去楼下扔垃圾时发现它仰面躺在草丛里，心里一动，捡回来。儿子看了，说是一个俄罗斯娃娃，万卡，契诃夫，俄罗斯忧郁，他老子听毬不懂。儿媳妇扫一眼，就判断是隔壁805室那对新婚夫妇扔的，他们刚由莫斯科彼得堡海参崴度蜜月回来，这才几天，蜜月中的礼物就在打斗中扯得七零八落，一地鸡毛，被扔到垃圾堆边小叶黄杨剪出的灌木丛上，去民政局换离婚证就是分分钟的事了，公安局的女干警，火眼金睛。小宝说不好看，他还是喜欢小熊维尼，每天晚上都要抱着睡，将口水蹭到它脸上，小熊也不嫌弃，总是一脸笑。凤英埋怨他，说东亭小区里爱捡垃圾的婆婆爹爹多得很，染上这个臭毛病，戒不掉的，有初一就有十五，快下楼去扔了，不然，老娘就扔你的二胡。

盗锅黑

她已经不是一个老实得力的乡下婆娘，是城里小区的带头"老娘"了，架就是这么吵起来的，金安不扔，将二胡与俄罗斯娃娃塞到麻袋里，闷头坐火车带回来了。

清明节，金安给娘老子的坟拔草、砍去拇指粗细的构树棵，又在每人的坟头上培了唐僧帽一般的新土块。娘老子的坟就在小濚河堤下，他家的稻田与菜地的前面，娘走了四十年，老子走了二十年，之后就是金安与凤英领着几个孩子过，后来儿子姑娘们去孝感武汉买房子，将凤英也带出去照看层出不穷的孙女和一个独苗孙子。现在这几亩地是我一个人的了，从前它要养活七个人，两季谷一季油菜，现在对付我一个，绰绰有余了，闲闲地长一点草，没什么，雀子、野兔、田鼠、黄鼠狼来打一点牙祭，也没什么，只是白吃不行，得练练胆子先。清明节的上午，金安放下镰刀与锹，在坟头与地头之间扎了一个稻草人。俄罗斯娃娃万卡是现成的，将破碎的背带裤用稻草密密麻麻地裹起来，戴上他的新草帽，将它绑在十字形的柳架上，两只手合在一起，一上一下，交错握着一条剥皮白柳木棍子，棍子前面，系着一条小宝用旧的红领巾，风一吹，就呼呼啦啦响，好像有一束火苗在绿萌萌的秧苗上飘。银安金凤黑人洋人他们由牌场出来看到，说是金安弄了一个巧板眼，这一下七月半小濚河里的淹死鬼过河堤，都会被这个小洋人版孙猴子给挡住。做得这么洋气，要是金神庙集还"抬故事"的话，这个孙猴子的扮相都可以上大桌子，去"抬故事"了。小强挡不挡得住鬼，金安不晓得，但他知道，这家伙给往稻田里吃蚱蜢的喜鹊添麻烦了。这几年乡下人少地荒，草虫频密，喜鹊又多又肥，成群结队，脑子没有什么长进，胆子却变大不少，看到红布飘飘的稻草人，难辨真假，总是要犹豫半天。终于有大胆的喜鹊来啄小强，它们特别爱啄小强的两只蓝玻璃球眼睛，啄掉了，金安就去河里找石头，给小强换上新的。

小澴河里的石头多的是，小强的眼睛由淡蓝色，换成明黄色的，乳白色的，墨绿色的，琥珀色的，现在是纯黑的。黑色好，看起来总算有一点像中国娃娃了，没有那个什么俄罗斯忧郁，可能他也是听多了我拉的《二泉映月》《江河水》这样的中国忧郁吧，唉。金安不爱打牌，长牌麻将扑克牌都不爱，所以常被金凤他们那些牌精笑骂，说他个尖屁眼将儿媳妇给的钱，自己收棉花赚的钱，都藏起来，不敢输。"我们死，就睡个杉树板子，你是要打个楠木棺材吧金安，过十几二十年我们都死了，你的屋是金子打的，在河堤下的黄泉里当财主，我们哪个敢去串门！"当年的妇女队长熬成了婆，一脸皱纹菊花绽放，凶样子没了，嘴巴还是厉害的。金安拉二胡给小强听，给娘爷听，母亲去世早，她的身体早化成土了吧，父亲死的时候，背是驼的，现在可直过来了？虽然过年过节，还给他们烧纸，酹酒，跟他们喃喃自语地讲话，但金安已经记不清他俩的长相了，一张照片也没有，他都记不住，世上还有谁记得住呢？有时候，胡弦将手指划出血，金安就将血珠擦在小强的稻草蓑衣上，尿尿，也将尿柱对着埋在地里的柳架，结果到秋天的时候，柳架上都长出了绿色的柳叶。他将擦血跟尿尿的事讲给树堂听。树堂是个瞎子。金安开着电动车去附近的村里收棉花，树堂是戳着个拐棍去给老娘儿们算命，签筒抖得哗哗乱响。"等它长出心窍，它就会成精，又是柳树精，又是石头精，你也莫怕，过年我画个符镇着它。"瞎子树堂翻白眼。金安半信半疑，却并不想要树堂的符。成精就成精，我这个年纪了，怕个什么，兵来将挡，妖精来了吃一棒。它活过来，只怕比小宝还乖些。儿子说暑假让小宝回乡下陪爷爷住几天，结果被儿媳妇报了奥数、英语、作文等培优班，好像长了八只脚的螃蟹，把小宝和暑假夹着。凤英也说，人家屋里的伢都在上课，莫让他回乡下野，乡下的水又不干净。水不干净是学儿子说的，每次他开车回来，都在后备箱装一堆农夫山泉。他这又多少年没回来了？两岁时断了他妈的奶，二十岁断了家乡水。小宝，回不来就算了，爷爷这里的棉花班、稻谷班、种菜班、捉知了蛐蛐班，其实也蛮有意思的，去小澴河里摸鱼，你爸爸当年没上奥数，一个暑假都在河堤下的沟沟坎坎里摸鱼，一天摸七八斤鲫瓜子，背上长刺的鳜鱼也摸到过，就这么着还不是摸到大学，摸到你妈的床上去了。水不干净？他摸鱼的时候，小澴河还有钉螺跟血吸虫呢！不说了，还是小强好，清风明月里，一柱一弦，那个思华年，听着金安拉二胡，好像过去热闹的那个村子，那个七口之家，那些在枫杨树影的炊烟里活跃跳蹿的生产队各色人物，打皮影似的，都在《二泉映月》里活泛过来了。

想这些干啥呢？能当杨二嫂的包子？走，收棉花去。金安朝小强挥挥手，小强手里的红领巾夹着霜粒被西风吹得哗啦响，三只喜鹊在它身边新长起来的构树苗上踏枝子，黑背白腹蓝尾，油光水滑，两大一小，看样子是一家子。东边的霞光已经发起来了，一道道铺满了小半个天空，映在小强黑曜石的眼睛里，唉，这孩子，灵醒。小三轮电力很足，顺着长长的坡爬上水泥堤面，往北是金神庙、肖港镇，往南是涂河集、孝感城，金安收棉花的第一站是金神庙集，在那里如果能收一车棉花，就在杨二嫂的早点摊子上喝着豆腐脑，吃两个炸萝卜丝包子，然后继续往北，将棉花卖给肖港镇收棉花的经纪河南人老徐，一上午就算齐活了。

长堤如蛇，西北风吹得人冷飕飕的，风中已经有一点冰雪的锋刃了，明天要记得戴狗钻洞帽子，感冒了不是个事，要是凤英晓得，会被她发微信用语音骂的："你要是想死在乡里，就自己先挖个坑躺进去，莫麻烦别个，现在村里找得齐八个抬重的？儿子媳妇小宝还有我都很忙，我们都是有事业的人！"凤英骂归骂，这件事金安还真琢磨过。将棺材盖支楞着，弄一个像老鼠夹子一样的机关？有一天，动不得了，不要活了，心灰意冷，带十几个杨二嫂的包子馒头，趁天黑，一个人，将新油漆味与杉树板子松香混合着的棺材，背到小澴河堤边提前挖好的墓地里，六尺深，三尺宽，六尺长，头朝东，脚朝西，仰面躺进棺材里，枕着新荞麦枕

盗锅黑

头，盖着新棉被，一边吃包子，一边由支起来的板缝里看一线蓝天里早晚光线变幻，日月星辰隐现，听堤上草木间蛐蛐叫，吱吱嘘嘘，稀里稀里，它们的《二泉映月》，听小潏河隔着堤在泥岸下石头上流淌，水牛蹭背似的，听村里传来的哗哗的麻将声。妈说馒头要慢慢嚼才好吃，才甜，他将这句话也告诉过儿子。吃完馒头，最后下决心，将引绳一拉，啪的一声，棺材盖带着泥土盖下来，堆在四围的泥沙也瀑布般倒入，将他盖进黑暗里，最后的黑，没有一丝光，也不要魏家河的八个男将黑衣黑裤抬棺，也不要汪梁冈的三个和尚念经，也不要黑龙潭的两个道士作法，也不要匡埠的五人乐队打锣吹唢呐，也不要凤英领着三个女子哭，也不要儿子顶着白麻布，腰里捆着草绳子，在小强旁边抽烟，也不要公安干警儿媳妇在儿子身侧玩手机，也不要小宝向培优班告假说爷爷死了，老师点头同意，又布置作业说回来要写一篇作文《我的爷爷》："我有一个关爱孩子的爷爷，他六十多岁，高高的身材，一头灰黑相间的头发以及一双圆圆的眼睛。"春上金安读小宝的作文，和儿子像的。老师却说感情不够鲜明，要是爷爷死了就好了……小宝他爷爷我一个人在父母身边沉沉睡去，不再醒来，当然，十一月最好，三月也可得，不太冷，也没有蚊虫苍蝇牛虻往棺材里钻。我也不是没有人陪，小强就很好，到时候将红领巾换成白麻布条，将他手中的金箍棒用白纸包成孝子棍，也是个怀念亡人的意思？

　　金安放眼去看小潏河。白霜由河堤往下，印在黄黄绿绿的枯草上，草丛里雏菊与红蓼交错开放，一块接着一块，一直连绵到河水边。草坡上是几排白杨与枫杨，白杨是从前公社、生产队种的，长得像四个兜的干部，枫杨则是自生自灭，在鸡嘴牛蹄外，自己长起来的，土头犟脑，现在看顺眼了，也没什么。东边朝霞影里，启明星还在，大别山屏风似的，一片青黑，小澴河由那里来，就在草丛与树影里曲曲折折地流着，升腾起来的一缕缕白雾在朝霞里舒卷变幻，纠缠着树林与林下早起啃草的黄牛水牛，绵羊山羊，在牛羊们身边起起落落的白鹭，仙气迷漫，像演仙侠电视剧似的，三生三世十里蓼花，这样子，并不比沙湖公园差嘛。儿子说沙湖公园讲究的是湿地生态公园，政府投十几个亿，设计师是由德国回来的，他老子天天看的小澴河不生态？不湿地？花了国家半分钱？你们一个公园，说是清朝的一个举人修的，我们往金神庙去的梅家桥，上面的车辙，还是人家赵匡胤推着独轮车压出来的，那京娘嫂子当年就穿着昭君出塞的狐狸皮衣裳，斜着身子满头汗坐在他的独轮车上。金安忽然有一点想明白了，春上由武汉回来，表面上是被凤英弄气的，实际上，他是不满意他那个"俄罗斯忧郁"的儿子，大早上刚刚将三轮车开出两里地，就已经腹诽他好几次。花喜鹊尾巴长，娶了媳妇忘了娘。他亲娘没忘，但这三亩地，他记得？我金安能教训他？儿大不由娘，更由不得他老子耍横了。

小时候他多乖，像小宝，但比小宝要皮实。小宝是一只被系住的猴子，他就像一只晒得黝黑的野猫。凤英一开始

盗锅黑

是开瓦窑的,一口气生了三个丫头,才开张生下来这个儿子,三四代的独苗啊。宝贝?是他爷爷的宝,他妈的宝,金安对他,凶着呢。凶是因为太喜欢吗?他看着他长出细白的牙齿,绕着堂屋的桌子跑,闻着他细黑头发里淡腥的气味,在池塘里扑通通学游泳,背着他妈缝了红五角星的军用书包上学,放了学就下地跟他们一起干活,打猪草,捡柴禾,插秧、割谷,只穿一条花裤头,头发汗湿成一缕缕,汗流到眼睛里,又滴到他们家的田地里,好多次,金安都觉得忽然眼眶一热,慌忙将头扭过去。可当着他的面,脸又板得像麻将牌上的八万似的,担心给一点好颜色,这小子就会拿去开染行。儿子慢慢长得浓眉大眼、膀大腰圆,越来越像自己年轻时候的样子了,他半夜带着他,一起去涂河集卖菜,骑自行车,后座上吊着两麻袋土豆,结果儿子没怎么睡醒,迷迷糊糊由河堤上冲下去,卡在杉树林里,人却由车龙头上翻出来,捂着下身蹲在地上哭。那是金安一生里,最慌张的一次,他将自己的自行车一倒,连滚带爬地跑到儿子身边,将他的身子提起来,抖,摸他的脸,没有血,往下手掌穿过裤带,摸到胯下两粒小丸子还在,温温的,汤圆似的,毛桃核似的,才稍稍松了一口气。那天他们四麻袋土豆卖了六十多块钱,回来他将钱一分一厘数给凤英,儿子冲下河堤的事却不敢跟凤英讲半个字,她要是知道,一定会扔下钱,抓花他的脸。真正地放下心来,要等到十年前,小宝出世吧。唉,莫非就是那个清早,也是铁拐李还锅的时分,这小子在堤林里摔开了心窍？小学，初中，他读书越来越好，奖状多到家里的二十几扇鼓壁都贴不下，郑家河的民办老师金芳还专门提了十斤煤油送家里来，让他晚上好好念书，金芳推着厚厚的眼镜说："要是早六七十年，他中个秀才没问题的，我们这一块湖垸，还没出过秀才呢。"秀才就比木匠好？他后来念到博士，文博士就比木博士好？他已经弄不懂这个高深莫测的儿子了，读那么多书有么用？你都忘了自己姓魏，要跟着那个俄国契诃夫改姓"契"了吧！

当年拦住儿子，拯救了他宝贵的蛋蛋的杉树林，十多年前已经砍掉了，那些树的样子，他都记得，跟儿子的年龄差不多，长到二十多年的时候，有合抱粗细，打鼓壁做檩条，做房子的立柱、上梁，都是可以的，但现在乡下都用水泥钢筋做房子了，所以杉树最大的用途，是做棺材。这些年附近死掉的人，都是用那些砍掉的杉树做棺材送走的。杉木棺材轻，防虫蚁，未上漆之前，杉木的纹路像公鸡的翎毛似的，不晓得几漂亮，金凤笑话金安想睡楠木棺材，这个不对，金安想，我要的，是金不换的杉树棺材，何况它们救过我儿子的命，也就是救过我孙子的命。

金安在河堤上迎风开出二三里路，就要由梅家垮边的土坡右拐下堤，向东走过梅家桥。去年镇上派人来修整河堤，几个挖土机填堤脚，十来个人跟着混凝土搅拌机取料铺路，从前附近十里八村的男人一个冬天的活，他们一周就干完了。从前的沙土路，都翻成了水泥路，但梅家桥上的青石板还是留了下来，人家赵匡胤推车走过的桥，随便能动的？坏处是，骑车也好，开三轮也好，过桥的时候得特别小心，要是轮胎卡到石槽里，就得连人带车倒向小溵河洗澡了。现在也还罢了，要是从前，梅家塆的媳妇们丫头们在一边的埠头上打芒梩漂洗衣服，看到了，河水映白牙齿，笑得花枝乱颤，你湿淋淋地爬起来，脸上又是冻得通红，又是臊得通红。

梅家桥下春水绿，曾是惊鸿照影来。金安看儿子在书房里写过这十来个字，他也不太明白是什么意思。看到的时候，他觉得儿子毛笔字写得好，又大又黑。小时候他让儿子好好练字，因为金安小学都没读满，自己写得不好，家里的春联总比不上人家。现在这小子真的写好了，金安却不知道怎么办才好——这应该是到金神庙集上去卖对联的伙计啊！小溵河水的确是绿得像麦苗尖似的，打着旋，散发出氤氲的水汽，缓缓向西边的中心闸流，到大溵河还有六里河堤折转。

树堂起得比金安还早。河桥边有一块小小的河滩草原，红蓼白芦，绿草未衰，朝阳由东边的河堤下翻上来，丝丝缕缕，将酒红色的光线涂抹在草滩上。瞎子树堂穿着对襟的旧蓝袄子，头发又短又密，全都变成了银白色，左手抱着乌紫乌紫的签筒，右手拖着竹竿，脸被西风吹得通红，睁着白白的眼睛，就定定地站在草丛里，被红光照着，身后又是小溵河升起来的条条白雾，那样子，看得金安心里都打了一个突，这瞎子，已经活出神仙的滋味了，这样去骗附近村里的大小嫂子老太太，卦钱怕又要涨了："一个命三十，我向我师傅交了一千个命钱才学的算命，我带徒弟，也要向我交一千个命！"有本事你涨到一百，有本事你用支付宝跟微信收钱，你就发财了老树堂！在瞎子树堂的背后，是五六头水牛黄牛，老了，下岗了，牛眼睛里的光都不比从前亮堂了，啃草也是有一嘴没一嘴，水牛黄牛旁边，是八只黑山羊，大大小小，毛色黑亮，眼神灵光，吃草也迅疾，跑来跳去，也快，常常将站在它们身边的十来只白鹭惊得连连后退。牛羊在河边吃草，将土蛤蟆小蚱蜢赶出来，蚊子牛虻集群飞来吸它们的血，白鹭是飞过来啄吃这些蛤蟆蚱蜢蚊子牛虻的，它们就是白鹭的馒头包子，河中的鱼虾是白鹭的米饭，河滩是牛羊、蚊蚋、白鹭们的集市，所以白鹭耐得烦，牛们这样懒，山羊们这样调皮，它们也只是守在一边，偶尔伸一伸长脖子，吃个虫，偶尔兴头来了，跳个舞，是公白鹭也火烧火燎，想跟母白鹭玩儿，实在无聊了，它们就一道拍起翅膀，天蓝地绿里结成小组，翩然飞过枫杨白杨，去另外一个河曲寻牛觅羊赶新集。

金安问瞎子树堂："它来啦？"

树堂摇摇头，白眼珠映着霞光，瞎子们的笑脸是诡异的。

都找了三十年，差不多每天早上点着竹竿，走上堤，走下堤，来到梅家桥边等它，找到了，是命，找不到，也是命，都算不了什么。

盗锅黑

　　一条小澴河里有多少只白鹭？老天爷养的，金安数不过来。树堂个瞎子，也算不出来。说起来树堂还是天瞎子。生下来，几天都闭着眼睛，接生的荣婆婆去扒他的眼皮到流血，回头对他父母讲："你们要认命，眼珠都是白的，你们得的是一个会算命的儿子。"十六七岁送去王树林塆跟老王瞎子学算命，讲好一千个命钱出师，老王瞎子给树堂起的第一卦是"屯卦"，"刚柔始交而难生"，摸索半天签条，跟树堂讲："你妈怀你的时候，吃过一只白鹭。"回家问树堂爸，树堂爸就哭，对的，那几年，到处饿饭，你妈害伢，想吃鸡，哪来的鸡，鸡蛋都是替苏修下的！我没办法，只好去小澴河里，用缝衣针弯成钩，串上蚱蜢，用索子系在牛背上，钓了一只白鹭，炖满满一瓷碗端给你妈吃，是我造的业，报应到我伢头上，我枉为一世人啊。三十六七岁，树堂还清了老王瞎子的一千个命钱，帮他起了三层楼的新房子，老王瞎子要死了，临死前跟树堂讲："树堂你跟我不一样，我是野葫芦蜂子蜇瞎的，你是天报应的瞎子，死了，下黄泉，看到的阴间还是黑的，只有一个办法，我要跟你讲。河里白鹭成千上万，总有一个头头。它脖子最长，叫得也最响，它除了吃蛤蟆跟牛虻，还在找河底的红石头，淡红色，圆圆的，像血，找到两颗填到它嗉子里，白鹭就会变成仙鹤。你看到它，哀求它将红石头吐出来给你，你死了，躺棺材里，将两颗石头放眼皮上，你瞎眼睛烂了，石头就会掉进眼窝里嵌上，你生前看不见，死后就不会做瞎子。"树堂问："它要是不给我怎么办？"老王瞎子停了停，回道："你抢，盗即道。"那时候这方圆十里肖港镇，明面上，大家都听刘青城书记的话，暗地里，其实是听王瞎子的，瞎子管的是天上地下两头，青城管的是中间，日月光下地面上的事。树堂点头答应，说每天早上，只要不落雹子，就会去梅家桥下等，他晓得红石头金贵，怕是杜十娘沉的那个百宝箱里滚出来的，东陵大盗孙殿英由慈禧太后墓里抠出来的，只要出世，只要主席白鹭、书记白鹭将它们找到，他就去求它，他在黑暗里过了几十年，都不知道星斗是怎么样闪法，花是怎么个开法，女人的脸长什么样，奶长什么样，受的罪统统加起来，抵他妈妈吃的那碗白鹭，够了！再说妈妈也死了，埋在河堤下，血流干了，肉磨完了，都还给小澴河了！白鹭白鹭，你可怜我一个瞎子，不要让我下了黄泉，还要点着竹竿走，阎王殿里外，只怕没有共产党，没有他们热火朝天修好的地铁、铺好的柏油水泥路。

瞎子们都是神神道道的，不然怎么活得下去哟。金安从小跟树堂好，心里想的是，让他去梅家桥玩玩，也就是少赚几个命钱，大清早，嫂子们都在摘菜做饭，菜里的虫子米里的石粒，"鼓子"里的热水摇窠里的孩子，铁锅底面积着一层黑盔等刮，哪个有空理他。人有个盼头总是好的，瞎子更要有盼头，等他哪一天死了，自己去小澴河里，找两粒淡红小石头放到他棺材里，安在他眼皮上，也不费什么劲，小强都换过多少双眼珠了。这么说，我还得等树堂先死，才能去给自己挖坟布坑装机关。

"这是涂丽丽的羊,她赶过梅家桥,托我一个瞎子替她看羊,自己去金神庙集上开她的裁缝铺去了。"原来树堂瞎子除了在这里听白鹭鸣叫,抚摸站立在他身边的白鹭的弯脖子,还在替那个女子看羊唉。原来莫道人行早,更有早人行,树堂比他早,涂丽丽比树堂还早。她赶着黑山羊出涂家河村口时,月亮未落,天上都还是一天的星斗吧,这梅家桥青石板上打的白霜,怕也是被她穿着红皮靴,领着这群撒欢的黑山羊,用日后必将炖成火锅的羊蹄子蹭掉的。

"你摸过涂丽丽奶子没有?"金安熄了火,下来发一支蓝楼给树堂,又摸出打火机,火苗一闪,替他点上,坐回三轮的驾驶座上和他讲话。这是每天他们哥儿俩都会做的事。树堂没娶到媳妇,手也没闲着,这附近村子里的小寡妇老娘们,谁的奶子屁股没被他摸过?"年少的观音老来的怪,满筐的桃梨变面袋。"在他乌漆麻黑的脑子里,能勾画出形状的,一个是河堤上下,我们用脚踏出来的大路小路织成的网,一个就是千百只女人奶子的样子吧!王瞎子讲:曲成万物而不遗。人是曲的,事是曲的,路是曲的,理是曲的。直?直是最小曲嘛。唉!我们肖港镇已故的哲学家老王瞎子。你徒弟魏瞎子的曲,就曲在这里了!他坐在那里拉《二泉映月》,黑暗里好像有千千万万条曲线由弓弦上发出来,都是女人的屁股线与奶子线,又让人悲伤,又让人欢喜,又有神,又有鬼,又有观音菩萨,又有婊子妓女,又高又低,又粗又细，又左又右，又丑又美，又善又恶，又冷又热，又干又湿，又麻又痒，冷暖循环，四季轮换，在天上地下绕，在阴间阳间绕，在黑与亮中绕，有时候比娘纺的线还要齐整，有时候比沤在一起的苎麻堆还要缠绕，比金安自己，拉得不晓得好听多少倍。儿子说树堂是搞"性骚扰"，肖港镇最大的"咸湿佬"，要坐牢的。儿媳妇说我看他的犯罪行为已够得上枪毙，要不我明天打个电话，让那边的派出所将他抓起来？这小子，他摸过几个奶子，苕头日脑的。那些小寡妇老娘们不喜欢？她们的奶子不给男人摸，不给毛毛吃，是当成白面馒头供"脑壳"的？树堂摸她们的时候，她们笑他打他骂他，像被洋辣子蜇到屁股，等旁边没人，又会心虚地悄悄问树堂："瞎子我的奶子是不是显小了……"春上早谷发蘖，春雨潇潇，细密如同牛毛，一群人前前后后田间薅苗，树堂点着竹竿在路上走，多少次被她们一拥而上，将他的裤子扯得精光，将泥巴塞了一裤裆，他又打又笑又骂又哭，捂着下身蹦得像个猴子。"树堂长的是驴子鸡巴。"她们都晓得的。这也是性骚扰？儿媳妇你打电话让他们将乡下的公鸡公狗公猪公牛都抓起来，它们都不讲礼。公白鹭可以，它们会先跳个舞，像沙湖公园晚八点跳交际舞的那些男人跟女人。早说过这小子读书读傻了，被他公安局的尖尖脸媳妇管怂了。我，金安，摸过多少奶子？凤英不在，我也不会跟你们讲的……

"人家武汉回来的正经女人，我下不得手哇！但她香！

盗锅黑

跟我说话的时候，我就闻着她身上的味，兰花似的。她将头羊的绳子交给我，我碰过她的手，又软又滑，是好女人的手。她声音好听，黄莺一样，像汪梁冈老梁的蜂子采的蜜，蜜里面又混进了一点点沙。别人都说她长得好看，金安你一会儿去金神庙，替我多看两眼。"树堂吸着烟，将烟圈用口鼻游龙般喷到小濛河泛起的白雾里。

当年赵匡胤走金神庙，推过了高高的石桥，独轮车也是停在这棵老枫杨树下面吗？他带着好看的京娘，也是坐在这张黑漆漆的枣木方桌边，一人坐一个小板凳？吃的也是杨二嫂，不，杨排风、杨八姐、杨九妹、杨大婆……她们炸出来的红萝卜丝包子？就着小瓷碗里热腾腾的豆腐脑？赵匡胤也像他金安似的，能一口气吃掉六个、八个？京娘则小心翼翼地拈着草纸裹好的包子角，指甲上染着凤仙花汁，小口小口地咬着面皮扯出萝卜丝，她能吃两个就不错了！金安端着一碗豆腐脑胡思乱想，好像赵匡胤三十出头，浓眉大眼，红脸膛，长得方方正正，就是匡国清那个形模，与京娘就坐在他对面的空板凳上。金安跟树堂抽完烟，一口气沿着长堤，将三轮开到金神庙集，将三轮停在枫杨树下，也不锁。枫杨树下还站着一头黑驴，鼻绳也没有穿，半大不小，傻傻愣愣地站在那里，看石桥下曲折西流的小濛河水，看水面上翩翩飞过的白鹭。一头不认得的黑驴，它的主人是谁？现在乡下人都时兴骑摩托车、三轮，驴子不是都下了汤锅，驴皮不是都熬了阿胶，给凤英跟儿媳妇这些狠女人补气血去了吗？

"二嫂我只要三个包子，豆腐脑也莫放糖。"金安吃不得糖了，糖尿病已经像鬼缠摸上身。"少吃盐，不吃糖，咸鱼、红烧肉、海鲜，都少吃，南瓜最好，不抽烟，不喝酒。"儿子带他去医院体检，头发染得板栗黄的女医生一脸漠然地吩咐。

"金安你坐，我晓得的。"

杨二嫂也老态了，穿着孙子改小的校服袄子，像被霜打过的枫杨叶片，头发灰黑，齐齐地用木簪子绾在脑后，姜黄的脸被风臊得微红。她由筲箕里捏起三个包子，推滑进翻滚的油锅里，用长长的木筷子抹挑，几个翻滚，片刻就将包子炸得黄亮松软，表皮微焦，咻咻地冒热气。就着她腌的洋芋头、炝的萝卜条、揉的雪里蕻、晒的豆麦酱，一口包子焦爽，一口豆腐脑妥帖，几十年的早饭，都是这么过来的，多舒坦。从前集上人多，太阳由枫杨树梢照到街头，将杨二嫂的铺子一半照在日光里，一半留在金神药坊的暗影里，点卯点卯，这个点是生意最好的时刻，来买菜的人提着篮子走都得侧着身子，像三伏天里浮塘的鱼一样，将街面上的铺子与铺子前的菜摊挤得满满的。那时杨二嫂有五张小桌子，二十多个木板凳，金安来过早，都是站着，一边吃，一边看杨二嫂一手撩垂到脸上的头发，一手捏长筷子翻滚油里的包子，小六小七两个男孩儿花果山的马猴似的五分一角两角五角地将钱票子收在一个红木匣子里。

现在，杨二嫂一早上，能卖出一小筲箕包子就不错了，

盗锅黑

豆腐脑装在几十年杉树板子箍成的桶里，也只有浅浅的小半桶，这还是因为住在金神庙集边的婆娘们懒得做早饭，烟囱不冒烟，也不愿打煤气灶，蓬着箩筐大的头，来她这里端现成的。满满一街的人，都去了哪里？小六去东北搞粉刷。小七去武汉配钥匙。八姐嫁随州人。九妹成台湾妻。挑豆腐担的老黄得心肌梗塞死茅房里了，临死双手握着屎橛棍。杀猪的郑建桥，下场也不好，他杀掉又在金神庙卖出去的猪，吹个哨，排成队，弯弯扭扭，不会比小澴河堤上长成器的枫杨树少吧，他爱吃猪大肠，得的是直肠癌，痛得唉，就是阎王爷天天往屁眼里钉钉子，最后他熬不住，一根绳子吊死在郑家河他家里。开药店的肖楚生回肖港镇去了，从前他都是大背头梳得油油亮，苍蝇在头上都会滑断后脚，握着绿莹莹的茶杯，茶叶在滚水里描龙画凤，来吃杨二嫂炸出的第一个萝卜丝包子！那两个由福建莆田来的弹棉花的白脸小伙子，在金神庙最先穿起牛仔裤，也早回老家去了，他们应该已经放下弹匠锤，去经营更大的生意。补锅点锡的何昆清，修自行车的老李，打铁的匡国清，贩黄花木耳香菇的老刘，卖日杂百货的老张，卖筲箕簸箕的篾匠王勇军，箍桶匠，阉鸡匠，桐油匠……记住名字的，记不住的，老的老，走的走，病的病，死的死，他们的脸好像都掩在一扇扇关起来的黑漆门里，被屋顶亮瓦漏下的阳光一缕一缕刻印，那些门从前都是朝向热腾腾的街道开着的，现在贴着门神武将，上了闩，挂着锁，像掉光牙齿的老头老太太，又怕丑，将嘴紧紧地抿着。七八只狗,黄的,黑的,白的,黄黑白交错的,由街尾走到街头,没得屠夫老郑的骨头啃,没得弹棉花的嘣嘣响来养神,它们这些丧家狗,都不像从前它们的祖父辈那样精气神十足,见人就扑咬上来。一二十个附近村里的老头老太太,提着篮子来卖一点自己吃不完的萝卜白菜,茄子莴笋,手拢在袖子里,嘴上吐着细弱的白雾,有一搭没一搭地聊天,面前空空的街道,都可以踢脚行拳,请何砦的龙船队来划旱船了,他娘的个胯子,这也能叫生意?

"这金神庙还哪里有脸叫街,叫集,等你将早点铺一收,就一点热气都没有了,二嫂你下个月,要去帮小六看孩子吧,小六有出息,在武汉买一百五十平方米的房子,又装修,铺地板,买家具,几百万的现钱,比我儿子强啊!"想起来杨二嫂前几天一直在唠叨的话头,金安就觉得瀑布一般由屋檐间射下来的太阳光里掺了沙子。你还想临死前带一袋杨二嫂的包子走,那时候,恐怕得打电话给她,让她在武汉小六和盛世家小区的新厨房里,揉面切萝卜丝,煤气灶烧热油,排气扇呼呼响,炸好后叫申通快递,给她的老相好金安专门寄回来了。

"这算个么事,我收了摊,你还可以去涂丽丽那里,你听她踩着缝纫机的声响,呼啦啦呼啦啦,猫子纺线似的,一边吞口水,也听得饱。"她用长筷子拨拉着波涛起伏的滚油中的包子,说得是云淡风轻,这一刻她炸出来的包子,未免会有一些酸味儿吧。杨二嫂已经下了决心去汉口,这是除夕看完春节联欢晚会,她答应小六夫妇的。金神庙的一枝花走了,炸了几十年的包子,也够去跟儿子买一套客厅里的欧式田园风沙发的,对于将要与她交班的来路不正的金神庙末代女王,她到底还是有一些愤愤难平。

"唉二嫂,我听是听得饱,为么事还要流口水呢?"金安揣着明白装糊涂嘛。涂丽丽踩缝纫机的声音是好听,《赛马》似的,万马奔腾,没有《二泉映月》《江河水》的中国式忧郁,这两个月以来,每次开着三轮往她缝纫店门前过,他都希望三轮车的油门能够轻些更轻些。希望在缝纫机呼啦啦的声响里,涂丽丽能抬起头,往街心里瞥一眼,像电焊的弧光,让他觉得身体打了个闪。她缝纫机旁堆满黄白青黑的土布,她将布裁成老头老太太入殓时穿的衣服,长袍,马褂,对襟袄子,棉裤子,一五一十,周全细密,我们活着的时候,穿得随随便便没关系,死了,去阴间见到父母祖辈,七大姑八大姨,得按他们的衣裳,毕恭毕敬地穿好,不是吗?这样的衣服肖港镇没有,武汉没有,网上也没有,老太太们来缝纫店里,与涂丽丽一起做,忙了一辈子,入土的一套衣服,要又体面又合身又舒服,料子是土棉布,绸子也行,样式万万错不得,一个袢扣弄错,都会被爷娘们笑话。生意是好生意,也辛苦,也赚钱,就是做一桩少一桩,就像杨二嫂的包子,眼下是炸一个,少一个,就像前面桥下黑驴头顶的枫杨树,冬月间,进了九,叶片掉一片,少一片。

"集上多了一只白老鼠,来嗅的猫也多起来了。你晓不晓得，她在武汉做的什么生意？她是肚子里害毛毛才回来的，谁的毛毛，你自己问她去啊！"杨二嫂你再酸下去，这锅包子就吃不成了。哪门生意都是千难万难，哪个女人都会怀毛毛的。涂丽丽回来的时候，是九月娃娃们开学的日子，肖港镇幼儿园小学初中的黄色校车重新开动起来。涂丽丽爱穿着白色的连衣裙，坐在金神庙集粉刷一新的缝纫店里做衣服，说是"白老鼠"，唉，更像广寒宫里的玉兔精吧，偷偷地瞒着嫦娥仙子下了凡，灵山不远，在金神庙辟了一个山洞，来打她主意的，也不该是猫，而是在河沟里溜来蹿去的野狼嘛。

"我就算是一只猫，也老了，腰不好，糖尿病，就是老鼠在我面前晃，也逮不住了。"想起清早被子里的朝天烧火棍，金安脸有一点发红，不是猫的腰不好，是猫将逮老鼠的本领丢生了。

"说的不是你个没用的老东西，你看，匡埠的宝渝又来了，他是来缠涂丽丽的，人家腰好。"杨二嫂抬头走神，差点炸糊了一个包子。这样的质量事故，对她来讲并不多见。八卦事业之所以永远优胜，我们金神庙集市的一枝花也无法幸免。

由枫杨树下的金神庙桥骑摩托车冲来的年轻小伙子，板寸头，牛仔裤，黑色的皮夹克，左右手腕上各缠着一串佛珠手串，自行车的后座上夹着溜圆的一麻袋稻谷，由金安背后掠过杨二嫂的早点摊，加着油门将车冲到二十余米外的缝纫店前。小伙子跳下车,架起后座,将稻谷麻袋死狗子一样扯下来,甩到门板前的石阶上,睒着小白脸,匪里匪气喊:"丽丽,这是我送你的晚稻米,你煮粥吃哈!"门内阳光影里,缝纫机的扎扎声稍停一瞬,又万马奔腾地响起来。

"这是太子冈的晚糯米,熬粥吃,补人的!"看来匡埠村铁匠匡国清的儿子匡宝渝在涂丽丽这里吃瘪,已经不是第一次了,他不以为意,一屁股坐在台阶前的阳光地里,挥手赶走向他嗅过来的两条黑白土狗,又瞪回那里由菜筐上抬起头的爹爹婆婆们,一张张皱纹满满的脸,菩萨罗汉似的。

"拿回去煮给你妈吃,她胆结石,身体不好,要好好补补。"门内飘出来涂丽丽的话,果然是苦楝树上黄莺叫,柔柔的、糯糯的,又有一点沙哑,瞎子树堂眼睛瞎,耳朵灵,蜜里有沙,他说得对。

"让她抓卧单咬枕头角疼死算了,你才是我亲妈!"朝阳照着他半边右脸,右脸上有刀疤,他眯着眼睛,耸着眉毛,刀砍斧削的一张脸,其实是俊的,白白作践了国清传给他的这一副好皮囊,从前国清在金神庙打铁,正月十五搭台唱黄梅戏,蔡鸣凤、金小毛、董永、牛郎、武松这些角色,也只有他演得好、扮得像、镇得住,还在孝感县的黄梅戏会演里得过铜牌。

"唉。"门内一声叹息之后,又是缝纫机万马奔腾的踩踏声。

金安已经吃完第三个包子,将瓷碗里余下的豆腐脑温温地倒进嘴里，收棉花的老魏，平日他就该站起身开着三轮车，去金神庙村的后街里一家家挨着门槛问："您老家里，有要卖的棉花吗？"稻田可以全用机器种，伺弄棉花却要凭人工，现在种棉花的人家少了，棉花地也不多，癞痢头似的，夹在稻田中间，多半是为城里的儿子女儿家准备几床被子，没算计好，就会多出来十来斤皮棉。称好秤，一包袱一包袱地收上来，倒在他的三轮车车斗里，一堆棉花小山，差不多个把小时，就可作别杨二嫂，沿着下一个村子往肖港镇去。但是这一天，金安放下瓷碗，并没有站起身去桥边发动他的三轮车。

"昨天他送来的是一只南瓜，歪头斜脑抱在怀里，几十斤重，在涂丽丽门槛下坐了半天，涂丽丽不要，他抱到那边卖给了汪梁冈的梁大婶，要了五块钱。之前还送过西瓜，送过喜头鱼，送过团鱼，送过鸡。有的是他自己在河沟里用夹网夹的，有的是他去人家田里偷的，这袋稻谷，我看十成十也是偷人家的。现在十村九空，也没一个正经劳动力在家，他一个'大男将'做强徒，早上起得早，趁着黑，翻墙盗户，还不是手到擒来，想偷哪家就是哪家？"杨二嫂压低嗓子唠叨着。坐在台阶上的宝渝，你好好的浪子燕青不做，偏要做这"鼓上蚤"时迁，做时迁作践你这一身皮夹克也还罢了，在满村满乡妇孺老幼里横冲直撞，塘里一条黑鱼似的，你就不怕你又会打铁又会唱戏的国清老爹，由小漷河堤下的坟垅里爬出来，一锤子锤死你个狗日的，哪怕是冒着他要亲自做这条"狗"的危险?

　　金安认得宝渝。儿子小时候,与宝渝在何砦初中同班同桌,宝渝脸上的疤,就是儿子用削笔刀划的,儿子的成绩好,这小子不服气,偷偷将同桌的饭盒,扔进操场下的水塘里喂鱼,儿子看起来老实,脾气其实像他娘,驴一样犟,掏出刀就将宝渝的脸犁得翻出了肉。后来儿子像烧了高香似的,一路读高中,读大学,硕士博士,留在武汉教书,这小子运气却不太好,初中没念完就自己收拾书包回了家,不愿意接国清传了四五代人的铁锤,将国清气死在床上。将铁锤放进棺材里,埋了国清,宝渝带着老娘给他的几千块钱,要出门去学做生意,先是去汉中倒腾由外国运进来的洋垃圾衣服,赔得精光,又借姐姐的钱,去深圳收旧手机,收到人家杀人抢劫的什么苹果7,被关进看守所,又是姐姐姐夫坐火车到深圳去花钱保出来。姐夫说,以后你跟我学泥瓦匠去哈尔滨做粉刷。我与你姐姐两个人,勤扒苦做,一年上头,东北落雪结凌了,我们捆起被窝行李,也能带八九万块钱回家,你这七八年要是上了东北,现在房子也盖了,媳妇也娶了,儿子也生了。我们农村人去城里,能赚到的都是血汗钱,你想做城里人的大生意,赚大钱,做不到的,你有他们脑子聪明?你爸爸死了,又没个舅舅,就一个姐姐,哥哥我的话,你要听。姐姐在一边的硬座上抽抽哭。两口子的手摊在肐膝上,手掌糙,关节粗,都被冰碴、石灰与水泥咬脱了形。

团圆酒

不去！我哪里都不去！宝渝赶走了姐姐与姐夫，跟走路歪歪倒倒的老娘吼。不走就不走呗，现在乡下地多的是，容得下你浪子回头金不换，洗心革面重新做人的。学种田，犁把都捏不稳，又不愿意叫保志的机器，好容易栽起来的稻秧，结出来一半瘪谷；学种菜，萝卜长不到拇指粗，包菜都没有包起来的心思，黄瓜茄子结出来，弯弯扭扭像狗鸡巴。说散养的鸡值钱，春天没过完，鸡苗就死了一大半。就是会搞鱼，大澴河小澴河曲曲绕绕，一个坡一个坎，他都晓得，鳜鱼黄颡、泥鳅鳝鱼、螃蟹龙虾、团鱼乌龟，都是大小龙王们在替他养。夏天凫在水里，露个头，两只手，够了，水族的鬼门关，个头小的龙崽子都搊得起来！冬天皮衣皮裤，举着夹网在河边的水草里蹚来蹚去，天一亮，半笆篓鱼就有了，金神庙集肖港镇集贸市场，都有人在等着他的清水虾、野生鱼，贩去孝感武汉卖钱。去龙王那里偷鱼虾，回来的路上，偷个鸡，摸个狗，顺只瓜，背袋谷，那也是常事，婆婆们在他身后口沫横飞拿菜刀剁砧板骂，死了的国清爹在棺材里气得发抖，活着的宝渝妈像春雷一样打喷嚏，供婆婆们在牌场外打发掉了半天的光阴，其实也不算个坏事。偷小嫂子？将河水泡凉的身子，趁着铁拐李"盗锅黑"那一个时辰，钻到她们火热被窝里，将冰冷的手合在她们温柔的奶子中间，将国清老爹打铁的本领舞弄出来，大开大阖如罗成舞枪，细雨梦回如杨志磨刀，这个他倒是学得十足，一点也不比当年在金神庙铁铺里吭哧吭哧打铁的老子差。微信上摸一

盗锅黑

个小嫂子不难，真要找一个姑娘肯嫁他，实打实，巴心巴肝巴肺，生儿育女过日子，好容易？宝渝妈去千央万求媒人们，一个接一个直摆头，偷鸡摸狗的毛病也还罢了，现在乡下出身的年轻人，不在孝感的小区买一套房子，哪个做媒的好意思开得了口？宝渝妈急断了腰，宝渝不着急也是假的，在外面打工的年轻人已经知道将媳妇放家里不是事，这几年，都改成是成双成对出去了，打鱼回来的路上，已经很难遇到一盏为他啪的一声拉亮的灯泡。涂丽丽由武汉回来，赶着黑山羊在河堤上走，那脸蛋，那屁股，那腰，那走路风摆柳的样子，都是实打实的好，这一回，他也不去求媒人了，自己抱着南瓜、糯谷、王八、甲鱼，毛遂自荐上门来了，我摸鱼来你织布，金神庙的寒窑虽破，也能蔽风和雨，更何况，他们都讲，涂丽丽有钱，她由武汉拖回来的红色行李箱，不比杜十娘的百宝箱差到哪里去。

"丽丽你答应我，我们谈恋爱，天快黑时，我带你在澴河堤上散步，我再去养一条黑狗乖乖跟着我们。"匡埠的宝渝斜坐在青条石筑成的台阶上，苦苦哀求在瀑布一般的橘黄光影里缝制孝布的姑娘，她像池塘中的白莲花一样好看，好看得让人不敢去摘，桃花、梨花、油菜花也不是不好看，但宝渝这只细腰的葫芦蜂子什么时候怯过场。

"宝渝你不要脸，你一个媒人都托不到，你还想娶媳妇。"

"南瓜不行，晚糯米也不行，那我明天再去捉两个王八来做媒人！"

"宝渝你是个流氓你晓不晓得。"

"你要是给我做媳妇，我就金盆洗手不当流氓。"

"不可能的，我宁愿嫁给我的山羊，也不会嫁给你这个流氓的，除非小澴河的水往东流。"

小澴河的水向西流，流到大澴河，流到母猪湖，流到涢水，流到汉江，流到长江，已经有几千几万年了，它会为了宝渝你这个流氓娶到媳妇改了性，转向东流吗？这得龙王与土地公公一起同意才行。不可能！涂丽丽一身白色的羽绒服，粉红色的靴子，紧身正蓝牛仔裤勾出浑圆屁股线，裹住的纤细小腿带动脚踝，流水价呼啦啦踏着缝纫机，自己都笑了，她知道自己笑得有多好看，在武汉的时候，他也是这么夸她的："你连嘴唇都会笑，笑起来的时候，我的心会疼，像阳光下被一群野蜂子蜇了。"他多会夸人，多温存，又多勇猛，其实比面前台阶上坐着的这个宝渝……更流氓。

金安由小板凳上站起来，沿着被阳光分成两半的青石条街向涂丽丽的缝纫店走过去，杨二嫂盯着他的背影，不动声色地拨拉着油锅里的包子，油锅沸腾了一个早上，青烟袅袅，一个油花逐一个油花，在锅里掀起油浪，就像夏天发大水时，大别山流下来的洪水在小澴河里掀起的漩涡，夏天的小澴河，可没有冬天这么绵条，管着它的龙王是狂暴的，一心一意要将两岸的河桥、草木、牛羊、白鹭，还有那些玩水的男伢们卷到它的肚子里。

"宝渝，你这袋谷，我要买！"金安一边说话，一边掏出蓝楼，抽出一支递给宝渝。

"不卖！"半路杀出来个程咬金，但宝渝并不惧他的三斧头。

"你这晚糯米好，又黄亮又饱满，是蔡家河的蔡腊狗田里种出来的。十块钱一斤，我买！"宝渝不接他的烟，金安自己也不抽，将烟盒重新塞回口袋里。

"我跑到梅家桥将稻谷倒进河里喂老王八，也不会卖给你的！"宝渝的白脸在慢慢挣红，屋里踩缝纫机的声音也在变慢。

金安眯起眼睛往屋里看，又看到涂丽丽那让他触电的目光。这小女子的一张尖尖脸，唉！这两眼，是我替瞎子树堂看的，他现在该已经拄着竹棍，走过梅家桥，去乡垮算命赚钱去了吧。

"一百块钱一斤！这是我的卡，我告诉你密码，你自己去孝感的银行取，几千块钱，够你在孝感混的！"金安将烟盒子旁边的卡抽出来，凤英那婆娘要是看到，不会再笑话他舍不得花钱，是尖屁眼吧，儿子每个月往卡里用支付宝转一千块钱，大半年他都没有动过，除了保志的机器和杨二嫂的包子，钱没什么卵用。

"有几个屄钱了不起是吧！在武汉上班了不起是吧！你儿子欺负老子，你现在也来欺负老子！今天不弄死你个老狗日的，老子就改姓魏！"阳光一乱，宝渝已经像一条白条脸黑狗一样，向金安扑过来，将金安扑倒在街面上。

团圆酒

"老子今天就替国清除掉你这个肖港镇的祸害!"金安哪里肯示弱,双手架住宝渝的手腕,这小子不枉是铁匠搞出来的种,手腕有力,手臂也粗壮,他这样去搂女人的时候,女人会受用的。两个人由台阶上滚下来,在金神庙集的青石板街道中间的朝阳里翻滚,就像杨二嫂热油里的萝卜包子似的。金安在农中读书的时候,跟国清也是同学,那时候看《少林寺》,兴学武,两个人常琢磨着"鲤鱼打挺"啊,"乌龙绞柱"啊,"枯树盘根"啊,"隔山打牛"啊,在小澴河边的草地上练,新栽的白杨树被他们打断了多少根,草地被他们都蹬出一块块"瘌痢"。老了老了,国清将这些绝招带进棺材,他金安也忘得精光,面对宝渝这样三十岁擦边的壮汉,他也只好像婆娘们撕毛一样,摸爬滚打,毫无章法可言。除了鸡公鸡母,集上多少年没打过架了!一时间,老太婆老爹们扔下菜篮子,一脸兴奋地围成圈,跟之前曲着腰往前蹭步比较,步伐都变得松快起来,游荡的狗子,也像被火苗燎到似的,脊梁一紧,一下子由一个个松松垮垮的狗皮袋子,变得精神抖擞。连两个蓬着头,夹着眼屎,拎着铁锅在街边刮锅底的金神庙女人,也提着铁锅围拢在一边。"气由丹田起,拳头要有寸劲,金安你打他时,胳膊肘要弯着来,打他的耳朵后面!"这是汪家竹园的汪苕货,隐藏在民间的武术家嘛。"金安你用两个胯子将他缠倒,他就动弹不得!你的婆娘们没这样缠过你?"嘴里漏风的婆婆热情地指点,她是殷家大塆的翠林婆。"嗷嗷嗷!嗷嗷嗷!"齐声加油的自然是那些重

盗锅黑

返青春岁月的狗子们。一场热闹之外，缝纫店里的涂丽丽不紧不慢地踩着缝纫机，早点摊的杨二嫂不动声色地划拉滚油中的包子，一身腥臊的黑驴在金神桥边淡漠地嚼着枯草，北风嘘嘘吹拂冬日暖阳下的杨树，小澴河又弯又细，清清亮亮地曲折流过金神桥、梅家桥去。

那时候家里的老黄牛还在，清明谷雨一到，金安就将它牵出来，驾上轭头，拖着铁犁，去犁他的稻田，稻田里的霜雪化掉了，土块是湿润的板结的，一圈一圈环绕，一片片剜开，像小宝用削尖的铅笔一行一行写作业。泥土里冬眠的泥鳅会由泥洞里被翻出来，像早上五点钟由美梦中惊醒，在犁沟里几百上千条噼啪乱跳，像一条一条成了精的小扁担，有的被犁头铲成两半，两半一起跳，绿蚯蚓、红蚯蚓，也会被翻出来打滚，有时候还会有水蛇。杀鸡，过年的时候，还有儿子读初中高中长身体的那几年，凤英一大早起来将鸡由鸡埘里面挑选出来，提着翅膀眼泪巴沙地交给金安，让他好生杀，金安接过来，走到门口的楝树下面，念咒，菜刀下滑，拉割开鸡嗉子，鸡血喷出来，鸡在楝树下一簇簇楝树苗里翻跟头咽气。又有一年，金安刚买三轮车时，是贩梨子到孝感街上卖，在孝感商场中心天桥旁边，被城管逮到了，收了秤，又要没收他的车，金安不干，一头钻进旁边的402路公共汽车下面，将身体像蚂蟥一样贴在底盘上，一两个小时都不出来，将马路堵成一条长龙，最后是公共汽车的司机与那个年轻城管一起在车外苦苦哀求，城管去米酒店里买来小笼包给他吃，他才松了手，由车底下爬出来。对，像翠林说的，那些将小腿大胯缠到他腰上的女人们，凤英是松松垮垮的，但杨二嫂很用力，好像缠在杉树上的藤子，一定要等她呼娘喊爷缓过劲，才会松下来，有时候，他觉得自己的腰都会被她夹断了……遭报应的时候到了，老金安，那些泥鳅，那些鸡，那个年轻城管，那些女人们，一起将力气都交给了宝渝，而金安已经老了，丹田里空空荡荡，手臂与腿上的肌肉，年轻的时候，像一群老鼠蹿来蹿去，现在是连蟑螂都不如。

金安撑不住了，心里一黯，手上的力气一泄，巴掌心被宝渝摁到了水泥地上，擦得生疼，金安只好偏过头，一口咬住宝渝右手腕上露出来的白肉。金安爱惜牙齿，每次吃完饭，都会漱口，牙口很好，用上的又是六十年前吃奶的力气吧，只觉得牙关如钳，一口咸腥，宝渝的血已经渗到他嘴里来了。啧啧这狠劲，一边围观的狗子们狗脑筋都是佩服的。

宝渝熬得住疼，直瞪着眼，将金安按在身下，双手合拢，掐住了他粗壮的脖颈："让你咬！吃老子的肉，喝老子的血！你儿子跟老子抢女人，现在你也来争！老子就是再去坐牢，去吃枪子，也要先分分钟搞死你！"

一嘴血，肉是吃不到了，金安两排牙松动，铁匠匡国清的儿子，铁箍一样的双手在他的脖子上越收越紧。

在武汉，在鲜花四季常开的沙湖公园拉二胡的时候，他想过自己的死，在路上被来去如飞的汽车撞死，洗澡时不小

盗锅黑

心被泄漏的煤气熏死，得癌症死在中南医院的冰柜子里，一个人待在乡下早上起床心肌梗塞没人管歪过去，这些死法都正常，多少人都是这样死的，没有什么值得大惊小怪，别自杀，别跳河吊颈喝药给子孙抹黑就好。只是万万没想到，想不到会死在这里，金神庙集的街道冰凉，比不上铺在堂屋里的草席，也比不上中南医院里的白卧单病床。想不到会死在这小子手里，一会儿过了奈何桥，见到国清，一定要痛骂他一顿。还好，有杨二嫂看着，有涂丽丽看着，有黑驴看着，比起大限将近，在小㴇河堤下，吃完包子歇口气，自己挖坟自己埋，并不算太坏。

像楝树下艰难倒气的鸡，金安的腿也使劲蹬动起来。在慢慢沉沦的意识里，他感到自己的膝盖顶到了宝渝的裆，鼓鼓的，温热的一团，牛胯里驴胯里偷来的行货吧，难怪讨女人喜欢唉。"鲤鱼打挺"？用最后的一点力气，猛地将膝盖往他的胯里一顶，金安有把握，将他的两颗卵子顶碎，像弄散一个双黄蛋似的，自己围魏救赵，这脖子上的"绞索"会松开。可是他这一顶，国清就绝后了，这金神庙集周边的女人，秋冬长夜漫漫，睡不着的时候，存的一点热乎乎的念想，也就没了，再想想，再想想。

其实是间不容发，金安稍一犹豫，他的意识线就被宝渝掐断了，就像大年三十灯火通明的晚上，好好地看着赵本山冯巩赵丽蓉蔡明演春晚，电猛然一下跑得精光。

要不是在爹爹婆婆们的叹息里，在黄白黑狗子们的狂吠里，杨二嫂举着由油锅里捞出来的长木筷子，"嗞"一声，烫在宝渝的手背上；要不是涂丽丽将缝纫机头上的长针取下，跑过来将它"嗤"地摁进宝渝的肩头，宝渝这个催命鬼，遇到了更凶的黑白女无常，疼得松了手，杀猪一样惨叫，由金安身上触电一样弹起来，金安可能就真的被宝渝活活搭死了。

"你逃过这一劫，会活到八十六岁。"瞎子树堂嘴上抽着金安递上的蓝楼，右手由签筒里摸出一根紫莹莹的竹签，手指头摸索半天，慢吞吞地说："我今天给你抽的签，叫'明夷'，明说的是太阳，夷是灭九族，九个太阳都给杀了，血将云梦泽都染得通红，说来说去，就是太阳落土的意思。太阳落了，英雄遭难，文王箕子坐商纣王的牢，只要明白'用晦而明'的道理，在乌漆麻黑里坐着等，有老天爷在，总会天光，你就可以逢凶化吉。这是我树堂瞎子的卦啊，师傅你活着时，也不给我好好讲讲这个理！"

已经是午后时分，太阳偏西南挂在殷家塆的上空，熠熠发光，白日光斜射在梅家桥的青石条上，映在深碧的小澴河流水里，将两岸草木上的浓霜蒸发一空，还晒出一点阳春热烘烘的暖意。只是与上午中午的太阳比起来，下午三四点的冬阳，少了一点"刚性"，就好像是酒坊里，最后吊出来的几坛谷酒，酒味还有，酒劲却淡泊了。金安蔫头耷脑开着三轮由匡埠村回来，下堤过河，发现树堂还站在桥边的草丛

盗锅黑

里,站在黑山羊与黄牛水牛中间,身影长长的被阳光投在梅家桥上。这瞎子被冬月的暖和日头晒懒了骨头,不想去算命赚钱啦?

"你上匡埠给丽丽说媒提亲,国清的那个跛胯子女人,高兴坏了吧?给你煮米酒溏心鸡蛋,你吃了四个,还是五个?我早跟她说过莫急莫急,儿媳妇进门,不是今年,就是明年,说不定还会抱孙,她还不信,只肯给我十五块钱,一半的命钱!"树堂的双眼石灰白,脸被晒得龙虾关公一样红。

这个瞎子也有失算的时候,哪里有什么溏鸡蛋,他金安没有被这个狠婆娘糊一脸溏鸡屎,就谢天谢地了。

昨天中午由涂丽丽的缝纫店出来,他就跟杨二嫂商议做媒的事情:他给之前拍拍屁股上的灰走掉的宝渝当男方媒人,杨二嫂给嵌起铺板照顾金安一上午的涂丽丽做女方媒人。早上杨二嫂出师涂家河,首战告捷,她停了早点摊,也不骑自行车,也不开电驴子,穿老红的羽绒服,绾着染黑的头发,穿着半高跟的黑皮靴,扭着腰臀,沿着河堤老柳树,走到乡塆涂丽丽家里,涂丽丽已经赶羊出了村,她家里父母去世,哥哥在外,就嫂子一个人。嫂子长得难看,像头抹上口红的骆驼似的,听了杨二嫂的主张,乌云破日一脸笑,掏出华为手机,就给广西南宁做传销生意的涂壮壮发微信语音:"有人来给你怀毛毛的妹妹提亲,怎么办?"涂壮壮秒回:"好事,定日子,给媒人打鸡蛋!"哽都没打一个。壮壮嫂子去厨屋里砰砰敲蛋,杨二嫂一条报告给金安的消息还没发完，壮壮嫂子就端着一碗红糖放得足足的米酒溏鸡蛋出来。推来推去讲客气半天，杨二嫂吃了四个，留了一个，五个鸡蛋啊！多大的礼数，这丑婆娘心里有数，会讲礼。杨二嫂一边吃蛋皮吸蛋黄，心里一边想："这媒说成，涂壮壮送我双皮鞋一定是妥妥的，这得卖多少个炸包子才换得回来。"吃完鸡蛋回程去跟涂丽丽和金安报喜，她觉得腰变细了，腿脚也有力了，嘴里哼着的是黄梅戏《打猪草》，觉得自己就是那个严凤英，金安就是那个金小毛，可不是，四五十年前，他们两个，也是在河堤下的杨荫柳影里"郎对花，姐对花，一对对到田埂下"，要不是金安妈犟得像头驴，一定要与自己的娘屋侄女老表对亲，哪里会有凤英那个婆娘嫁到魏家河村来的机会，让杨二嫂将好好的一出《打猪草》，改唱成催泪的《小辞店》！

　　金安将三轮车开进匡埠村，平生的第一次说亲，却没杨二嫂这么顺。村口山墙前晒太阳的几个老家伙一见金安，以为他是来继续找宝渝的，朝他嚷："他晓得你儿媳妇是公安上的，有路子，天没亮就搭车上哈尔滨找他姐姐姐夫了，金安你要报仇，就朝他跛胯子妈的跛腿敲几棍子，你出了气，说不定将她的跛脚还敲直了！"唉！宝渝的姐姐川英，劝了他多少回去东北，他不听，这一回，被金安的一咬、杨二嫂的一烫、涂丽丽的一针，一下子就惊醒了，就像一只不醒抱的母鸡，被扔到春冰未消的池塘，冷水扎心，冰醒了它一腔做妈妈的意思。金安与老头子们不知道的，是宝渝在肖港镇

盗锅黑

火车站一列驼背路灯的黄光里，踏上黑暗里顶着启明星由武汉方向开来的绿皮火车时下的决心："涂丽丽你等着，等我用血汗换来了钱，在孝感的碧桂园小区买上了两室一厅的房子，我就买茅台，专门请金安那老东西替我去提亲！"

乖小伙你用不上茅台，他走后不久，金安自己就开着三轮车来了。国清家的房子好找。国清打铁，赚钱早，他们匡埠村，他是最早盖起两层楼水泥房的。可是三十年后，多少由外面回来的年轻人，盖起了更高的三层四层楼的房子，黄黄绿绿，样式时髦，都搞得像城里人住的别墅似的，空空地放在那里猪拱鸡踏，长绿草晒日影。国清从前鹭立鸡群的楼房，白墙黑瓦，变破了，变旧了，在一群新立起来的白鹭中间，它自己讪讪地退缩回到了鸡的样子。国清娶回的女人，三四十年前，还不是一朵花开得十足！打折返、接亲，金安穿着白衬衣、深蓝西装，打着红领带去给国清做陪亲，两个小伙子，精神得像两只由麦林里钻出来的野公鸡，拜堂时，树堂瞎子讲礼，金神庙集学补锅的昆清、学开药店的楚生吹唢呐，学杀猪的建桥、学篾匠的勇军来打锣，昆清、楚生的唢呐吹得不成调子，建桥、勇军打锣，一小半锣槌都落在了国清女人惠珍肥墩墩的屁股上了。再好的女人，经得起三四十年日影的交替摧磨？惠珍比杨二嫂老得更厉害，还一个人扛稻谷到二楼时摔瘫了腿，镇医院骨头没接正，变成了跛子，屁股呢？那被国清摸得爱不释手，觉得野花不如家花香的屁股呢？风流总被雨打风吹去，金安不晓得这句话，感慨却是雷同。惠珍蓬着头,在一楼厨屋煤球炉上用瓦瓮炖猪蹄膀,汤水嘟嘟,浓香四溢,萦绕在她家的二层楼房内外。走街串巷的小贩子晓得她好这一口,十里八村的人吃猪肉,蹄膀多半是给她留着,劈劈啪啪用斧头砍了,着块生姜,抓把黄豆,炖一满瓮,三五天的伙食就对付过去了。

  金安起得早,杨二嫂的铺子又关了张,没吃着包子豆腐脑,闻香下车,口水一下子就涌了前来说媒的俏皮爹爹一嘴。"国清嫂子,大喜了!"金安站在厨屋的门口,背着阳光,朝站在炉子旁边的惠珍作揖,一屋暖暖的浓香与煤气味扑面而来,舒服的。惠珍提着夹煤球的火钳,套着蓝色的棉袄子,逆光站着,像小宝画图时张开的圆规似的,不理他,好半天,才拿火钳慢慢敲打铁皮炉子,一字一顿地讲:"只要老娘活着,涂丽丽那个婊子,就不要想进我家的门,她睡了多少城里男人,只有她自己知道,她肚子里的孩子,想姓匡,诓谁?也要等我死硬了躺堂屋的草席上才行。"宝渝清早摸黑出门之前,已经与她吵过一架,没有喝她的肉汤,也没有咒她这个"老不死"的,乌黑着脸,带上门,走了,只一晃,就被冷得像刀子似的黑夜吞吃掉一般。惠珍看着他活脱脱像极了国清的背影,又是高兴,又是害怕,破天荒呜呜地哭了一个早上,直到金安来提亲。老娘眼睛哭红了?那是煤烟子熏的!

  是不是该去跟卖蹄膀的伙计说,让他别再卖猪胯子给惠珍补身体,这个跛婆娘就会死得早一些?也不看看你儿子,偷鸡摸狗多少年,睡过的野女人比五六点钟时,天上的星斗恐怕还要多几个。瘌痢莫笑光脑壳,丽丽还配不上你们家这个混混?婊子?丽丽就是睡了比一天星斗还多的男人,也不是婊子。有的女人,睡一个男人就变脏了;有的女人,睡再多的男人,也还是白莲花似的。再向前六七十年,还没解放,我爹说的,我们这里不是有一个唱黄梅戏的旦角白莲花?唱《小辞店》,晚上在稻场上看戏的男人女人们,一个个哭得像泪人儿,她跟变锁骨菩萨的观世音一样,挨过多少男人的身子,她们脏?你们一条条脏水流进澴河里,它还不是清亮清亮的?它在流,能自己干净自己。唉,你让惠珍懂得这个?这些连金安教大学的儿子都未必懂的道理,你要惠珍由又浓又香的肉汤里喝出来?

金安就是这样满腔愤懑地由匡埠村空着肚子,落荒而逃,来到梅家桥边跟树堂瞎子相会的。瞎子好,他什么都明白,什么都知道,他眼睛瞎了,心里却比谁都亮堂。

"你的白鹭呢,摸到了吗?"金安抽着烟,问他,每天的一问,一问也就过去了每一天。

这一天树堂迟疑了半响,也没有回答金安。

再抽一支蓝楼,树堂说:"昨天是冬至,所以天亮得最晚,冷得像铁。我一个人披着鸡叫,由魏家河沿着堤,过梅家桥,走到这里,在草林里坐下,草上的霜有铜钱厚,天上还有星斗,些微的光照在我肩上,金安,你晓得我是能感觉到星斗的光芒的。我先是听到宝渝过桥,他大踏步走下来,在桥中央站住，朝着小澴河喊：'涂丽丽你这个婊子，我爱你！上帝你帮帮我，阿门！'喊完就过了桥，天太黑，可能伸手不见五指，他走过我身边，没看见我，我能闻到他身上的汗味。他应是去肖港火车站赶早火车。他走了大概半个小时，天蒙蒙亮，太阳在东边大别山里头，像楝树芽，要出土，又没出土，这时候会有一丝丝的热力，针尖麦芒一样，由东方传过来，我师傅他们讲，要是想炼内丹的话，可以将这一丝热力牵引到丹田里，养人的！我听到涂丽丽赶着她的八只山羊下了坡，也走到梅家桥上。八只山羊咩咩叫，横冲直撞地过桥，被桥上的浓霜滑得东倒西歪，喜滋滋地朝我坐的草林跑过来。涂丽丽在后面蹬蹬蹬走，她似乎穿皮靴，小腿一弹一弹的，后跟踢着桥面，走得正得劲儿。她也在桥中央停下来，我想要是这时候，小澴河是录音的磁带，可以倒回来放给涂丽丽听的话，她就能听到宝渝刚刚吐出来的话'涂丽丽你这个婊子，我爱你'，可惜这十个字刚刚沉到桥下面，被桥洞里的喜头鱼跟鳜鱼吃了，被缠着桥墩的荇菜吃了。这些鱼跟水草，马上又迎来了涂丽丽说出来的字：'金神庙的好菩萨，你保佑我将哥哥的孩子平安生下来！'比起宝渝的洋腔洋调，鱼跟水草会喜欢逐吃涂丽丽的话，又温和又婉转，像放了糖，放了桂花碎的糊米酒。她说完叹一口气，又站了一会儿，走过桥，将头羊的绳子捡起来交给我，跟我说：'树堂瞎子你都听到了，你别瞎说啊！我本来想找你算个命，算了，我不信命的。只是我刚才站在桥上，看到有一会儿，桥下的水好像被冻住了，也没有冻成冰，水往下流不动了，鬼打墙一样往回流，瞎子你说，这算是小澴河水在往东流吗？'我点点头，这么冷这么黑的早上，河水被冻住一瞬，心怯了，后悔了，想回头返回山里去，也说不定，龙王也怕冬至寒。涂丽丽看我点头，叹口气，一个人上堤去金神庙做裁缝。她上堤的时候，大概就是太阳挣出堤脚线的时候，我扯着黑山羊，朝向她的背影，只觉得朝阳出生，我眼前一热，好像从前郑建桥杀猪，刀子由咽喉捅进去抽出来，温热的猪血一下子就飙成血箭。"

树堂你的白鹭呢？涂丽丽又不是白鹭，她的长脖子里也没得石头，可是关于涂丽丽的每一句话，金安都是爱听的。年纪大了，每个人都会在心里一砖一瓦地盖庙，这个女子一不留神就住到庙里来了。

"昨天我让你帮我多看两眼涂丽丽的，这女子长得好看吗？"

"我帮你都看了，你来舔我的眼睛？她好看的，长得像画子上的人儿。尖尖脸，梅花脚，猜到了，做你媳妇。"这是做伢的时候跟树堂常常打的一个字谜。话说昨天金安在金神庙集市，岂止是看到了涂丽丽尖尖的脸，纤细的脚……

金安三魂六魄掉了一大半，断线风筝一般在黄泉路上飘飘荡荡，本该被宝渝搭死在金神庙的街上，幸得两位女侠解救，才得以死而复生，在枕头上悠悠醒过来。是的，是枕头，柔软又温暖，粉红色的枕头，抵着他的后脑勺，一床又轻又暖的羽绒被盖在他身上，也是粉红色的，枕头与被窝都散发着百合的香气——有时候，儿子会买百合花回来，插在他家的客厅电视柜旁的花瓶里，白色的百合，粉色的百合。枕头边堆满了粉红色的芭比娃娃、绒布小熊，金安跟小宝去他的"女朋友"家里做客，也看到女娃娃们的床上堆满了这些名堂。这么滑腻香软，我是重新托胎到了哪个小姐的闺房里吧？金安朝下看自己的身体，毛衣毛裤已经脱掉了，自己穿着儿媳妇在中百超市打折时买回来的一套藏青色秋衣秋裤，黑山羊一般，蜷缩在粉红色的被窝里，更要命的，是他又犯了老毛病，就像早上五点在自己家床上醒来时一样，他的阳具又硬得像根烧火棍。

"您醒了，再躺一会儿没事的。"涂丽丽坐在床边的椅子上，侧过头，弯弯的细眉，黑幽幽的眼睛里都是欢喜。她抱腰，杨二嫂抬腿，两个人将金安由街上拖到缝纫店里，拖到她中午睡觉的床上，杨二嫂去肖港镇喊肖楚生来看病，来回得一两个小时，涂丽丽上了铺板，烧了热水，坐在一边看昏迷中的金安，看着头发花白的老男人醒过来，双目灼灼像做贼似的，不会死，也不会傻，自然是高兴得心花怒放。

但是金安，唉！看着被自己的下身顶起来的羽绒被，就像小宝在客厅里支起的野营帐篷，像河堤下爹妈的坟垅似的，这时候，要是匡国清举起铁锤，朝他的裤裆来一锤子，将它打回原形，要是郑建桥用剔骨头的刀子将它割掉扔外面街上喂狗子，要是何昆清倒一盅补锅的锡水将它熔了，要是凤英由武汉跑回来往被窝里泼一盆冰水……这些他都统统愿意。就是倾尽小澴河一春的流水,也洗不尽自己这张老脸上的羞耻了,金安越是觉得难为情,他全身的血液,越是哗哗地朝下身涌去,像立起来的电线杆子,千万伏的高压电,就在它的头顶呼啸着往返来去。

涂丽丽看着被子上的"坟垅",看着金安往被子里缩的脸,叹口气,站起身,脱掉身上的白羽绒服,中午时分,太阳由后窗射进来,将她的粉红娃娃们照得像一个个下凡的小妖精似的,取暖器插上了电,房间里好暖和。

当涂丽丽坐到床边,伸手到被子里,将他的秋裤轻轻拉下来,由双脚中间脱掉的时候,金安的"鲤鱼打挺""乌龙绞柱""枯树盘根",样样都施展不起来,这一回,不是身上有宝渝那样有力气的强人摁住了他,而是这女子的手,太柔、太轻、太巧,有磁,有电,有黏胶,像凤英擀面时,那些细韧柔软的面皮,左旋右绕,缠裹着用了几十年的,已经变成枣红色的擀面棍。当着这样的法诀与魔咒,他往哪里挣,又如何挣得脱?算了,由她去,由她去,这只是一个粉红色的梦,像他与国清他们一起,在十七八岁时,做过的那些梦。"用目来观看,捉到个贼姑娘,偷我两根笋哪,你往哪里藏?""郎对花,姐对花,一对对到田埂下……"

"他们将这个叫'打飞机',我刚学会的时候,天天晚上做噩梦。我们那地方叫曲水兰亭,混社会的、做生意的、当官的、医生、律师、警察、会计、老师,都爱来,小伙子,

团圆酒

老头子都有。来得最多的客人，就是四五十岁的中年男人，穿着一次性的印花棉布短裤、短袖，棉布上印着沙滩、海水、棕榈树和椰子树，腆着肚皮，缩着粗脖子，四肢又肥又短，在二楼喝酒吃饭，各种各样的洋酒、白酒、啤酒、黄酒、咖啡、可乐、雪碧，菜也多，自助餐，堆得山似的，鸡鸭鱼肉不算什么，他们吃三文鱼、大闸蟹、团鱼、鲍鱼、秋刀鱼、生蚝、皮皮虾、煎牛排，蘸着那种鬼都不尝的芥末，吞到肚子里，吃饱了，一楼几个大池子，四十二三度的热水里，四脚朝天青蛙似的泡半天澡，将一身白肉浸泡得微红，起来让男服务生搓揉干净，穿上印花短裤短袖，按电梯上三楼来找我们给他们'打飞机'。像我妈妈她们铁锅里烙饼子似的，按摩了反面，翻掉过来按正面，男人嘛，都那样，禁不得几个回合，就像我爹搭住脖子杀掉的鸡，在树下一抽一抽的，鸡是求死，他们却觉得很快活。"由噩梦开始，噩梦做得多了，醒了，也就无所谓了。跟他们讲讲话，涂丽丽学会了聊天，他们做不同的事，好像在不同的土地庙里做土地爷，共同的是他们都在武汉混得很好，都很会讲话，并不完全是坏人。人就是这样，好中有坏，坏中有好，洗完澡，干干净净，一出门，又会变脏，人人其实都是不干不净的。他们来这里吃饱喝足，之后重新穿起自己的衣服，又会变成好儿子、好丈夫、好爷爷回到家里吧。何况还要收他们那么多冤枉钱。其实也算不上冤枉，钱都是他们造出来、分下去、花光光的。这些男人们啊，涂丽丽常常想着观音菩萨手中的那只杨柳净瓶,她"打飞机"得到的那些汤汤水水,装得满那只瓶子了吧,我为什么会这样去想,南无阿弥陀佛,真的是好罪过。

从前孝感军分区的空降兵,会去西边大澴河河曲的沙滩上练跳伞。飞机轰隆隆由蓝天白云间飞过去,伞兵们列队冲出机腹,背着莲蓬一般的伞花由半空里跳下来,就像《封神榜》里讲的"撒豆成兵",鸭子白鹅般冲跑到绿水边的黄沙地上,沙地四周,长满了开水瓶大小的白萝卜。金安国清他们爱站在萝卜地里,看他们跳伞,其实是一些比他们只大两三岁的城里孩子,男兵的下巴上,也只有黑乎乎的茸毛,女兵好看,白衬衣扎在绿军裤里,腰细细的,胸脯鼓鼓的,他们想看,又不太敢看。女兵们要是踩坏了萝卜,他们这些"金小毛",会让她们赔吗?她们将这个叫"跳飞机",不是"打飞机",只有美帝的大炮,才打得下飞机。

牛羊啃草,风吹枫杨,喜鹊偷啄人家屋檐下的腌肉,阳光闪耀在窗外的小澴河上,波光离合。金安想入非非,在头脑里追逐着一朵朵白莲伞花,一张张变得清晰起来的苹果一般的女伞兵的红脸,他这样分神,自然是减缓了涂丽丽"打飞机"的效力。涂丽丽皱起眉,责怪他:"大叔你这么行,我婶婶吃了多少亏。"这哪里是责怪啊,柔柔的嗓音让金安一哆嗦,就是这样的哆嗦,也没有打败那些列队跳出机腹的伞兵们,让他溃不成军。金安真的很行,那时候与国清比试"挂水壶",他可以将两只绿色军用水壶盛满水挂在它上面,国清也能挂两只，两只却只能盛大半壶水。

涂丽丽腾出右手，曲到背后解开胸衣的背扣，回来撩起毛衣，让两只饱满的乳房跳脱出来，一边将上身俯到金安头上。

"很大，是吗？可惜是假的，他们要我去做整形手术，往里面注射过硅胶的。"她喃喃地说道，右手抚弄着金安的短头发，左手的动作并没有停下来。

但两粒乳头是真的啊，淡红色，圆圆的，突突的，像对襟袄子上的袢扣，像小学校里肖毛老师用来砸打瞌睡的学生的粉笔头子。树堂树堂，你要等的白鹭，白鹭嗉子里的红石头，像这个吗？又温软又硬挺，金安噙在嘴里，觉得自己的那一架飞机，穿越了六十年一个甲子，那一架往澴河堤边的沙地里俯冲的老飞机，已经被国民党的美女特务打手枪击中，尾翼冒着青烟，一头溅入澴河的碧波里。

此刻，死在这个女子的怀里，是可以的。金安伸直双腿，听任涂丽丽帮他收拾飞机失事后的战地。人生易老天难老，战地黄花分外香。

"您帮我到匡宝渝家说个媒吧，我肚子里的孩子越来越大了，"涂丽丽打来热水，替他擦净身体，自己也洗净了手，她不要金安去死，她要金安去做媒，"我有钱，一个人养得活他，可他总得有一个爸爸吧。跟城里那些男人相比，匡宝渝还算不上坏，他长得白，也很结实。"到这个时候，从曲水兰亭归隐的女花魁，也稍稍有一点不好意思。

说媒一话就是这么来的。

是的树堂，就这样，我不仅帮你看了涂丽丽，还摸了她的屁股，亲了她的奶，她的确是长得像由画子上走下来的女子，比年轻时的凤英、杨二嫂她们都要好。我找到那两粒红石头，你呢？你个瞎子，你再不抓紧些，煮熟的白鹭都会飞。

"金安，我接着跟你讲今天早上的事。涂丽丽走上堤，太阳升起来，霞光像泼血一样，射到我的身上。我忽然觉得左边的膀子一沉，耳朵旁边风声呼啦啦响，一只白鹭站到我的肩膀上。"瞎子低头回忆。这并不奇怪，在小㵚河的千百只白鹭看来，这个瞎子跟牛跟羊，有什么差别呢？它们常常飞落到他的肩头上，去啄跳到他身上的蚱蜢与牛虻，他不动弹，它们立在他的身上，也不动弹。由那边堤上路过的人，看多了，也不见怪，只是在心里想一想，这树堂瞎子果然就是半个神人。

"它比一般的白鹭要重三四斤，我伸手去摸它的嗉子，光滑温热。它的喉结上，摸起来突突的，约莫嵌着两颗石头。我心里想，师父你没有骗我，白鹭中的毛主席终于来了，它就停在我的肩头上。"

树堂讲得云淡风轻，金安却听得眼眶发热："石头，瞎子，你搞到了石头，对不对！"

树堂摇摇头："我怎么搞，去偷？去抢？两个手拢着它的脖子，掐死它？让它脖颈吊在我身上，扑打着翅膀，用两条长腿拼命踢我？我做不到啊！做不到啊师父！"两行眼泪由树堂的眼窝里流出来，谁说瞎子就没有眼泪。他们的泪是最黑暗的泉水。

"活瞎子我都做过来了，死瞎子又怕什么？世间的黑我走过来，不怕阎王殿里的黑了，金安，我也不要你再替我看涂丽丽，只是她的羊，要麻烦你帮她放了。"

"你个瞎子又胡叱些什么！"

"我刚才起的一卦'明夷'，是我算的第五千个命。我们祖师爷写道德经，用了五千个字，我们做瞎子的算命，一辈子也只能算五千个，一千个命钱孝敬师父，余下的孝敬父母养活自己。金安，就像你儿子念到博士后读完了书，我的命，都算完了！"

冬至也是日头最短的一天。引着宝渝去肖港火车站，照着涂丽丽去金神庙做衣服，招来白鹭王飞到树堂肩头，又晒在说媒人杨二嫂、金安脸上的太阳，现在已经斜斜地挂在舒家塆的林树上。

八只黑山羊咩咩叫，日之夕矣，它们要回到女主人的羊舍去。

金安也想回家，他的手机叮咚一响，小宝传来过冬至吃饺子的视频，他想看，但只有回到家里，才有看视频的流量。

要是他再在梅家桥边多抽一支蓝楼，要是他等到涂丽丽来赶走瞎子树堂照看的黑山羊……

盗锅黑

　　树堂会乖乖地跟着他一起回魏家河村，就不会咚的一声，跳到铺满流霞的小漈河里去。日暮时分，寒衣如铁，这瞎子，那么知疼知热，爱惜自己，平时被野蜂子蜇了，都要敲拐棍找遍各村奶娃娃的女人，挤乳汁给他解疼，他就不怕冷吗？

　　一个瞎子想寻死，谁又拦得住呢？金安、丽丽，其实也怪不到你们头上。

　　瞎子哥你沿着河道进地府，一路都是明明暗暗的石头，钻石一样点亮着黄泉路，用晦而明，并不黑，对吗？你裹着你的棉布袄子，背朝上，脸内扣，睁着白眼睛，双手捏着荇菜，浮在水面，两只白鹭踏着你的脊背顺流而下。公白鹭给母白鹭在最后的一点暮色里跳一支舞，然后庄严地跨到母白鹭的背上，低下头，拱起脖子，两只乌黑的手爪压住她的白翅膀，曲起尾雉，抖动、震颤、痉挛，好像是要将由背后深广的宇宙里，汲取的一点生命的热，给予默默低伏的母白鹭。第一颗长庚星跳出来引航。余暮晚星里，并没有丝丝缕缕的炊烟，将远近的村庄连起来，婆娘们都改烧了煤气灶，孝感环保局的无人机在天上飞，已经没有人敢烧稻草、棉梗子，烧柴禾。

　　"这腊月间，鸡叫得比往日都要细些，它们晓得马上就要挨刀了。现在土鸡多金贵，每一声鸡叫后头，就是五百块钱。"杨二嫂光着手去抓金安三轮的车斗，差一点就被冻了一晚上的铁护栏将手咬住。金安连忙在后面推着她的屁股,才让她妥妥地爬进去。车斗里不冷,上次金安在金神庙收的半车棉花,被宝渝打搅,并没有卖给河南人经纪老徐。上次是哪一天来着,对,冬至的前一天,杨二嫂出了最后一次摊子,炸了最后一个包子,将木筷子按在宝渝的手上,第二天,她说媒回来,瞎子树堂跳河死了。这些她都记得,谁想得到哎,真的要走了。杨二嫂的娘,临死前几天,都还站在金神庙街口上炸包子,将忘了给钱的肖楚生骂得像脸上洒了狗血似的。

金安戴上帆布手套,跳上驾驶座,扭开灯,发动车,往堤上开。车的尾灯映亮路边的稻田与菜园,上周下过不大不小的一场雪,寒潮不退,雪堆还未完全消融,和着冰霜,一团一团冻在地里。涂丽丽堆的雪人也还在,胡萝卜的鼻子,黑石头嵌的眼睛,小宝用旧的帽子,脸上涂了一点锅灰,一脸贼兮兮的笑,与旁边一本正经地举着红领巾的稻草人小强,不是一个路数的孩子,要是将他们送去从前肖毛老师的小学上学堂,小强一定是天天考一百分,小宝——丽丽一定要将这个雪人又叫小宝唉,一定是天天考零蛋。

"小强小宝,你们好生看着阳雀,看着老鼠,莫让它们偷吃粮食。你们也好生看着你爷爷,要是他敢去欺负你丽丽阿姨,你们就打一一零,我将旧三星手机都装在你们口袋里了。"小六小七们淘汰给她的旧手机已经塞了一抽屉。杨二嫂坐在棉花堆上,故意大声说,是想让前面突突开车的金安听到,让他心里有数。二楼涂丽丽卧室里的灯没有亮,昨天晚上吃饭的时候,二嫂嘱咐她早上冷,莫起来讲礼,三个月的毛毛怀在肚子里,还不牢靠,天寒地冻的,上下楼要小心。万一摔坏了,宝渝回来如何交待。涂丽丽听得吃吃笑,她虽然还没出怀,腰却粗了许多,这一个月汤汤水水,他们将这女子照顾得很不错。

金安心里有数的。晚上他们两个在一楼客房里早早洗睡,外面是滴水成冰的雪夜,房内却是打阳春的花朝。这时节,老黄牛好像还没有卖去下汤锅,他光着脚板,给它套上轭头,最后一遍?用杨河村淬火倒出来的有名的犁尖,一遍遍犁开身下的地,将野草野花翻下去,将泥鳅菜花蛇蚯蚓青蛙犁出来,植物动物各各黏液的腥气、农家积肥的腐臭、褐黑土壤的腥涩混合在一起,是死的味,也是生的味。犁翻了清明的地,再灌上谷雨的水,换上十几个铁齿的耖耙,赶着黄牛一次一次地将土块耙碎,直到光脚板下的地块熟糯深湿,暖和的黑泥厚黏细密,吱吱地由他的脚掌趾缝间往上挤冒。杨二嫂有时候叫得像杀猪似的,金安想去捂她的嘴,她不让,她是叫给二楼的涂丽丽听的。好不容易下定决心偷来的一个月,是她杨二嫂用一辈子攒到的,要是凤英那婆娘晓得,还不撕了她!涂丽丽这小蹄子嘴巴严,又能扮唱念做打的穆桂英,又能做一眼不眨的刘胡兰,苏三起解,女状元回乡,是个人物。明天去了武汉,听说小六的小区,跟金安儿子的小区,坐地铁都要倒线路绕个把小时,见得着?就是见着了，偷得着？难不成像年轻人那样去宾馆开房，丑死了！这辈子，恐怕就这一回了，所以听到鸡叫起床前，杨二嫂摸到金安不屈不挠的"烧火棍"，又缠着他要了一回，闹得金安讲了树堂之前常讲的话："枪还是把好枪，可惜就是没子弹。"笑纳了金安的几颗游兵散勇的霰弹后，杨二嫂在枕头上幽幽说话，要金安发誓不碰涂丽丽。金安拔身靠在床背上，披袄子，抽蓝楼，对二嫂说："涂丽丽就像我儿媳妇似的，她怀的毛毛，就像我孙子，我先人的坟离这里，也就五六十丈远，我敢？"

夜色如墨，宇宙大铁锅一样，倒扣在小㳇河堤上，宇宙中的寒星，点点映在锅边沿。这时候，王母娘娘要是觉得锅太黑，积下的锅盔太厚，找太上老君借铲丹砂的铁铲子来刮锅的话，就会一铲一铲，将这些寒星都由天上纷纷扬扬地刮下来吧。但王母娘娘一定是一个懒婆娘，铁拐李今天偷的这个锅，这么黑，大概千百年都没有好生刮过。金安载着杨二嫂，打着前灯的三轮车，远远像一点萤火绕过曲折的长堤，由梅家塆的林树里下坡，过梅家桥。一年中寒冷的晚上，金安头发上都结了冰籽，讲一句话，就是一嘴的白气，小㳇河却也没有被冻住，在黑暗里流淌，皇帝的玉带似的，它还记得冬至的晚上，倒流的一瞬吗？

"老强徒你也别埋怨，人家赵匡胤送京娘，鸡叫头遍就起来了，比你还早！"

"那是人家京娘的腿，不在赵匡胤的腰上，所以他能充好汉,一骨碌拎着铁棒爬起来了!"

"你这老砍头的,你说赵匡胤千里送京娘,打由我们金神庙过,他就真的忍得住,不睡她?"

"说书人是这么讲的,但你信?你晓得往东去五六里,有一个地方叫太子冈,他们不睡觉,这太子是天上掉下来的?"

深更半夜,匹夫匹妇,在桥上说人家皇帝的不是,好在他坐龙庭的时代已经过去,要是回到一千年前,他还不叫御林军将你们两个奸夫淫妇捉到官里去,女的游街坐木驴,男的发配到沧州看草料场?

摸黑过了桥,金安停住车,摘下帆布手套,绕后面将杨二嫂由车斗里接下来,她搽了涂丽丽送她的百雀羚,头脸间一股子好闻的热香气。车斗里还有一卷黄裱纸,一瓶霸王醉,七只瓷酒盅,一支白粉笔,装在一个提篓中,提篓由杨二嫂拎在手里。

"树堂你接钱去用,今天你过七七,过了七七四十九天,你就还不成阳,你就是个鬼了!这些是我、你二嫂子、涂丽丽烧给你的。可怜你无儿无女,黄泉路上孤苦伶仃,又瞎了个眼睛。你入棺时,我找不到石头,丽丽编了两个红袢扣,盖在你的眼睛上,也不晓得有没有用。我将你的拐棍也烧给了你,七七四十九天,你摸到阎王殿的门没有?那十殿的阎王长得吓死人,你看不见,还少一点怕处。你一辈子还债,替明眼人指路,做的都是善事,下辈子你再做人,不会再瞎的！树堂你接钱去用！"金安用粉笔在桥边的草地上画了一个圈，很圆，就是树堂瞎子生前常站着等白鹭落的地方，在圈子里，蹲下身将黄裱纸一张张点着，一边念念有词地跟树堂讲话，杨二嫂蹲在旁边，帮着他烧纸，听她有情有义的野男将讲的话，眼泪又流出来了，这个瞎子吃她的包子，没欠过账，摸她的屁股，她也从来没有恼过，算过几次命，都是好的，有不好的地方，他也替她一一解开了，小六小七的生意，都是他指的路，这么好的瞎子，武汉的宝通寺门口，有吗？归元寺门口，有吗？古德寺门口，有吗？

火舌将黄裱纸吞没，卷起更高的火舌，一时间，火焰升到了二三尺高，飘飘闪闪，被黑暗的晨风卷刮着，将金安与二嫂脸上的皱纹、梅家桥上的沟壑、小㵲河的水波、水上的层层树影都照亮了。金安由口袋里掏出蓝楼，就着火舌点着了两支，插在桥边的雪堆里，又将那瓶霸王醉的瓶盖拧开，一股凛冽的酒气直冲鼻子。霸王醉有七十多度，他跟树堂讲过，一千多块一瓶，喝下去，由舌头到喉咙，由嗓子到喉管到胃里，就像吞一把刀子。树堂想喝，又说这个名字不好，反过来念，是醉王八的意思？前几天金安发微信给儿子，让他快递一瓶回来，正好用在树堂过七七上。

他将七只杯子倒满，洒在火堆前，黄裱纸的烟火气跟酒香缠绕在一起，顿时就有了过年"贡脑壳"的庄严。酒过三巡，酌到了最后的七杯，他让二嫂帮着一起，将酒杯端到了桥下石埠头上。酒斟六分，将杯子放到水里，不会沉的。金安又掏出打火机，砰的一声打出火焰，七十度的霸王醉，果然一点就着，飘起蓝幽幽的火苗。二嫂一脸仰慕地看着金安，眼光是烫烫的，他们小的时候，她就是常常这样盯着他看的。多么过细的男人，总能做到我做不到的事情。金安将点着的酒杯一个接一个安放到水面，冰凉的河水接纳下这些青瓷杯子，慢慢地将它们推送到河面的中央，排成弯弯曲曲的一条，推着它们往下游流动。酒液在杯子里燃烧，在黑暗的渊面上，闪耀着蓝紫的光，看上去，就像沙湖公园的池塘里，夏天开放的朵朵睡莲似的。

"这个叫曲水流觞。"

"杯子流得弯弯曲曲的，看得人伤心，哎这四个字好。"

"不是伤心的伤，觞是杯子的意思。"

"你跟树堂学得神神道道，跟你儿子学得狗子进厕所文（闻）进文（闻）出，成天摆个二胡杀鸡阵，脸皱得像一碟凉拌苦瓜，老强徒，做人要开心唉！"

"曲水流觞"这四个字，会是儿子讲的吗？是儿子告诉了涂丽丽，涂丽丽又告诉了他的？金安琢磨来琢磨去，这些是杨二嫂不大明白的事。

那天中午在杨二嫂领着肖楚生来金神庙之前，在涂丽丽打下金安的"飞机"央求他去找匡宝渝说媒之后，他们其实还有一段对话。

"你说的那个曲水兰亭，我好像看到过招牌。"住儿子那里的时候，他常常晚饭后出门去散步，由小区门口到沙湖公园,往返四公里,手机上有计步,七点钟之后,街边的灯与招牌花花绿绿的,"曲水兰亭"四个字又大又醒目,后面的高楼灯火堂皇,很高级的浴池,并不是他这样的乡下老汉去看热闹的地方。

"就在沙湖公园的旁边,装修得像宫殿似的,有假山,绕着假山有假的瀑布,由自来水管子里放出来的假河水,河水也九弯八绕,在房间外面哗哗流,河水里有假的荷叶,假的竹子,假的芦苇,假的石头,插的假花,有一些石头里放了音箱,播着他们由农村录来的青蛙叫、蛐蛐叫、黄莺叫。冬天用空调,用地暖,游泳池都是热水,热烘烘的像三伏天。我在里头打三年的'飞机',很少出门,好像武汉对我来讲,就是这么一幢大房子。哥哥说,这个房子像一艘宇宙飞船,里面灯火堂皇,在空荡荡的宇宙里航行。宇宙是冷的,船里面很暖和。船上的人都睡了,我是操纵着罗盘和操纵杆的女船长,他睡不着,来陪我一起开飞船,看着窗外巨大的星星林立,有的像乒乓球,有的像篮球,有的大得不像话,一间房子都装不下,一个一个迎着我们飞旋过来,有的快,有的慢,颜色也不一样,擦着我们的飞船远去。我不太明白哥哥的意思,我手上摸到的并不是罗盘和操纵杆,只是形形色色的男人们的肋骨,男人们的命根子。他们要我背诵王羲之的《兰亭集序》,我背会了,也不晓得是什么意思。后来哥哥跟我讲,说人家写的是城里人过三月三、寒食节,去城外有山有水有竹子有芦苇的地方洗澡,除掉身上不干净的东西，换上新衣服，然后一起喝酒，一起服散，散是什么？哥哥说就是毒，他跟我说千万不要吸毒。那些人喝酒时将酒杯放到河里，流到谁的面前，谁就将杯子拿起来喝。'曲水兰亭'这个名字好，当初哥哥就是看到这四个字，才走到我们店里来的。从前我不喜欢这四个字，觉得好像四个癞蛤蟆蹲着开会，后来我就喜欢了，没有这四个字，哪里能遇见做学校老师的哥哥。哥哥戴眼镜，长得有一点黑，每一次来，我都最开心，像过节似的，觉得这个假的宫殿光彩焕发，一下子也变成了真的，像龙宫一样，水流是真的，蛐蛐青蛙的叫声也是真的，我们的爱是真的，我打了硅胶的胸也是真的。我愿意将我的一切，好的坏的，贵重的，下贱的，干净的，脏的，都给哥哥，他打我骂我，欺负我，作践我，都可以的，他有时候像头老虎一样凶，有时候又温柔得像一只羊，他一回一回在我身上死去，又一回一回活过来。活过来后，我让哥哥贴着我的奶子，睡在上面，贴着它们两个，希望他能够开心，虽然他常常并不开心。"

并不是她那个叫涂壮壮的混账哥哥，就像金安也不是杨二嫂的亲哥哥。

"之前我最爱钱了，我要攒很多很多的钱，放到银行卡里，放到支付宝里，放到微信里，数着那些数字，我就开心，头一挨枕头就能睡着。那些城里男人的钱来得容易，我给他们打一次飞机，要抵杨二嫂在金神庙炸一个月的包子。哥哥常说我像一个妖精，躲在曲水兰亭这个山洞里，去盗

团圆酒

人家的真元,还要人家给钱,这样的狐狸精编到《聊斋》里,也是第一等。可自从哥哥来了之后,我就不大爱钱了,钱好像变成了纸,又被水泡皱了。他常带我出去玩,去汉口看江汉关的钟,古德寺的塔,数归元寺的一百零八个罗汉,去黎黄陂路,还有龟山北路,长江大桥,在黄鹤楼上看汉江流进长江里,合在一起往北流,他说小澴河也会流到这里,长江里有我们老家的水,老家的人跳河,尸体会流到长江来,被长江的大鱼吃掉,白鳍豚、江豚、鳡鱼、扬子鳄,它们都会吃。我才知道武汉有那么大,上面种的是树林子一般的高楼,下面挖的是蜘蛛网一般的地铁,要不是哥哥,我就会像走迷宫似的。他还爱带我去看附近的省博物馆,也很大,和我们曲水兰亭差不多大,由四楼转到一楼,野人的,春秋战国、明代,一个接一个的墓,阴森森的,摆的都是死人的东西,他说四楼那个女人骨架长得好,像我骨架长得又细又匀称,特别是手,和我一样灵巧,可惜看不出奶子是大还是小。又说一楼的那个曾侯爷什么墓,什么做镇墓兽的飞廉鸟,舒舒服服站着,脖子长得,一看就是做鸭脖的货,他还说它跟我们小澴河边的白鹭长得像。是的,哥哥知道小澴河,他就是我们这个地方方圆十里内的乡塆出去的人,读书出去,后来教大学。"

阳光由窗外照进来,照在已穿好羽绒服的涂丽丽身上,黑发如漆,唇红齿白,如花似玉,又正经,又妩媚。金安听得,脑袋里当然是雷轰电闪,脊背上汗出如浆,老脸像被火烤似的。心想:"我的嘴巴、舌头以后长疮长疗,烂穿头烂到笃都是应该的,菩萨我不怪你也不求你,凤英跟杨二嫂都骂得对,我的确是个该砍头的老强徒。"

"你晓得你这哥哥的名字吗?"

"我没有问,但他就是我哥哥。我也不想知道他是谁,他姓什么,是附近哪个村的,和我一起念过小学中学没有。他说的话,我都懂,我们有着一样的口音,他的长相,我也好像在哪里见过。我们这一块考出去了多少大学生?多少女的来城里做跟我同样的事?我不会问他。我也不许他知道我的名字,我是谁。他说他认识我之前,是有抑郁症的,没有人知道。他好多次都想死,他带我去的地方,都是他想过死的地方。他想离婚,又担心他儿子,十岁,读小学三年级。他说要是他不到城里来,我也不在武汉,他一定要记住我的名字,托媒人到我们家提亲。"

"你想与你哥哥结婚吗?"

"不,我不想。有一天我发现自己怀上了孩子,我一直想生宝宝,高兴的。我请了假,一个人出门,坐了一天的地铁,一号线、二号线、三号线、四号线、六号线、八号线、阳逻线,在黄浦路、洪山广场、堤角、宗关、常青花园等站牌下胡乱地转乘,听乘务员在广播里报出一百多个车站的名字,好几次由长江底下钻过,武汉三镇就悬挂在我头顶上。上午九点下午六点人很多,其他时间车厢里是空的。我下地铁去洗手间吐了好几次,然后回到座位上,将包里的绛红色毛线拿出来，给哥哥织手套。到晚上十点半，地铁要收班，我走出车厢，坐在岳家嘴站铁轨边的铁椅子上，擦干了眼泪，我想回家，回我们镇，我们村。所以我悄悄回来了，他不知道，他以为我去了上海，想赚更多的钱，终于变成了一个坏女人。"

"你怀上的，是他的孩子？"

"不一定。"

涂丽丽说出"不一定"三个字的时候，脸有一点红。也是这三个字，让金安下了一个决心。她的哥哥，可能是儿子吧！儿子说不定并没有被公安儿媳妇管怂，他关在书房里，所经历的事，认得的人，读过的书，绝大部分是他不知道的。抑郁症？老子要是知道，早一巴掌将你打醒了。老子知道你在城里挣房子挣车子娶老婆不容易，曲水兰亭，曲水流觞，伤就伤吧，活着谁没几道伤口，要么在身上，要么在骨头里，要么在心上，有了伤，就有了黑，又有几个爬得出来？你可以推开书房的门，走到花花绿绿的世界上去，去找一点热，一点火，但你不能离婚，不能让公安局的女人带走我的独苗孙子。我希望这个哥哥最好是你，万一不是，也没有关系，只要你记得回家的河堤，记得小㵲河边的白鹭，它们日复一日绕着河堤上的林树，绕着你祖先的坟垅飞。要是白鹭的肉和石头能治你的心病，老子不怕下辈子眼睛瞎，也要弄一碗白鹭来炖给你吃吃。

"你在金神庙做缝纫，想等他回来？"

"他已经变成了城里人,他不该回来的。我要嫁给宝渝。"

"你到我家里坐月子,等宝渝回来?"

"好。"

要是杨二嫂不去武汉,他们这个三口之家,过完年,到春暖花开的时候,就会变成四口人。杨二嫂刚中有柔,比满嘴泼粪的母夜叉口红骆驼涂大嫂好哪里去了,涂丽丽又是送百雀羚,又是送BB霜,帮杨二嫂洗衣做饭,两个女人很快就好得像母女似的,好多晚上,杨二嫂都是饶过金安,上到二楼跟涂丽丽一起睡的,二嫂的金神庙三十年,涂丽丽的曲水兰亭三年,万水千山都是情,够她们由冬月的霜夜八卦到腊月的雪夜的。但是女人的心,谁说得准呢?杨二嫂收了早点摊,左思右想,还是想到武汉去,她被凤英降怕了,万一哪天凤英回来巡按,发现她杨二嫂躺在她的床上,又多出一个不明不白的假儿媳,真假猴王之外,还夹缠着一桩真假太子案,凤英河东狮子吼,共工触倒不周山,这天就塌了啊。她二嫂老了,不跟着儿子,跟一个野男将混日影?金神庙集上还有最后几个人,他们会天天提着菜篮子笑话她,又将这些笑话装到篮子里提回村的,像魏家河的金凤,是好惹的货?

"实指望我们配夫妻天长地久,哥哎,未想到狠心人要将我抛丢,你好比那顺风的船扯篷就走,我比那波浪中无舵之舟,你好比春三月发青的杨柳,我比那路旁的草,我哪有日子出头,你好比那屋檐的水不得长久,天未晴路未干,水就断流。哥去后奴好比风筝失手，哥去后妹妹好比雁落在孤舟，哥去后奴好比贵妃醉酒，哥去后妹妹好比望月犀牛，哥要学韩湘子常把妻度，且莫学那陈世美不认香莲女流，哥要学松柏木四季长久，切莫学荒地草有春无秋，哥要学红灯笼照前照后，切莫学蜡烛心点不到头……"

听了多少遍，现在终于自己弄成一出《小辞店》了。走吧，走吧，烧给树堂瞎子的纸已变成黑蝴蝶，被冰冷的北风吹着上旋，小澴河载上七只盛着火焰的杯子一路向西，渐次不见。黑夜好像就是在这一刻忽然变淡了，金安一下子就看清了杨二嫂密布着皱纹的红脸，就像中百超市里卖的"好想你"枣，他帮她系好围巾，戴好手套，扶上车斗，他们重新发动三轮车，迎着启明星下越来越红的朝霞，往一〇七国道走，二十分钟就会到孝感东站。第一班往武汉的城铁，小白龙一般已经进站，躺在两条绯红的铁轨上，沐浴着晨色，安静地等着这些即将进城的乡下人。对的，从前的小澴河龙王、大澴河龙王、涢水龙王、府河龙王、汉江龙王、长江龙王，现在都换成了动车龙王、地铁龙王、高铁龙王了。

涂丽丽呢？寒冬腊月老人去世频密，像他们嘴里的牙齿说掉就掉，带来的活计哪里做得完？能赚到钱的好生意，不能停，我亲爱的"小宝"，你也得喝新西兰进口的奶粉，妈妈我继续去缝纫店做殓衣。虽然比平时晚了一点点，涂丽丽还是赶着她的八只黑山羊出发了。八只黑山羊冲下堤坡，在霜雪交错的梅家桥上咩咩叫，一行白鹭在枫杨上翩翩飞，小

盗锅黑

　　濉河明镜一般在桥下流，照见她的白羽绒服、红皮靴、挽起来的漆黑长发。腹中的毛毛还没有显出怀，所以她还能蹬着小腿得劲儿在桥上走。一边走，她一边想起二十年前的一件小事。

　　那时候，她也是一个放羊的孩子，暑假里，一边放羊，一边将罐头瓶装上死蚯蚓，在小濉河里捞清水虾玩。有一天她也是这么赶着羊过桥，中午时分，阳光打铁似的，让人都变短了好几寸，枫杨林里南风阵阵，松鼠跳上跳下，黄鼠狼鬼头鬼脑，蝉唱歌，布谷叫，她走得很热，一身汗，但不太敢穿背心，她的胸已经坟垅般悄悄在发育了。她捧着橘子罐头瓶迷迷糊糊地走着，瓶子里有一条她刚抓到的梭子鱼，幽蓝深红，从容回旋，火苗似的飘闪。忽然由河下桥洞里翻上来两个湿淋淋的穿着内裤的男孩子，前面一个长得白，后面一个长得黑，白的白得俊，黑的黑得俊，好像是小学校里高过她一年级的同学。长得白的，大声说："此路是我开，此桥是我埋，要想从此过，留下买路财。"长得黑的死死盯着她的脸，像做贼，自己的小黑脸涨得像酱块似的。她吓了一跳，手一松，罐头瓶摔在桥上，梭子鱼跌到桥面上，立马一弹，绝处逢生，重新回到河水中。她还没反应过来，白小孩已经念完他的强盗偈子打劫咒，约过黑小孩的肩，两个人手拉手跳进河水里，扎着猛子游远了。

　　那条意外逃脱的梭子鱼已经修炼成一条小龙。

　　那两个劫道的小土匪，现在本大姐涂丽丽终于想起来你们是谁了。"浪里白条"宝渝你就要劫到我的财了，我的色，你也劫去。哥哥，黑哥哥啊，来将通名，那个长得像黑脸小包公一样，吓得我一缩，吓掉我罐头瓶里梭子鱼的十岁男孩就是你，对不对？你现在长大了，出息了，戴眼镜了，不认得我了，我也不认得你了，你要在城里，在那个迷宫一般的地方，在地铁蚯蚓菜花蛇一般穿来穿去的大集市，好好地活着，不要太想我，也不要怕。宇宙飞船里，没有我也没关系。我给瞎子树堂编了两个红袢扣，你也有的。树堂的宝是假的。你的宝是真的，是我甘愿由我胸前摘下来的心头肉，放到你的心里去的。

2017 年 12 月 26 日，初稿

2018 年 1 月 11 日，二稿

广长舌

端阳节这天，午睡醒来，已是下午三点，村里阳光明亮，新暑蒸人。我们在砖巷边蒿林里黄狗白狗、芦花母鸡们的注目礼下，驱车出村，向北拐上青黑如鲫鱼背的宝成路。路侧小学校国旗舒卷，空荡荡的教学楼，犹可听见华安老师用他的烟嗓在扯数学课；梅家塆的青草地上空已飞来薄翅蜻蜓阵，正抓捕刚刚生成的蚊团；匡埠村三四桌麻将牌摊开在果串累累的枫杨树下，婆婆妈妈的麻将高手们沉浸于输赢的无常变化，又神色淡定；王家砦的稻田里翩翩飞着白鹭，翅尖擦碰的乌桕树挂出小手指一般毛绒绒虫虫花。她坐在副驾上，抱怨我喊她午睡起床晚了，来不及洗头发。我说女社会学家去尼姑庵搞田野调查，应剪发简从才对。杨林村的十字路口，红灯停，绿灯行，左拐向西，进入肖白路，两排白杨树夹住的林间路，阳光瀑布一般照入前挡玻璃。她的头发是小股的黑瀑布，掩映她白玉一般清瘦的脸颊。我心里想，不但要剪头发，脸上可能得抹一点锅灰，我才好意思将大姐你引荐给合掌念佛的梁师傅吧！

这个访问是我的好友、孝感学院的语言学家冯教授介绍的，他在澴河两岸的田野里骑行自行车，常常可以举目远眺到赵皇庙黄墙绿琉璃瓦大雄宝殿的尖尖屋顶。为什么叫赵皇庙？据他考证，是跟宋太祖赵匡胤有关系，太祖他老人家未发迹前，拎着铁棒撞州过县，日日夜夜，走云梦泽边的荆襄古道，一定是惹得哪位娘娘由开心到不开心，索性剪去青丝出了家。千年衣钵往下传，现在主持的大师傅姓梁，梁师傅座下还有一个小沙弥姓张，取的法号是妙静。妙静三十岁出头，幼年时舌头被人割去一截，发声含混不清，所以也不太爱讲话。这些八卦也并非是老冯自己采风得来。老冯的妈妈是吃斋念佛的居士，由附近的村子移居到孝感城里帮老冯带孩子，与老冯媳妇有点搁不来，有时候吵架过嘴，就住进赵皇庙里养几天精神，自然是听得一肚子故事。对，包括我与她感兴趣的妙静故事，我们特别在乡居的这个下午，去采撷来给忙碌于都市的诸君听，正所谓"遇君时采撷，玉座奉金卮"唉。

  肖白路簇簇新，修得比宝成路还要好，刚刚由镇上坐卡车来的工人们刷好石灰线，整齐得就像白衬衣似的，下午的阳光将路面沥青烤软，轻轻咬啮车轮，车飞驰其上，沙沙作响，有轻微的兴奋感。路南可以看到镇上新建的养老院，新楼前石榴如火，路北稍远的地方，是美丽乡村建设里开发出来的小区，路牌指示那些灰白的三层别墅群名叫张长塆，我知道村边低低的沿着河港盖起来的蓝顶白墙厂房是养猪场，由希望集团投放的千百头小猪站在流水线上，正不动声色地吃着饲料，努力让自己长得肥瘦均衡，争取尽快条分缕析，红白相间，展现在中百超市的冷冻肉摊上，陪伴着它们的，还有河渠里挥舞双钳的小龙虾，水塘里淡腥滑腻的池鱼，棉花地，水稻田，玉米地，菜地，杂花生树，种种生物错综交互在田野里，受惠于阳光雨露西南风，大别山下，云梦泽边的平原，生气勃勃，如同梦幻。"这是一个好地方，除了做做尼姑，也可以在乡镇养老院里打牌，或者去养猪场里养猪，我还记得小时候养猪的样子，用开水将麦麸、菜叶浇匀，倒进猪槽里，一黑一白两头小猪急不可耐地伸嘴凑过来，根本就不怕烫。"她凝望着绿野喃喃自语，我脑海里流过她做尼姑的样子、在养老院打牌的样子、喂猪的样子，大姐啊，先不要这么有画面感！

车过张长塆，向右拐入白杨林中细眉一般的弧形道，上到澴河堤，向前开上胜利桥，就可以看到夹在两条河堤间由北向南缓流的澴河。清明节前的冰冷春夜，她由国外辗转乘飞机，落地天河机场，我们一起风驰电掣回到乡村，之后常常开车来桥边散步，这些亦真亦幻的经历，都被我编织进不同的文本里。胜利桥南北，好像是一只葫芦，桥就在葫芦大头与小头的关节上。其实是有三个胜利桥：远处高高架出河岸的汉十高速的立交桥，六个车道上各种车辆飞驰如电，横绝东西；我们驱车经过的是肖白路新修的两车道公路桥，贴着缓缓流动的河面；新桥左边十几米的地方，是尚未拆去的单车道旧水泥桥，这座桥大概是上世纪六七十年代修筑，之前这个地方名叫白沙渡，我们肖港镇的行客，想到河对岸的白沙镇与陡山镇，都得由这个渡口乘坐艄公由枫杨树阴里撑出来的酱红色杉木船。

这个水泥砖石的老胜利桥，陡山镇鼎鼎有名的算命家夏云堂，将算命用的竹签密密麻麻地插在桥洞石壁上，花掉三十多年的时间，做出了一个"装置"：怀念他心上人的"冕"。肖白路胜利桥以南，是葫芦大头的湾流，上周的大雨，倾泄在大别山西麓的坡地，攒成今年初夏第一波洪水，涌流下来，将桥下嫩绿的荇菜卷向岸边，岸边是亭亭挺立的艾草林与紫花点点的益母草，附近村庄里的男孩持着竹竿，在老桥墩上钓鱼：将活蹦乱跳的软红蚯蚓由铁盒里取出，摊在手心蠕动，啪的一声拍直，由头至尾挂在鱼钩的寒芒上，投下微黄的打着旋的澴河水，以钓取那些刚刚淹没的草滩上啃草的鲫鱼、黄颡鱼与鳜鱼。蚯蚓是男孩们一大清早由房前屋后的瓦砾间挖来的，长短不一，伸缩自如，与这些大大小小的鱼儿一样，各自抹着一身滑滑的黏液。跟水里的青草相比，美味的蚯蚓，黑暗的土地里长出来的蛋白质，是给鱼儿最好的供养。我看老冯在自己微信公众号上写文，回忆过他在胜利桥老墩上钓鱼虾的童年，我也来过，只是那时候，我们两个是晒得乌漆麻黑、光着上身的乡下少年，他陡山镇的，我肖港镇的，彼此并不相识罢了。他的另外一篇文《过赵皇庙》提到妙静，说她就是附近张长塆的姑娘，是妈妈生下来的三个女儿中的老大，父亲是一个裁缝，又喝酒又赌博，为老婆生不出儿子生气，大姑娘性子倔，吵架还嘴，被裁缝剪下一截舌头扔桥下河里。妈妈得了不好的病，临终前挣扎爬下床，提着油灯，深一脚浅一脚拉着哑巴姑娘过河，来求梁师傅收留当尼姑："您不收她，她就是死路一条，我就叫她跳河喂鱼。她嘴上念不好经，就在心里念。心里念的经，未必就比嘴上念的经差。张红你给师傅磕头，以后她就是你妈。"老冯接下来动情地写道："梁师傅闻听此言，起了怜悯心，于是将小尼姑收下，为她剃了发。哑尼姑从此每日在庙里做饭扫地，从此过上了幸福的生活。"唉，到底是小尼姑，还是小公主啊，老冯你这个老文青。

桥北汉十立交之下的河岸，是我们常常散步的地方，河流变窄，河滩长舌一般伸入水面，现在也因涨水变小不少。春天的时候，河滩上野花似锦，绯红的紫云英与开白花的车轴草连成片，车轴草其实就是三叶草，我们在草丛里，找到过不少长出四片叶子的车轴草，紫云英与车轴草开出的花都很精致，花形也像，姐弟似的，将白花与红花摘下来，串成花环，也特别好看。我们两个由城市里逃回来的中年人，好像在补乡村课与恋爱课，写出来也蛮难为情的。对岸的河滩是庄稼地，种满了花生、黄豆、芝麻与小麦，我们在中间的田埂里绕来绕去，暮色里，很多次都没有办法绕出来，只好横穿田垄，连滚带爬走上河堤，由河堤重新绕下来，回到车上去。我还对她讲我小时候钓鱼之外，来胜利桥干的另外一件事，就是与附近杨桥村的同学一起偷扯人家的花生吃。我们将一长串花生藤抱在怀里，短裤塞进塑料袋，塞在桥下的石缝里，然后赤着身子沉没在水里，将头仰在水面，一颗颗剥出花生米扔到嘴里，刚刚长出的花生清甜，弥漫在唇齿舌尖，好吃的。河水淹齐双耳，耳孔浸在水面，向下，可以听到溠河里鱼群游动的声音，向上，可以看到漆黑河面之上的萤火虫，再往上，是点点繁星的夜空。她听得悠然神往，央求我夏天的晚上，带她来学游泳，我还在犹豫。我记得之前，溠河水并没有这么深，我们是可以由齐胯的水流里蹚过河的，也许要等到八九月份，夏天潦水消退，河面才变得清浅，可以褰裳以涉？我们这一段由初春发生的人生长假，能够屏蔽掉城市的召唤，让乡土与我们重新交织，坚持到八月吗？坚持到月明星稀、瓜果成熟的初秋，我再和她来胜利桥下的溠河里套着天蓝色游泳圈学游泳。新月引领着北斗七星镶嵌在群星之中，她穿着红色比基尼，长发飘在河面上，好像是溠河上的奥菲利娅，我也可以悄悄爬上土岸，去田地里再扯一把花生？我没有信心，我觉得她也没有。我们大概就是在这样心照不宣的沉默里谈到赵皇庙的，我将老冯公众号里妙静尼姑被剪舌尖的故事讲给她听，她听得满眼都是泪。

虽然离我们村只有三四公里，也知道就在胜利桥以西的河堤附近，我们还是用了百度地图的导航，依靠人工智能精确而温和、以数字合成的女声指引，在溠河以西的田野与村落中间寻找赵皇庙。当百度地图指示只余下九百米的时候，我们发现修建在河堤上的柏油路因为陡山镇夏天防洪的扩建，而被挖断掉了。我们只好由车上跳下来。由冷气团里撞进阳光地，草木蒸熏，热浪炙脸，光线晃眼，汗一下子就流出来，滴到眼睛里。我们停车在柏油河堤的尽头，堤下是一排排野草披离的坟垄，石碑朝东，一行一行麻将牌一般林立，这样的整齐排列是之前没有过的。河堤朝向河流的一面，倒扣着两条锈迹斑斑的铁壳船，已经没有人需要依靠江河旅行，它们由澴河里上岸，大概也有二三十年了。站在河堤上向西放眼望去，阳光斜斜照射着平整的平原，田野间作物草木葱茏，这是一年里，植物最鼎盛的时节，已经达到它们发育的顶点，暑热之盛，洪水涨满，作物成熟，还要等到八月。由细细的电线与看不见的无线网络连接起来的村庄像绿色海洋中的岛屿，林林总总，有分有合，由田野里长出来。还有人在灰暗的旧居上盖出红机瓦、蓝玻璃、预制板的新楼房，还有人在田野中戴着草帽劳动，还有人在村落里出生，欢声笑语或者哀哀哭泣，讲外地人不明觉厉的方言，还有人在村落里咽气死亡，身体被埋葬在稻谷、小麦、棉花、芝麻、大豆、瓜果轮作的田地里。赵皇庙在哪里？我们看到了，在西北方绿树四合的丛林里，被阳光照耀着的楼台，台阁上波浪般涌起闪闪发光的绿琉璃屋顶，稍稍高出附近赵家村鳞鳞群屋，像一面棱镜闪耀在田野里，又好像一簇荧荧扯动的火苗。滴答一声，手机微信里老冯发来照片，向我们确认了这片田野里的尼姑庵，他已经由赵家村北面的藤蔓交缠的村路，兴高采烈开车提前抵达吾乡的"金阁寺"：赵皇庙。

团圆酒

我们撑着黑伞,大概步行了二十多分钟,穿过赵家村中间的道路、翼翼新苗的棉花地、瓜架豆棚的菜地,田野里有一股蛋白质发酵的村味,好比城市里的白噪音。赵家村的几只鹅冲出来啄人,它们平时除了游水与吃稻谷,也会去庙里听师傅们念清心咒,也会闻师傅们敲出的木鱼与石磬声,难道不是应该与村里的黄狗白狗一样,多长出一点亲切随和的佛性?老冯双手叉腰,冯妈妈背着灰白的帆布袋,母子俩并肩站在庙前土坡前枫杨树下面,树后是黄花灿灿的菊芋丛,草丛里堆积着鞭炮屑、香烛把与烟花燃放之后空洞的纸箱,二三十只刚刚长出硬翎的麻黄小鸡唧唧出没在红纸片与硝烟味里。老冯比三个月前我见他的时候,晒得更黑了,我天天看他的朋友圈,他二月梅花三月桃,四月油菜五月荷,顶着下乡搞方言保护的名义,天天更新他的乡村游,能不晒成黑皮?倒是衬得冯妈妈身材小巧灵敏,一头白发掩映的脸孔,皱纹细密,有一种长期素食的斋公们的神气。我与老冯用力握手,冯妈妈与她合掌致礼,腰折得很低。

由土坡向上,赵皇庙并没有修好山门,入口处是两排平房,可以瞥见平房内的贴白瓷砖的灶台与红塑料桶盆,白洋铁皮的炊具,炊具间青蝇扰扰,想在青菜萝卜间找到一点腥膻谈何容易。再向前是一个小广场,广场上像小学校一般,朝北一座不锈钢镀铬的栏杆围成的小台,小台中央立起旗杆,旗杆上挂着一面国旗。小广场右边是盛放佛像的两层楼的殿堂,大概也是出自本地泥瓦匠的手笔,将乡村别墅、村委会、名刹古寺的气派精心地会合在一起。小广场右边是两三排红砖的旧瓦房，有一点像从前我们初中老师的宿舍似的。由前面的厨房到大殿到这些客舍，大小门边都贴着春联，春联上的字句，是春联中的吉利话与佛经名言的集句，读起来朗朗上口，字也写得不错，是认真的颜体。赵皇庙的住持梁师傅由客舍前的条凳上站起来，朝我们打招呼："来，坐坐坐。"见到梁师傅，我觉得冯妈妈那个隆重的礼节，是跟人家梁师傅学的，她们两个见面的时候，都双手合在胸前，将腰深深弯下来，让人担心她们好像要头皮碰到头皮。梁师傅六十来岁，一身皂色的僧袍，布鞋，黑胖、高大，头上点点短发，可以看到发间印记的瘢痕，颧骨稍稍有一点高，脸上神色温和。我介绍说，她是来做调查研究的，梁师傅迅疾地瞥了她一眼，客气地招呼我们在一排平房前的空地上坐，在我们来之前，已经有十几位中年妇女围坐在这片空地上，我们的拜访将她们热烈的聊天中断了片刻。

我们在夕阳斜照的门廊前站立片刻，便有一位年轻的女尼由黑暗的房屋里搬出两张条凳出来，一张给我与她，一张给老冯与冯妈妈。女尼与梁师傅一样，穿着小一号的僧服与僧鞋，头上没有香疤，圆圆的脸，有一点憔悴，也没有梁师傅那样喜气洋洋里，又世故又聪明的神气。安放好凳子，她又去屋里抱出来四瓶农夫山泉矿泉水，默默无言地分给我们。我道谢，去看年轻女尼将矿泉水递给她，她在一边握着水瓶稍稍停留片刻，女尼抬头看她，又低下了头，没有回应我们道谢的话。我忽然明白过来，这位三十岁上下的女尼就是妙静，她没有能力与我们这些青蝇扰扰一般的访客寒暄。发完水，妙静低头跨进门槛，一个人扶着门扇站着，听我们一众十几人，坐在四五张条凳上谈话，我的印象是，妙静脸圆圆的，眼睛也是圆圆的，衬着屋里的暗光，就像一只猫，警觉地立在我们话语的激流里。

这是访谈的时间，我与她也只是听，有时候她会用南方口音的普通话问一问高高低低坐在条凳与木椅上的大姐大妈们。一位大妈抱怨最近念经很勤快，不去跳广场舞，但胆结石发作的时候，还是疼得死去活来。又有一位老太太抱怨今年春夏之交的雨水多，将黄瓜与芝麻结出的花铃都淋落了，棉花苗也长得不怎么样，说好给武汉的儿媳妇打两床棉被的，可能要等到明年了，这一时间管阴晴冷暖的菩萨可能在紫竹院里打瞌睡。的确是缠绵无尽头的春雨，阴寒不去，我们躺在三楼暗红的藤椅上，拥着毛毯抽烟，看着做窠孵蛋的灰喜鹊结伴站在枫杨与水杉树顶上，在雨幕里发愁，院子里的南瓜藤纠缠在一起，迟迟不愿意开花。另外一位老太太回忆起去黄梅五祖寺里进香的情形，说晚上她们斋厨里酱油烧冬瓜多么好吃，说冬瓜二三两一块，烧得又透又黄亮，吃起来就像肥肉津津有味。这个肥肉的比喻引发了梁师傅的打趣，说何居士你吃斋十几年了，还是没有忘记肉味，"念经要由心里过"，何老太太不好意思地低下了头。另外一位李居士李老太太是她的好友，赶忙将话头接过去，引向两个月后的中元节，说大伙儿过完端阳，就要做香烛，折宝船了，她去武汉的宝通寺，学到了一种做香烛与折宝船的法门，又快又好，中元节晚上，可以去胜利桥漍河里放几簸箕宝船。话头回到梁师傅这里，她春上云游的地方是福建，坐飞机去的，在那里的什么寺挂单，加入了一个QQ群，有四五百人，大伙儿将经文发在群里，居士们捐香火钱也是发红包。她眉飞色舞地讲到这里，让门后的妙静去房间里将她的手机取出来，然后滑着手机让大家看她加入的QQ群，特别介绍她认识的一位姓孟的师傅，是QQ群的群主，说下个月的聚会将请她来讲经，"在我们这个螺蛳壳小庙做道场，QQ群也是个螺蛳壳道场"。大家顺着这个话题，表扬梁师傅会做事，"一生划得来"，去过很多地方，会讲话，能化缘，又肯学，比男将还强，将赵皇庙由一间小庙发展成这个规模，不容易，汪长老来这里修了一辈子，只有一间窝棚。看样子，汪长老是梁师傅的师父，已经去世。梁师傅拿着手机客气了一番，但看得出来，她心里面是高兴的。她对附近村庄人事，都相当的熟悉，如同那些对本地村镇的道路了然于心的居民，在我们看来，路径迷宫一般回环曲折，他们却可以闲庭散步。梁师傅由她的伙伴们中间，大概也了解了本地村民的社会经纬、生生死死、爱恨忧愁，所以有一种温厚、通达而精明的神气，不时地浮现在她脸上。汪长老传衣钵给梁师傅，梁师傅以后传衣钵给妙静，可妙静大姐站在门后的阴影里，紧抿双唇，锁在忧愁海，她什么时候能做到这样"人情世故皆佛法"呢?

"开轩面场圃,把酒话桑麻",其实是把"农夫山泉"唉。除开我们这几个"有文化"的不速之客,打扰这场尼庵"下午茶"的,还有两拨熟客。一是一个小伙子,西装裤,白衬衣,红领带,领着一个女孩儿与一位中年妇女来烧香,小伙子干净帅气,脸上有一点腼腆的神气,女孩儿年轻、时尚,凉鞋鞋跟高高细细,中年妇女洋绸裤子,穿着富丽的花衬衣。梁师傅赶忙站起来去取农夫山泉招呼他们,他们也不坐,中年妇女说烧完香,还要回孝感去,这一回专门给汪长老带来了用乌桕籽熬的好灯油。梁师傅领着他们去大殿里烧香。居士大姐们在他们身后鸡一嘴、鸭一嘴,议论纷纷,说这小伙子是肖长富的大儿子,长得多体面,多"刮气"。肖长富是本地的首富,在上海做沙石料生意发家,国道边的万卉庄园就是他们家开的,进园子收一百块钱门票,梅花桃花郁金香薰衣草,一年四季都可以看花,夏天里游泳池里的城里人像下饺子,冬天又搭蒙古包卖烤全羊给干部们吃。这女孩儿就是"五一"刚结婚的儿媳妇,长得多水灵,高跟鞋上只有一根细缎带,鞋跟怕是金子打的吧,丈母娘也富态有福气。要是梁师傅在座,一定又会批评这些条凳上的女居士"念经要由心里过"。小伙子自小就"出家",挂名在"我们赵皇庙"里,是梁师傅的记名弟子,跟他爹肖长富一样,肖长富是汪长老的记名弟子。

第二位熟客是赵家村的志华哥。梁师傅送客回来,他

广长舌

也由土坡摇摇摆摆出现，朝大家走过来，梁师傅不太理睬他，其他的居士却很高兴，代替梁师傅打招呼："志华哥坐坐坐。"等穿牛仔裤、黑T恤，梳中分头的志华哥坐在正当客房大门的条凳上，梁师傅没有给他递水，连门边的妙静，也没有递出一瓶农夫山泉来。"我中午被划龙船的人灌醉了，半斤五粮液，睡到日影都斜了，来来抽支烟！"他由裤袋里掏出一包60块的绿壳黄鹤楼分给大家抽，居士大姐们谢绝，老冯与我也谢绝了。大姐们打趣他："志华哥的好烟，是龙船队的人送的吧！"志华哥一只手夹烟，一只手撩头发，吐烟圈得意地点头："今年划龙船几热闹，你们记者来采访，应该早上来的！非物质文化遗产就应该这样搞。附近八个村小组，加上万卉庄园，我们九龙戏珠，由胜利桥出发，往舒家大塆顺水向前冲，又逆水划回来，有的村男将没几个，婆娘们都上船了，扎红绸子，擂鼓，喊着号子，嗓子吼得都烧着火了，将船划得像射箭。领头的先是张长塆，我们赵家村超过了一小会儿，他们还用桨打！我们先到舒家塆，回程万卉庄园的船又追上来，人家打工的小伙子多嘛，结果是搞得太猛，将船弄翻了，扣在河面上，由落水的小伙子踩水将船团团推回到桥下，我们几个开会讨论，还是定万卉庄园第一！"我们两个算哪门子记者，有城里的记者扛着摄像机来扫几眼，大概早就走了。原来我们刚刚开车经过的胜利桥下的澴河水，迎来了一年中最热闹的一天，一上午澴河里的老龙王都在水底兴奋得像这个志华哥一样手舞足蹈吧！上午九龙戏水的时候，大伙儿也都在岸边柳林里伸脖子看，现在听志华重新讲述，脸上又泛出兴奋神采，门前的妙静眼睛也亮闪闪的，脸色泛红，紧紧地盯着志华鲤鱼一样翕动的嘴唇。一边老冯低声向我介绍，这个志华哥是庙里的"头人"，先前去东北三省做泥瓦匠，耐不得烦，回来混日影，娶的汪家竹园的媳妇也跟人跑了，三十而立，只剩下一张能说会道的"咬铁嘴"，舌头像装了弹簧，被梁师傅请到庙里来，这门上的对联都是他写的，还蛮是那个事，我搞方言调查，也常找他，他歌唱得好，拉二胡，很会几首本地的"道情"。就是这么一个才华横溢能干的头人，梁师傅也不满意哦，冷冷地打断他的话："你将中午三十桌席的烟酒饭菜，好好算清楚，明天给我看。今天捐来的灯油账目，我也要看。七月我们还要办大事，你仔细些。"志华哥停下来讪讪地点头称是，局促得像在黑板上做错算术题的小学生。看来这个"头人"是蹦跳的蚱蜢的话，这个住持就是堪堪管住他的一道严霜，秋来的蚱蜢，能蹦跶几下？这时候，夕阳西坠，余晖由村巷里向赵皇庙铺来，将客房门前、枫杨树下，慈眉善目的尼姑与居士们，一个个镀得像神佛似的。

我们离开大家的聊天会，去参观赵皇庙，老冯、冯妈妈也与我们一起，冯妈妈说去跟菩萨和汪长老烧一炷香，梁师傅点头同意。我们先去看前后两排十余间客房，每一间客房里四张木床，有一点像当年我们念初中时的宿舍，床上的被子与床单，看得出来是由居士大姐们捐的，有一些还是她们当年结婚时的嫁妆，被面大红色，绣的是丹凤朝阳与喜鹊登枝，丹凤与喜鹊都失去了鲜艳的风流颜色，床边一个鸿运小电扇，一把木椅，房间的中央，垂下来一支钨丝白炽灯泡。居士们的宿舍，冯妈妈来烧香，晚上会住在这里，提到这些晚上，她容光焕发："跟姐妹们聊聊天，聊着聊着天就白了，窗外鸟叫起来，满枝的黄鹂站在枫杨树里唱曲子，多开心。"两个多月后的中元节，等梁师傅QQ群里的朋友们由五湖四海来到这里，她们解下行李，每一间房会住满，每一盏白炽灯都会被拉亮，吃饭、诵经，一场朝向告别的聚会，秋风明月，郁郁绿野，堂皇灯火，赵皇庙恐怕比上晚自习的镇中学还要热闹。

"你们看出来妙静不高兴对不对？"走向大殿的路上，冯妈妈对我们讲："她身体不舒服，上个月小产了。"我们三个大学老师，都被这个八卦吓得停住了脚步，站在火一般燃烧的余霞掩映的小广场红旗之下。"她过年的时候，怀上了志华哥的孩子，又不敢去镇上医院找医生做流产，志华哥就让她晚上去河堤上跑步，买个臂包与手机送给她，用手机计数，每天跑十公里，遇到下雨，还要打着伞跑，梁师傅又煎药给她吃，总算是将毛毛打下来了。"原来我与她在我们村的旧居里读书，在村道上散步的夜晚，在澋河的对岸，还有一个尼姑在举着伞跑步，流星赶月，踏雨犯露，并不是为了练习凌波微步的轻功，而是要跑掉小腹里的孩子。这个志华哥唉，你就让你的妙静蓄发还俗，好好地将肚子里的小和尚生下来嘛，没有小和尚，哪来的老和尚。冯妈妈说是妙静自己不干，她是被她妈妈许给庙里的人，由不得她自己做主。"今年的中元节，说好是做法会，请宝通寺的智元大师傅来给妙静受戒，头上烫香疤，由沙弥升成师傅的，烫了香疤，就像你们考了大学似的，以后就可以接梁师傅的班做张师傅。现在唉，糊里糊涂将身子破了，还不知道梁师傅会不会变卦呢！"难怪志华哥一见梁师傅，就像霜打的茄子蔫妥妥，你月下推（敲）僧门，做下亏心事，被人拿住要害呼喝指挥，是活该。

我们在暮色里走进大殿一楼，大门朝西，门里是朝东开向绿野的铁门与两面玻璃窗，窗下一排长长的供桌，供桌下是一溜棕织蒲团。我们被桌上的神像吸引住了，大大小小、泥塑木雕、铜浇铁铸的神佛或立或坐，或悲或喜，排列在桌面上，弥勒佛、如来佛、伽蓝、灵官、菩萨、罗汉、土地、托塔李天王、真人、玉皇大帝、孔夫子、关公、财神赵公明……好像《西游记》里的诸位仙佛都将分身舍到这里，不拘礼节，不分高低，放下成见，济济一堂，任由他们的粉丝洒扫信奉，敬香致礼。老冯说这些神像可能是附近村庄里人外出打工，遇到的、想到的大神们，都由各地带回，送到庙里来的，所以是"我劝天公重抖擞，不拘一格降人才"，弄出这样一个会仙集、万神殿。我与她都点头同意。会仙集里，新来的两位大神，都是两三尺高的铜像，一个是大干部模样，气概不凡，系着红领巾。另外一个汪长老，微弯着腰，尖尖的脸颊，是愁眉不展的苦修的模样，铜像旁边，还横放着一根竹竿，一头开裂，另外一头，磨出了紫红色的手泽，大概是汪长老生前用过的竹杖。老冯用打火机点了一支香，扶冯妈妈磕头、顶礼，冯妈妈站起来后，他自己也上前磕了一个头。冯妈妈说汪长老生前就是这个模样，脸黄黄的瘦瘦的，眼睛里精光闪闪，这个像塑得真，汪长老聪明，再难的经文，听一遍就会念，活到九十好几才去世，已经圆寂十几年了，我还常常梦到她老人家。说着冯妈妈眼睛就发红了，伸手去抹眼泪。

我们由旁边的楼梯爬上二楼，因为是盛放神像的大房子，楼高十数米，楼梯间高大敞亮，晚风呼呼吹送，二楼往上，就是我们之前在远处看见的闪闪发光的琉璃屋顶，彼时最后一点晚霞，还涂抹在琉璃瓦上。二楼的大厅更见空旷，席地数十只蒲团，门边是播放颂经碟片的电视，蒲团间，是一团一团夜晚趋光闯进来的蜻蜓、豆娘、蛱蝶的尸体，细密地铺了一地。正中一座巨大的白玉坐佛，右掌直立，手指捏诀，被左掌平摊托在胸前，面西而坐，粉面玉琢，圆脸垂耳，微抿双唇，唇边一点若有若无的笑，浮现在我们平原苍茫的暮色里，往西，正是云梦泽的旧地，新月如钩挂在层林之上，往东，他背朝着窗外的澴河，河堤如带，近在眼前。我、她、老冯各自往玉佛前的捐献箱里放了一点钱。冯妈妈磕头起来，跟我们讲，这尊佛是肖长富花几十万请回来，安放在这里的,肖长富在万卉庄园的办公室里,也有一尊小的,也值好几万块钱。

那一天我们参观完毕,心满意足,由大殿二楼走下来,向梁师傅和她的居士们告别。她们坐在门口的斋堂条凳上,顶着几支白炽灯泡,唱弘一法师的《三宝歌》,然后用晚饭。我们谢绝了梁师傅"土茄子好吃,腌白花菜好吃"的邀请。老冯带着冯妈妈去陡山镇,我们步行穿过赵家村,走上灈河堤,找到先前停在堤上的车。我点火,打开车灯,一只黄鼠狼由车底跳出来,黑胡椒一般的眼睛闪着精光,跳入堤下的坟林,往赵皇庙方向逃去。她说下周洪水退了,我们来桥下学游泳吧。我说好。我们坐在车上抽了一支烟。车底下是妙静过去几个月深夜跑步的河堤,马上就要全部铺成柏油路,河堤外是上午志华哥划龙船的灈河,刚刚被新夏的洪水涨满。大概是一百年前,十六岁的汪长老由这条河里爬上了岸。我还想到妙静受伤的舌头。苏轼写过一首诗说:"溪声便是广长舌,山色岂非清净身。夜来八万四千偈,他日如何举似人。"梁师傅的师父是汪长老,汪长老的师父呢?是这条由大别山里奔涌而出、在黑暗里往南流的河?

刚才出庙之前,我与她站在大殿二楼蝼蚁蛱蝶的尸身上,与老冯一起,听冯妈妈盯着灈河堤,讲汪长老的故事,继续用手抹眼泪。舌灿莲花的乡村故事家唉,老冯小时候真有福气,难怪一直作文写得好看,微信公众号文章好看。

广长舌

"汪长老是由澴河那边过来的。她十六岁,新婚之夜,'新姑娘',穿个红缎子袄子,由夫家跑出来,团圆酒都没有吃。冬月间,天冷,落雪,她还是裹的小脚,折了根竹棍,一脚深一脚浅地往西跑,夫家的人发觉她逃走,去喊她娘屋的人一起来举着火把追。那时候澴河没修堤,也没修桥,深更半夜,摆渡的人也回家睡了,汪长老在坟垅间连滚带爬,摸到澴河岸边,咬咬牙下了水,冰水像缝衣服的针一样咬脚,总算冬天河水不深,让她由冰水里蹚过来。她上了岸,追她的亲戚们就站在河东,犹豫着要不要跳下水,她由怀里取出早就准备好的小刀子,将手指头割得鲜血淋漓,将血珠子甩在水里,说再逼她,就用刀刺心窝子。亲戚们知道她是立死志,不敢再逼迫她了,将火把扔河里回家去,火把哧地灭了。汪长老就一个人在早年烧掉的赵皇庙的屋基上搭了个窝棚,吃斋念佛,化缘修庙,她是童贞女修成的真菩萨,她讲经上的道理时,桃花、梨花、油菜花、枣树花、泡桐花、棉花、莲蓬花、木槿花都落在她身上!"

那一刻,在冯妈妈的讲述里,我们好像看见,身材瘦小的汪长老,正由那边的澴河堤林里爬上来,用血迹斑斑的手紧握竹棍,划旱船似的,向前探路,甩开小脚,大步穿过作物瓜果茂盛的田野,穿过层层夜色,历历群星下,向我们灯火隐隐的楼台走过来。以此雪夜穿越一百年。寂静田园中的狂暴之路,疯狂的麦克斯,小小的女性的乌托邦。她也许还来得及，安抚妙静的痛苦，并在志华哥紧张的注视里，参加妙静七月受戒的典礼。

2019 年 7 月 19 日，北京
2019 年 7 月 27 日，西安

温泉镇

1

那一年夏天，我和她回老家，大别山西麓，江汉平原以东的一个村子，云天、夕阳、古道、云梦泽，深黑帕萨特。正如读者诸君所知，乡村的荒芜已经是不可逆转了，我们的村庄，也毫不例外。烈日下，南风吹拂高大的枫杨，掩映二十余幢两层或三层的楼房，楼顶盖酒红色机瓦，从前住在这里的一百余位乡民，大部分迁往附近的温泉镇、孝感市，余下一二十位老头老太太，带着七八个孩子，十几只猫狗牛，四五十只鸡鸭鸽子，一日三餐饭，生活在这里。老太太比老头子更能熬住岁月，所以人数也要多出一大截，如果说孩子们的脸红润如柿子，她们的脸则皱得像核桃，余齿摇摇，白发稀疏，以眼睛里的一点神光，以闲聊和牌局，以咒骂猫狗、孩子，打发漫长而酷热的夏日。上午九点，下午四点，太阳能路灯柱上悬挂的广播会忽然打开，由人工智能合成的女声，平心静气，字正腔圆，来播报温泉镇、孝感市、湖北省、中国、全世界的十条新闻，期间一个脸孔晒成酱油麻子的老头戴墨镜骑电动三轮车,来叫卖他的"豆腐千张干子泥干子凉粉噢",一个身材矮小的大头女人,长得像俄罗斯套娃似的,随后来推销桃子、苹果、梨、菠萝、西瓜、葡萄等时令水果,之外就只能由我们的书桌上,听到村庄里的狗吠、公鸡母鸡的打鸣、诸色鸟叫与风摇树冠的沙沙声。村庄之外,我们从前精耕细作的田野,曾以现在中产阶级女人们在厨房里做烘焙的竞赛劲头,细寻肤寸,劳作过的田野,也开始被三天打鱼、两天晒网,菜地、稻田、芝麻、棉花、六月黄的黄豆,被缠绕在艾蒿、一年蓬、狗尾巴草、垂序商陆、蛇床子、益母草等纠结成的野草里,我们在蔡家河的祖坟,也长满了小构树与小桑树,桑之未落,其叶沃若,构树结出红红黏黏的球果,涂在长长短短的青石碑上,黄泉下祖宗们有知,他们定会在一周后的七月半爬出来,用那个太阳能广播器,用吾乡的方言,通娘骂老子,小麻牝,冇得墨,差火,将我们痛骂一顿吧。AI能用的广播器,鬼也能用,AI的普通话纯正甜美,我们的方言粗野俚俗。

我与她由天河机场驱车回来,日日躲在二楼的套间里,海尔冰箱塞到满满当当,食物之外,还有红白葡萄酒、绍酒、啤酒、劲酒,本地酿造的甜米酒。圆筒形的新版格力空调也非常给力,将遥远三峡电站送来的电流转变成白雾冰风。在食物、美酒、凉风与抽水机抽取的地下水造成的小小瑶池世界里,我们碰到蔺草席枕头就呼呼大睡,之前在城市里累积的睡意汹涌澎湃地迸发,各种奇异的梦纷至沓来,又

温泉镇

因为我们互相的讲述，往后生产出更离奇的梦境，我们都觉得自己像制造梦文本的人肉机器，就像造出窗外绵绵不断被夕阳映亮的积雨云堆的云梦泽一样，云梦泽每天要造出多少座奇异的云山，每年又造出多少吨草木昆虫！造梦与做爱之外，是打开华为苹果手机刷微博翻阅微信，特朗普的新推特，土耳其的里拉崩溃，德国与比利时的伊斯兰化，在消融的冰山上手足无措的北极熊一家，来联合国咬牙切齿地发言的瑞典女孩……我们算不上避世隐居，"无穷的远方，无数的人们，都与我有关"，与我们有关。等到积雨云被落日返照烧红，霞光映在蓝色的窗帘上，稍后被溳河的堤树吞没，我们就出门去散步，用本地的说法是荡路。我是背心短裤，她是各式各样由世界各地搜集的裙子，我们都换上黑布鞋，拉开枣木门闩，出门，由保刚家的枫杨树下土坡，来到我们村的十字路口，这时候，万物都交会在静穆的天光里。向西，由舒家塆上大溳河堤；向东，由梅家塆上小溳河堤；向北，到匡埠村，胜利桥；向南，到大溳河与小溳河交会的官家渡，歧路如麻，往返都是四公里左右。打开百度地图，即可发现，我们村与其他二十来个村庄，正是在一个三面临河的U形"半岛"上，像一片枫杨树叶子？一条鬼舌头？夏天的日照、河流的滋养，再加上人力的荒废，野生的动植物自然是蕃育得可怕，不可捉摸的上天在此地种养种种蛋白质，这一点，后面我还会一一介绍。我们大概是太阳落土，就顶着夕光出门，披星戴月回来，在黑夜中荡路数日，对，这个故事——如果它能将自己变身成故事的话,要报告的,可能就是我们荡路的见闻吧,当然,有些事情,也是叙事者本人——如果真有所谓叙事者的话,所始料未及。

第一天我们往西。路过我们村的祠堂,像附近村的祖宗祠堂一样,它的大门是朝向正西敞开的,四合院里两株紫薇花开得正盛,可以想象,之前斜阳穿过花树,照在明堂与廊庑里长长短短林立的神主木牌上,也照进木牌前的香炉里,林立明灭的景观,香炉中尚残存着春节、清明、端午祭祖时灰白的香灰。祠堂向外的一溜白墙上,刷着的标语是:"毒蛇咬伤找老周13799975096!""全社会都来关注女孩(女性)!""办酒席找殷巧嫂,一桌就上门18062116096!""老韩快速钻400米深井13477338000!""坐班车到杭州温州舟山厦门广州海口三亚18995608937!""港锦新城品鉴电话2588888!""道宗二手车!"少小练字老大飞,大概是过去数年间,先先后后被骑着电动车的老头子们提着红塑料桶,用白石灰汁肆意地涂写上去的。"道宗二手车"五个字写得最好,不愧是捎上了道君皇帝宋徽宗,又隐隐指向日行八百里的梁山好汉戴宗哥哥,真是集庙堂气与江湖气于一体的能指哎。我们品鉴完这些元气淋漓的书法继续向前走,西边多半是条贯整齐的稻田,稻株正在扬穗,稻花是一股子清新的香气,稻田里千万头蟋蟀在等夕光沉寂,露水沾湿翅膀,就开始奏乐。路口是一栋两层的红砖楼房,我一位远房的堂伯父带着堂伯母由村里搬出来盖的,他们刚刚吃完晚饭，收掉了碗筷，空余的餐桌上，还有蒸臭豆腐的淡淡臭味，我与光着上身的堂伯父寒暄，他耳朵边的瘊子长得更大了，好像黄豆芽卷曲起来，堂伯母年轻时由重庆撑着黑布伞嫁到我们村，现在头发银白，牙齿掉得差不多了，还是一口浓浓重庆话，他们养的黄狗，瘦骨嶙峋，也由桌下冲出，装模作样地朝我俩狂吠。

　　堂伯父喝住狗，我们继续向前走，几百米之外，就是我们读过书的初级中学，已经被遗弃十余年，现在沦陷在一堆蓬蒿里。我向她讲我初恋的故事，在小树林里朝读，一边念英语单词，一边与同桌张志华一起，敲打杉树的橄榄形的松塔球果，将花粉收集在一个纸包里，很有一点故事书上刘子固向阿绣买到的胭脂水粉的感觉，张志华有时候还会学人家用舌头在纸包的折痕上舔舔。那时候我们全班都在传看一本有插图的《聊斋志异选》，婴宁、聂小倩、梅女、小翠、云萝公主，神神鬼鬼，狐狸出没，刘子固的运气不错，他的苦恼是，他搞不明白，阿绣到底是一个人，还是一只狐狸。回教室时我们悄悄将松树花粉送给心仪的女生，那个女生与她一样，入夏也爱穿红色的连衣裙。那些杉树还在，羽羽针叶，浓密苍绿，由它们的背后向前，是一条自北向南的河渠，河渠两边爬满水莽草，只余下中间一条水线映着天光。说到这条河渠，我们就更熟了。童年的时候，几乎每年的夏天，我会跟着村里的小孩一起，穿着三角内裤，在里面摸鱼弄虾，所以它水下的坑坑洼洼、弯曲泥洞、狭窄桥缝，哪里是鲫鱼家，哪里是黑鱼家，哪里是鳜鱼家，哪里是龙虾家，哪里是乌龟王八家，它们的小小迷宫，小小的诡计，在外的漫游与家中的隐居，一呼一吸，吐出来的泡泡，散发出来的不同鱼腥的气味，我都一清二楚，绝不亚于日下我对她身体的熟悉程度。

我们站在小石桥上凝视无名的河渠，岸边是矮小的乌桕树，盘屈妖娆，乌桕树丛里忽然钻出一只母野鸭，自信满满地带着四只小鸭扑通扑通跳进水里：之前我们戏水的地方，现在成了它训练自家孩子的游泳池，假以时日，野鸭们就会将这条河港变成它们啄食鱼虾的城池，将鸭蛋星星点点下到港边的草丛里，来捡鸭蛋的老头子们有福了。小石桥是三十年前的老样子，当日我那个初恋对象会每天穿着红裙子走过小石桥回她们村。我们还在桥面上发现了一些灰水泥倒出来的楼房模型，半新不旧，有门有窗，方方正正，半人来高，加上搁在一边，已经涂了金粉的闪闪金光的宝盖，我们判断，这是旁边何砠村的石匠用水泥浇灌的灵屋，准备用来盛放去世村民的骨灰坛子。另外一种可能，就是谁将田野里倾翻的灵屋搬到了这里？我们在草丛里两个分离的灵屋边咬破薄荷珠，抽了两支登喜路香烟。天在这个时候黑了，一枚金星由澴河堤外跳出来，海洋之心，订婚钻石似的，新月与它近在咫尺，北斗七星也由西北星野里浮现，的确像一把长柄勺子打捞着星星汤，银河隐隐约约，难以辨识，牛郎星呢？织女星呢？昨晚金风玉露一相逢，力比多发泄一尽，他们的光芒会黯淡许多，暂时泯然在群星之中吧。

舒家垮村口的枫杨树很大，可以用崔嵬这个词来形容，树干背后停放着一台荒废已久的拖拉机，蓝机壳上依例刷着标语"道宗二手车"，拆开的机壳露出它们钢铁的肺腑。在锈迹斑斑的拖拉机车斗下面，住着三只勇敢的大白鹅，难得有生客路过，可以一展身手，所以毫不客气地冲出来，押长脖子迎接我们，将我们吓得落荒而逃。我拉着她的手，低着腰快步走到澴河堤上，三只白鹅才知难而退，重返到它们朋克风的家园。登上河堤俯看夜色中的家乡，当然是令人印象深刻，好像人、草木、动物都蕃育在一只扁圆的簸箕之中，堤下的澴河深不可测，如同天地间一面晦暗的镜子。好在今年夏天并没有洪水，所以河水位也只是比枯水期稍稍高出一点点，尚未吞没河堤下的采砂场。之前的八月，运气不好的时候，是会有大洪水的，浑黄的河水涌到采砂场的屋顶上，只剩下电视天线露在水面，路过采砂场的鱼会触碰开电视机看电视？河滩里的黄牛、水牛、奶牛亲如一家，挤在堤面上，水蛇们也会在草丛中蜿蜒出没，堤外村庄的人上堤来看水，如果能够将赤脚由堤面伸到洪水里打摆，就会担心今年老天爷，怕是要打破堤垸，这一季的稻子，也难以收成。

我讲给她听我的同桌张志华的故事，在我们年级五十余位女同学中，他也喜欢那个穿红裙子的女生，为此曾将我的铝制饭盒扔到杉树林下的水潭里：桃花潭水深千尺，不及志华送我情。我花了一个下午，才在乌龟团鱼家门口将它摸上来。他后来去当了兵，考了军校，做了军官。有一年，也是澴河里发大水，张志华由部队坐飞机回来看妈妈，在孝感市十五军的机场下飞机，坐吉普车颠上跳下回家，妈妈在做饭，他一个人去看水龙打旋，沿着堤坡往水里蹚，就在那棵崔鬼的枫杨树下，童年少年走了几百遍的坡路，还是被水卷走了。妈妈被叫出来时，一盘炕瓠子刚放盐，都没烧熟，送他回来的吉普车都还没开回军分区。

他被水冲走的地方，大概就在我们前面五十来步的样子。当年我听到这件事的感觉，就好像是我们同桌上课时，忽然洪水冲到教室里，将一边的张志华连人带桌子冲走，我还在旁边的桌子上打开语文课本，目瞪口呆地坐着，一句话也说不出来，我与红衣女孩嘴巴里像塞满了澴河的石头与沙子。

"他也会住到小石桥上那种灵屋里吗？"

"不，他的墓是部队来修的，立起碑，碑上有五角星。"

"穿红衣服的女孩呢？他们很登对嘛。"

"我听说之前张志华家里已经请媒人去蔺家台子提亲，也不知道她同意没有，如果她同意，媒人就会带他去她家吃米酒荷包蛋，五个，吃四个留一个。"

"你也想去吃，对不对？"

我们谈话直到新月埋进河堤以西，才沿着长坡下堤，在唧唧虫声里踏着滋生出来的浅浅夜露回家。喝了一小杯澳洲白葡萄酒，我们跳上床睡觉，听任形形色色的梦像洪水一样将我们卷走。此夜的梦境，值得一提的是，她梦见澴河堤上空的星星立起来，锹把一样，好像长成了一片光柱森林。我的梦，是何砦村小石桥后面的杉树，都开满了一树一树的红花。

2

第二天黄昏的散步，我们往北走。与堂伯父跟堂伯母打过招呼，由他们家的黄狗狂吠着送出十余步，一辆两三米高的拖拉机轰隆隆由我们身后慢慢赶上来，我们跟着拖拉机走出很远，拖拉机手坐在山岳般的驾驶座上，光着上身，身体被晒成紫红色，后背披着晚霞如缎，显得特别神气。我们由杨林村的村道折转向西，走向大澴河上的胜利桥。从前的胜利桥已经被拆去大半，新修的桥刷上了柏油，在新桥往北四五百米的地方，汉十高速的澴河特大桥凌空过去，高速公路上的种种车辆，已亮起各色路灯，疾如流星，像金属的甲虫毛毛虫衔着灯火粒，在沙沙地啃食夜色。我们站在胜利桥上抽烟，远眺高速路下的河滩，河滩边荒草离离，荒草中有两个中年男人，其中一个微微秃顶，一个白衬衣，坐在一辆黑色的桑塔纳旁边，两粒烟头，面对河水夜钓，他们之间，立着一筒白色的 LED 照明灯，被蚊虫蜉蝣豆娘团团环绕。看样子，他们是准备彻夜垂钓，专门来收走那些像我们这些，晚上出来在清波与水草间荡路的日渐稀少的野生鱼们。

这两个中年男人，彻夜地钓鱼，抽烟，他们之间会谈天吗？同性恋？会交换彼此的人生？或者沉默到朝霞兴起？我们走过胜利桥，来到桥对面的河堤上，河堤正在加入汉江各支流河堤的整修，由城里来的一群维修工人，围在一辆巨大的红色铲车后面，正在打着赤膊吃晚饭，用白铁皮桶盛的紫菜番茄蛋汤，搪瓷脸盆盛的猪肉粉条菜，一盏白色的节能灯吊在他们头顶上，在团团飞蛾外，将他们神采飞扬的脸照出来。她因为长得好看，自然是被年轻的工人们多盯两眼，有年轻的工人轻轻吹口哨，但他的口哨声，也是被淹没到其他工友喝紫菜汤的声音里。与从前河岸两边青壮年男人的体力比较，铲车的生产力当然是可怕的，它掘土筑堤，开出沟渠、道路、人工池塘，无声无息，喝下柴油，能够以一当千，李元霸张飞似的，恐怕它一个，就可以制服从前并不是太听话的大小澴河龙王。

我们由工人们会厨的地方下河堤，走进堤下一个名叫韩家河的村子，之所以往下走，是因为月亮照着村巷里的条条灰褐色水泥路，将村巷弄得像一个迷宫似的，又明亮又黑暗，折叠在一起，有一种超现实的氛围。这个村子，比我们村还要荒凉，村口的池塘，有两三点萤火虫相隔数十丈提灯飞，让人担心，它们的相遇恋爱会好麻烦。村巷里一只猫狗都没有遇到，一幢幢楼房为在城里打工的主人暂时遗弃，在枫杨树影里紧闭门窗，沉沦于黑暗和蒿草，唯有村中央的一栋新修的两间开的瓦屋里，一间厨房，还依稀亮着灯，我们由窗外看，是一个老头子趿着拖鞋，打着赤膊，正埋头做饭。他有煤气灶，抽油烟机，也有冰箱与电饭煲，墙壁上整整齐齐挂了一墙的炊具，擦得铮亮。老头子的桃花源，并不见得比我们的瑶池仙境差啊。由半敞开的窗口，闻得到他用腌白花菜炒鸡蛋饭的苦香气，他还为自己煮了一点米酒，米酒里有桂花碎，唉，要是我们在自己的瑶池里，没有填饱肚子，会冲进老头子的厨房打劫吗？袭击面包店？袭击一个炒白花菜鸡蛋油盐饭的乡间厨房？一个在城市里被思乡病折磨，终于席卷儿子儿媳赠送的多余厨具返乡的老头子？另外一间可能是老头子的卧室，由厨房传来的余光，可以模糊看到朝北的旧式雕花床，朝南摆的是一口黑棺材。棺材旁边是一堆电机、钻头、黑色的塑料管堆，我明白了，他就是那个"打400米深井"的老韩。如果我们现在恶作剧地拨通那个电话，他就会放下油盐饭，拿出电信公司赠送的手机喊："明日，等明日我就来打井。"由我们的土地，向下凿入四百米，一百余丈，会通向哪里？好像就是在我们目瞪口呆地盯着这个村子里唯一一通电亮灯房屋的时候，西风吹起来。这是我们今年第一次，感受到凉凉的秋风。由星空里，由搭鹊桥的喜鹊们的羽翎间，由此番牛郎织女分别的泪雨里，由中元节拉开的田园帐幔里，徐徐吹下来。在以后的日子里，它终会将星空吹散，将炎热的夏天吹走，将我们的骨头吹得冰凉，将霜雪由铅色的天空吹下来。

初八的半圆月，将枫杨杉树们的树影筛在村巷，我们好像是走在龙宫里，在海底交错的水藻里散步。多么荒凉的龙宫，好像龙子龙孙、虾兵蟹将都搬到了城市管线复杂的下水道地下铁，只余下一个老龙王在旧居洗手弄羹汤。有时候，他还会独自呵呵发笑。棺材里的笑声是亲切的。陌生的村子，村巷错综交织，每向前走出一个转折，心里就鬼打墙般惶然。空洞的鸽笼、鸡笼、猪圈、披屋、厢房、堂屋，动物与人生活过的痕迹与气味，都还在，春联上的字迹，风吹雨打一个春夏，还隐约可见。再过几天，村庄的先辈们会回来，再过几个月，春节里，村庄的现任主人们也会回来。

"七月半，鬼门开，我们是不是来早了几天？"

"如果我们去敲老爷爷的门，他会将我们当成领他走的牛头马面吗？他会将饭碗吓掉到地上吧。"

"不会，一个人生活在一个村子里，他的胆子，可能比煤球还大。"

"对，我们吓不倒一个给自己准备好了棺材的人。"

我们手挽手在交织的树影里谈话，谈及鬼神，好像是将那三只，不，三十只大白鹅又惊动了，恐慌不安的心情之下，强自镇定地出村，上堤，回到我们自己的村落。所谓惊魂未定，不过如此吧。做白花菜油盐饭的韩师傅的镇定自若，真是令人佩服，我们还想到去承天寺夜游的苏轼与张怀民，他们在松柏交会、碑影重重的夜晚散步，谈天，是因为那些泥胎佛像的庇护吗？他们没有遇到白色箭雨一般的恐惧如同蛛网一般缠在他们的布帽上？

我们村的入口，是两排水桶粗细的水杉树，水杉树后面分别是福人与华堂家的院子，院子外面，交缠着草莽，大概是由我们的童年，年复一年，更迭换代生长到现在，我的印象，是一到傍晚，会有很多黄蜻停在枝叶上，就像废弃的飞机停在沙漠深处的飞机坟地。我去找那些黄蜻，并没有发现它们往昔交错的影子，大概它们的数目，也减少到了池塘边的萤火虫的地步，零星两三只，即便是有，也到了求偶如同中彩票的几率。我们的惊喜，是发现当年忽视的水杉树下的无名野花，原来是接骨草。在手机电筒的白光之下，接骨草结出一张张鹅掌般的果串，果子细小如同数百粒金枪鱼鱼卵，闪耀龙宫红珊瑚神秘的朱砂光。当年石崇与王恺在金谷园比富，打碎的红珊瑚，未必有接骨草的果串好看吧。石崇的侍妾绿珠，也未必有她好看。刚刚扮夜游神吓人回来的黑直长发的女人，她回绝我"牛头马面"的封赠，她说："我们在茫茫黑夜漫游，就像爱丽丝漫游仙境，我应该叫爱丽丝·毛。"她的嘴角与小腿上，也有一点点男性气概的绒毛，自小就有，我取笑过她，叫她"毛毛"，三十年后，她游历世界回来，看样子还是耿耿于怀。

  接骨草丛的后面，是福人家的茅厕，三四十年前，用红砖头垒起来，方圆一米，墙头高一米五六的样子，中间埋着一口破缸，缸边斜斜伸下来一根枣木棍子，小孩站在里面大小便，看不到墙外的景象，男人们站在里面撒尿，是可以露出脑袋，跟路上过往的行人打招呼的。现在福人家修了楼房，家里有洗手间，这间茅厕自然是荒废掉，所谓系于苞桑，吞没在艾蒿与接骨草丛，之前却是我们内急出恭，为福人家的田地贡献人中黄的地方，我自己就不知道往里面滋了多少次温热的童子尿，冲开嗡嗡蚊蝇，浇到蹬头蹬脑的蛆虫堆上。福人是我初中同学，在武汉做锁匠，小区防盗门上层层累累的"急开锁""公安局认证"的不干胶贴，上面发布的联系电话里，有一个就是他的，他的三层楼的新房子，大概也是由丢钥匙的慌不择路的城里人赞助的。福人的爷爷，我记得他的绰号叫"咕咕咕"，由春夏之交布谷鸟的催耕歌里出典的吗？"咕咕咕"爷爷的饭量是我们村的一个传奇，据说他一顿可吃一大碗红烧肉。三升米的锅，一小锅米饭，他也可风卷残云地吃到锅底。他的生命，就终结在这个茅厕里：有一天早上，他牵着牛去宰田，路过自家茅厕，将牛系在枫杨树下，一个人蹲在红砖墙里对着枣木板大便，就再也没有系好麻绳裤带站起来，后面来上厕所的人发现他撅着屁股倒在地上，手里握着接骨草的树根，血管迸裂，脑溢血死了，当然，我们当年，并不知道这种结出红色果子的植物叫接骨草，可治跌打损伤，可活血止血。

当晚我们被中国劲酒催发了梦境，爱丽丝·毛梦见了海，一片弧形的海湾，海浪在月光里无休止地拍打着多石的海岸，岸上是柏油的步道，步道两边种植着半大不小的黑松，被翠绿与酒红的 LED 灯光照亮，她在路边走，东张西望，忽然看到路边有一对年老的夫妇，六十余岁，老太太穿着花朵艳丽的裙子，用手机拍着大海，老头子西装短裤，推着一辆轮椅,轮椅上坐着他们的儿子,三十岁出头的小伙子,盯着海面,一脸悲色。他的黑皮鞋搁在轮椅前的踏板上,西服裤子,衬衣的下摆扎在裤腰里,白衬衣做工精良,挺括,英气。我的梦,是跟我母亲、姐姐去迎亲,并不知道新娘是谁,回来的路上,遇到了暴雨,在雨水里,女孩子忽然转过身来,一米六零左右的身材,有一点婴儿肥,五官的线条很硬,又特别地向我显示出温柔体贴的样子,我的确不认识她,心里想,我可能不得不与她过一生唉,当我心里面涌现出一点点柔情的时候,母亲来告诉我,说姐姐不见了,可能走丢在村外的坟地里。我在寻找着姐姐的焦虑中醒过来,窗外鸡鸣阵阵,空调在我们的小厅里掀起阵阵狂风,新晋的爱丽丝·毛小姐抱怨我:"你好过分,竟然在我身边梦见结婚,新娘还不是我。"

3

第三天的黄昏,我们向南边的田野走,出发之前,我们吃了白花菜鸡蛋炒饭,蛋花鲜香,白花菜粒清苦,好吃,所谓咬得菜根,百事可做。田野正中的机耕道,长着艾蒿与马鞭草,吞没我们的脚印,一群群灰喜鹊被我们惊飞起来,又不慌不忙地落到离我们数步远的前方,它们正在啄食芝麻地、黄豆地里的青虫、蚱蜢,前天晚上由天河搭完鹊桥回来,消耗了太多的力气,它们需要这样肥美的蛋白质。之前不需要走巨大的朋克拖拉机,这条路是窄的,被村民的锄头修得又窄又平,像一条麻绳绷直在南风习习的绿野里,我们在打稻场上学会骑自行车,摔得鼻青脸肿,升级的教程,就是骑上这条小路,去魏家垮找同学玩。小路两边种满了棉花,酒盅一样的棉花开出红绿白三种颜色,将小路变成一条长长的幽暗的花巷,有时候,我们会带着钓鱼竿,伏在棉田里,用鱼钩上缠绕的红蚯蚓钓肖家坝村里来吃棉铃虫的鸡,棉铃虫细小、粉红、蠕动,像蒸出的糯米粒,鸡爱吃,但因此被鱼钩挂住喉咙的感觉,一定是又惊恐,又难受。如果有持续的雨天,渍水由新港抽取到大瀀河,排水不及的话,洪水会留在池塘沟渠,漫溢到田里,肖家坝池塘荷叶间的鲫鱼,就会游进棉田吃棉铃虫,冲水太急的话,肚皮就会搁在地面,这时候,不用渔具,只手就可以捉到它们,送上傍晚的餐桌。

机耕道尽头左拐,是一条水泥路,路边五六百米有一片树林,由枫杨与白杨簇拥,每一棵树,都缠绕着野蔷薇藤,林间有一块长满白茅的平地,平地上,之前是两三排砖瓦房,我们将这个小村庄叫蔺家台子,不知哪一年,村子里唯一的人家最后搬走,不知道去了哪里,砖瓦也被附近村庄的人拆尽,蔺家台子四个字,大概只余下"蔺"这个字形了,四面藤蔓纠缠,里面停着鸟群。据村里人讲,可能还有野猪,是附近村里的家猪跑进去野化出来的吗?其实,乡村里,已经很难找到一头猪了。以她的意见,我们应该顺着找牛的老头子们分开的林中小径走进荒村里,说不定,在白茅地里，就躺着一位沉睡着的仙女，仙女旁边，围绕着七头刚由泥淖里爬起来的鼻息咻咻的野猪。她为晚上的漫游，专门换上了防蛇长靴与牛仔裤，并不害怕那些交缠的荆棘，手边的布袋里，还有一把剪刀，说不定，也可以对付那些由睡梦里惊醒的野猪。但我有一点胆怯，江湖之道，危林莫入唉，我们的漫游，在仙境？在田园？在墓地？在迷宫？在黄泉？目前，并不能确认，亲爱的，天上，地下，人间，都小心为上。

  我们在道路尽头右拐，数百米后，走进了魏家塆。塆南一条水泥路通向小澴河堤，水泥路两边，种的是栀子花与美人蕉，栀子花花期已过，浓香消退，绿叶暗暗，美人蕉正在开放，一簇簇像舔舐暗夜的火苗。有一户人家堂屋里开着灯，男主人在家，坐在门前的藤椅上，沉默无语，持蒲扇，光着上身纳凉。走过后，我跟她讲，这个人叫魏书安，是我小学时候的老师，教过数学课与体育课。上到河堤，向南走出百余米，由一片白杨树林里下河堤，走到魏家塆过小澴河的魏家桥，桥也是水泥砌出来的，灰褐平直，像一条僵直的黑鱼。白杨树被西南风吹得哗哗作响，我跟她讲，有人将白杨叫"鬼拍手"，她下意识地拍着手，却有一点害怕。我们在河堤上抽烟，河水在桥下幽暗地流淌，不远处，有养鸭人用网围出来半亩大小的河滩，成百上千只鸭子在星月的光辉里躁动，踏出细碎的声响与亮光。养鸭人在鸭棚里看到桥上站立抽烟的我们，惊疑不定，用手电筒晃了几下，手电穿过河滩里密密麻麻高过人头的蒿林，翠绿如同梦幻，划过我们的身体。他还是不能放心,又特别由鸭棚里走出来,用手电筒照路,走到桥上,打量了我们几眼,才回到鸭群中间去。养鸭人精干瘦小,被夏天的烈日晒得黑炭似的,穿着裤衩,活像由水里爬出来的一只湿淋淋的夜叉,眼睛发亮,牙齿发白,脸上生满细毛,一身小麦烧酒味。

魏书安老师的家门前空地,之前是魏家塆的水井,全村人挖出来,用石头砌好,小时候,我们常去玩,将一边的小木桶系上绳子,往里面吊出井水喝,井口簸箕大,井水凉凉的,有甜味,那种小肚子喝到半饱的感觉,令人沉迷。魏老师有两个孩子,男孩小名叫侯爷,女孩小名是王爷,王爷、侯爷是双胞胎,以小名来看,自然是王爷姐先来到这个世界上的,并非是魏老师讲男女平权,妇女能顶半边天还要超过。王爷与我同桌,有时候,她会穿侯爷的男式衬衣来上学,衬衣很长,一直拖到她的膝盖,有一次,她因此忘了穿内裤,被女生笑话。小学四年级的时候,月亮地里,她与弟弟捉迷藏,一起掉到水井里,魏老师不在家,他们的妈妈去找塆里魏瞎子下井摸,井水温热如汤,瞎子倒也不冷,摸索既久,也没有找到侯爷与王爷。后来这口井就被填掉了,村里人各自在家门口打压水井。刚才魏老师就坐在被填掉的石井上面。我一边抽烟,一边将这件事讲给她听,听到王爷不穿内裤上学的细节,她笑了,到后面残酷的结尾,她又流出了眼泪,啪啪掉到桥下流水里,如同星星的玉屑。不知道王爷侯爷扑通掉进水井的夜晚,是不是像今晚一样,月白风清，星河如沸，宇宙静默如谜，姐弟两个，也像我们俩一样，手拉着手，十指相扣。

"魏瞎子说水井是连着小㵲河的，他们姐弟可能被卷到了小㵲河的河底，流入大㵲河，进了汉江长江，在长江里被大鱼吃了。接生的肖大婆却不同意，说附近村，只有魏家垱的水井挖得深，是连着龙宫的，两个孩子贪玩玩水，可能是掉进龙宫里，被龙王收去做龙女与童子去了，王爷侯爷，这两个外号是她取的，太招摇，不好，她懊恼不已。后来她又给魏书安老师的老婆接生了一个男孩，给这小家伙取的名字，是腊狗，腊狗大概也有三十岁好几，考大学，在广州工作，城管局的公务员，已经在'小蛮腰'旁边分了好几套房子。但村里也有人讲，腊狗的哥哥与姐姐，他们两个是被人贩子贩走了，现在说不定在哪里做乞丐发财呢。"

"要是不填这个水井多好，我们这一次回来，带了泳衣，我们由水井里潜水下去，顺着黄泉，去敲龙宫的门试试看？说不定就可以拜访到王爷与侯爷侍候的龙王龙母，我们可以唱着：'天上一朵云，地下闯麻城，麻城闯不开，带个小儿来。'或者是：'天上满天星，地下闯麻城。麻城闯不开，我带侯爷来。'""不，是'天上一阵风，地下闯龙宫。龙宫闯不开，一对双胞胎'。"

爱丽丝·毛将她火红的烟蒂扔进桥下的河水，听着它暗器般哧哧灭掉，牵着我的手往回走，结束此夜的漫游。洗澡，做爱，我们掉进的梦境分别是：我梦见夏天的午后，天地都是黑的，没有风，白雨倾盆，东南西北洪水渐涨，将我们的村庄变成雨水中的孤岛，我穿着长长的雨衣，骑着父亲卖菜用的永久牌二八载重自行车，由田野正南棉田间的小道奋力骑行，溅起薄薄的积水，为的是去向同桌王爷请教一道数学应用题，那时候王爷留着短头发，左边的头发总有一缕翘翘的，脸有一点扁，眼睛大，黑的像龙眼核，白的像未成熟的棉花桃的瓤瓣，爱笑，想到她的笑脸，我会将自行车踏得飞快。我们做完数学题，她领着我去她家的柴房里捉迷藏，柴房里堆满了光滑细密的麦秸，我们泥鳅一般在麦秸里钻出曲折的洞，我在麦洞的尽头找到她，她抖动长长的衬衣的下摆，想将身体上的麦芒抖出来。我盯着她的胸脯发呆，对她说了一句脏话："我们来……"她听了，定定地看着我，脸羞得通红，而这句话，火苗一样，好像将麦秸洞，将我的身体都点燃，让我觉得羞耻至极，心里想，我已经走到了世界的尽头，明天我再也没有脸，去上学，去做王爷的同桌。

而爱丽丝·毛的梦，是她分开交缠的荆棘，走进了蔺家台子的密林，发现茅草地的中央，也有一个泥洞，她伏在半人深的白茅里，看见月光照着的洞口，钻出来一头野猪，接着一头，接着又一头，一共钻出七头野猪，七头野猪头尾相衔，站成一排，摇头摆尾片刻，脱下黑猪皮，折叠好放在草丛里，就变成了七个人，一个爷爷，一对中年夫妇，姐姐、哥哥、妹妹、弟弟，俨然是一家人，在月光地里戴草帽，用明晃晃的镰刀割茅草。"我屏声静气，生怕碰到草叶，踢到癞蛤蟆，吓到他们，变不回野猪，或者他们一怒之下，也将我变成野猪。我忽然明白，蔺家台子的人家并没有搬走，而是被魏家塆的魏瞎子悄悄施咒变成了七头野猪。"她又好担心，他们会一口气将白茅全部割完，镰刀尖狂风一般，一直割到她的鼻尖上，这样他们就会发现她，好在他们割了一小会儿，姐姐就叫口渴，要歇会儿，去喝隔壁魏家塆王爷家的井水。爷爷一听觉得有道理，放下镰刀，招呼大家披上野猪皮。他们又重新变回七头野猪，一行跑出密林。她连滚带爬由荒村里出来，看着它们七个奋蹄在明月之下，暴风骤雨中的鼓点一般，在棉田与稻田之间干燥无尘的沙土路上，乘虚奔御，好像一股黑旋风，不由得目瞪口呆。"一愣神间，跑在最后的野猪爸爸忽然回过头来，它们发现我了！野猪爸爸回头朝我扑过来，我以为它会咬我，结果，它只是将我的腿轻轻一拱，拱到它的脖颈，我骑到它的背上，揪住它背脊的鬃毛，随它一起，冲到前面的野猪群里。我只觉得月亮在天上疾驰为一条白线，耳边风声呼呼作响，头发飞扬，我心里想，糟了，我的裙子，在柏林买的裙子，很贵的，现在一定被拉扯得不成样子了……我一定不能放手，虽然猪鬃这么滑……七头野猪与我在月亮路上狂奔，很快吸引到路边的鸟兽加入我们，那些村里的牛、羊，猫与狗，野兔，难得一见的黄鼠狼与刺猬，田鼠，鸡鸭鹅，麻雀、灰喜鹊与黑白喜鹊，鸽子，布谷鸟，黄鹂，还有那一只野鸭妈妈带领的四只小野鸭，奋力地在后面飞，在乌泱泱低飞的鸟群后面，是蝉、天牛、瓢虫、金龟子、蜻蜓、蚱蜢、萤火虫、牛虻、苍蝇、蚊子、豆娘、蜉蝣，这些翅膀更小的昆虫，上下回旋，昆虫之后，是青蛙、蜘蛛、乌龟、癞蛤蟆、水蛇、蜗牛、鼻涕虫、蚂蟥这些没有翅膀的可怜虫，在拼命爬行或者狂跳，好像要用尽它们由卵泡里化生时的原力，好在它们像洪水一样无声无息，一团乌云一般跟随着我们，席卷过田野。转眼我们来到王爷家门前的水井边，七头野猪停下来，站在火红的美人蕉前摇尾巴，一起用精光闪闪的小眼睛定定地看着我。由生物们布出来的天门阵，就密布在它们身后。我明白野猪们的意思，兴高采烈地由猪背上跳下来，将井边的小木桶系上井绳，放到井水里，舀好水提上来，由野猪爷爷到野猪爸爸，一个一个举着桶，喂它们喝，加上哥哥弟弟，每一个男野猪都能喝半桶，野猪妈妈、姐姐、妹妹只能共着喝一桶，所以我一共打了三桶水。井水甘甜、温热。它们的鼻息喷到我手上，它们的身体并不臭，除了猪肉味，还有在密林里沾染的草木的气味，泥淖的气味，夜晚的气味，我喜欢的。"

4

现在回想起来，那六天里，前面的几天，我们都是愉快的，兴高采烈，尤其是第四天，我们的愉悦，在某种程度上，达到了顶点，就像我随后在第六夜目睹的那一轮血月。黄昏后我们向东走，路边已经停办的小学校，小卖部与便民网购点，村党员干部活动中心，村卫生所，由梅家塆前的水泥路走去南北向的往孝感市的公路，初十的半圆月，就挂到路边白杨林的树顶上，有一点像她的脸，而西边，霞光正在渐渐沉沦。

翻过公路，路边是一片巨大的草地，连绵一百余亩，草地鲜绿如茵，上面坐满了附近几个塆的村民，老人搬来凉床摇蒲扇纳凉，青年妇女三三两两推婴儿车来遛孩子，半大的孩子在草地上游戏，更大一点的中学生坐在草地上玩手机打王者荣耀（他们在哪里弄到的wifi？），一群中老年妇女，十来余人，在一个四十岁出头的女人带领下围成一圈跳广场舞。月亮上升，晚霞正在下沉，天上已经有几颗星星，晚风将白杨林吹得飒飒作响。这片草地之前是一片葱田，年前被江苏宿迁市来的种草商承包，改成草地，种果岭草、马尼拉草、高羊茅、黑麦草等各种草坪，卖给城里的学校、公园、体育场做绿地，大概是最近生意不太好，还是淡季，草地保留下来，由本地人在上面纳凉。唉，乡下人就在这一块巨大的、短暂的、鲜丽的、整齐的城市草坪上玩乐，草坪比城里更大更好，当然他们的衣裳，又比不上城里人光鲜。领舞的中年女人，白色连衣裙，白色裤袜，黑色皮凉鞋，翩翩起舞，她是魏家塆的木兰吗？二十年前乡间排名第一的美人，现在剪成短头发，下巴微抬，脖梗间皱纹隐隐，修长的身材稍稍发福，却并不妨碍她定神敛气，以每一个动作，每一块肌肉，庖丁解牛一般，沉浸在她的舞步、她的乐曲、她的团队里,又偶尔由沉浸里超拔出来,将她凌厉的眼神迅疾扫过草地。"一种残酷的美已经诞生",我觉得这种美,沉郁顿挫,犹胜往昔。其他几个女人,多半五十多岁,也有六十开外的,穿各式各样洋绸的花裙子,好像已经下定决心,要将我们家乡的花都印在布面上,有一位的长裙,还是由喜鹊登枝的床单布改制过来的,她们围成一个圈,跳得有好有坏,伴奏的歌是凤凰传奇的《荷塘月色》:"我像只鱼儿在你的荷塘,只为和你守候那皎白月光,游过四季荷花依然香,等你宛在水中央。"一曲终了,她们又换成了"僵尸舞",木兰打头,腰上别着小录音机,电光闪闪,一招一顿,一步一停,将双手折叠收回来,拍打在腰间臀部,十来个女人自然是亦步亦趋,整齐划一,好像一群木偶,在草地上行进。"僵尸舞"多半是每晚乡间草地舞会的高潮,小孩们停止玩耍,学生们放下手机,与老头子们一起引颈观看,眼神里写满敬畏。这种神情,我熟悉的,村里人去世,躺入棺材,由十六个壮年人抬棺送入祖坟,脚步整齐划一,围观的人,也会这样去看。

我们沿着公路走过小澴河桥,又沿着小澴河堤走。小澴河在肖家塆魏家塆段,迂回成一个不大不小的潭,潭边为绿沉沉的蒿林围困。她指着印染霞光的水潭问:"这里面会有鳄鱼吗?"现在当然是没有的,但是,三千年前,云梦泽,汉之广矣,江之永矣,怎么会没有鳄鱼呢,这些马来鳄一定是将潭底穿凿成神奇的迷宫,将附近的村落连接起来。村落?那时候,沼泽与湿地的云梦泽,除了猎人们偶尔的穿行，哪来的村庄？这些村庄，都是几千年后，在鳄鱼废弃的洞穴上建立起来的吧，所以魏家塆的水井下穿到龙宫，碰巧与当日繁复稠密的鳄鱼迷宫连接在一起，当然也是有可能的，这可以解释，他们的井水为什么好喝，为什么我们镇每一个村庄水井里的水，冬天里都是温暖的，用木桶打出来，腾腾地冒着热气，倒注在桑木脸盆里，早饭之前清洗手脸，去除一脸的霜雪寒冷，又熨帖又舒服……更何况，现在韩师傅们已经可以打出比四百米更深的井了。

有一天，我们的村庄荒芜到顶点，人去楼空，草木滋生在村庄与田野，当年的沼泽之王马来鳄会重新回来？我不能肯定，但它们已经遣回了与它们一起共事的信使：白鹭。黄昏时分，正是鹭鸟归巢的时分，它们由潭水边，潭边的泥沼里，汇聚到一起，翩翩起舞，听到我们在河堤上的脚步，生出警惕心，又一只一只回旋着升到天空。最后一抹霞光与第一抹夜色交织在一起的暮紫里，它们啪啪鼓翼，舒展变换，形状不一，三五成群，分分合合，沉迷在由自我与飞行队组合出来的种种圆弧与直线里。白鹭的起舞与飞翔是好看，无所为而舞，无所为而去，超越尘世的，泥沼之上的舞蹈，多像刚才我们看到的白衣白裙、黑色凉鞋的木兰，她领着乡村的女人们在草地上，分贯整合，跳出的不同的身姿。

这是我们散步时间最短的一个晚上，大概是两三公里，就觉得应该回到家里，原因可能是乐极生悲，我们忽然觉得非常害怕。我们发现，在河堤的另一侧，是一串一串的坟茔，附近村的村民，有的我认识，有的不认识，有的似曾相识，许多都来到河堤下面的坟林里，以"显考显妣"默然踞守。他们多半没有得到土葬的机会，只能将火化的骨灰藏在之前我们在新港石桥研究过的灵屋。我记得童年来这里玩乐，是害怕的，因为由坟林地下的棺木里，不但会跳出一种皮肤凉凉的嫩绿小青蛙，还会泛起"鬼火"。这个发现，让我们觉察到，我们是在一片亡灵交织成的地面，在星空下，在树影与草丛间，在一个巨大的坟场上，在重重碑影里散步交谈。圆月之下，我们的谈话之外，河滩上的白鹭，草地上的女人，起舞弄影，一起分享着星空与亡灵的土地，星空与坟场都是永恒的，河流与山川是长久的，白鹭们、女人们、我们是短暂的，在电光石火的余生里，一支支变幻形状的舞蹈，生命的拓扑图，蛋白质的狂欢，对星座的摹仿，多么可贵，勇气十足，令人心生悲戚，又热泪盈眶。

"我看见木兰连衣裙里面，藏着一条狐狸尾巴，雪白雪白的，她转身太快的时候，尾巴尖拖下来，划在草地上，好像写毛笔字。"入睡前，她说，热气钻进我的耳朵里。

晚上我梦见了魏瞎子，他站在魏家埫桥上，就在昨天毛绒绒水鬼夜叉养鸭人钻出来的地方，拄着竹竿，月光照着他的双眼，一脸诡秘的笑。他跟我讲，他在等一只白鹭，它是澴河中的白鹭之王，就像领舞的木兰，会啄到小澴河底的玛瑙石送给他。得到这块石头，他下辈子投胎，就不会又做瞎子，可是，有一条鳄鱼，也在桥洞里等待白鹭衔着玛瑙石飞来,跃跃欲试,准备将白鹭与石头一起,吞到肚子里,这样它就可以变成一条龙。

爱丽丝·毛的梦,是她背着猎枪,一个人!去打猎,她在麦田里走了一早上,春风多厉,麦浪滚滚,青绿色的麦芒堪堪齐到腰身。她布鞋上沾满了泥,遇到的下鳝鱼的家伙,篓子里满满的,粗细不一的鳝鱼钻得呼呼作响,用丝网下小白鱼的家伙,收成也不错,小白鱼卡在网堆里誓死挣扎,她却一枪未发,成果乏善可陈。她预感到,我妈很快就会用她惊天动地的嗓子在村口喊儿媳妇回家吃饭:"爱丽丝,爱丽丝,莫在外头野,快回家吃饭!"她好容易发现了一只野鸡,在麦地里分开麦浪向前走,好像一只船在海里劈波斩浪。她从来没有看到过这么好看的野鸡,就像一只俗气的凤凰,她犹豫一下,还是下定决心开枪,结果野鸡回过头来,死死瞪着她。"我其实是一只飞廉,不是野鸡,也不是凤凰,你开枪,没关系的,我不怕。"鸟伸长脖子对她讲,它的脖子的确特别长。她终究是没有开枪射杀飞廉鸟的勇气,心里想,我还是回去吃婆婆煮的难吃的早饭好了。

5

第五天晚上,我们的晚餐沉湎于椒盐小龙虾与白葡萄酒,所以出门晚了。向东走上宝成路的时候,晚霞已经沉寂,月亮像金饼似的贴在河堤上。草地上的乡村舞会已经退散,草坪上空无一人,我与她走进草地,发现绿草如茵里,

团圆酒

有不少嫩绿软红的马齿苋，一点一滴地掐下细茎，放到随身带着的布袋里。这时候，种草人举着电筒朝我们走来，中分头，长鬓角，穿着黑西裤，白色的衬衣，清瘦黝黑，洗完澡，一身肥皂味，他来提醒，草地打过药，点对点打除草剂，所以其他野花野草都枯死了，马齿苋性子拧，还活着。他当然是好心好意来提醒，我们的野菜谱有麻烦，我问他，果然是来自安徽，怀宁人，他们种出来的草坪，五元钱一平方米，大概是两三个月，就可以卷一次草皮，卖到城里去，生意还不错。他觉得我们是大城市来的，嗅出来商机，热情地向我们推荐他的草坪，弄得我们很是难为情。告别西装外地客种草人，我们走过保成桥，在白杨的树影里折转向东。我们路过殷家塆，看到路边一户人家，女主人吃完饭洗完澡，长头发湿湿的，一个人在屋子前面的空地上，听着音乐跳舞，伴奏的歌，也是凤凰传奇的《荷塘月色》。她跳一跳，停一停，动作生涩，看样子还未能入选木兰的"乡村瑶池舞会"，只好自娱自乐，暗中修行。

我们积累了勇气，准备向着东方走得更远一些。人家鲁迅踢到鬼，宋定伯背到鬼，诸秀才们睡到鬼，都能无所谓，我们要是怕这些骨灰瓮里的飞灰，已经降解的蛋白质，那算啥。由殷家塆引出的水泥路，出村后，村边的白杨与枫杨改成了低矮的黑松，可能是前几年修路时，村民们栽上去的。黑松气味刚烈，是烈士陵园中的常客，现在一队队虬曲如龙，在月亮地里，美不胜收。松树两边，是茫茫茅草地，墓

温泉镇

碑隐隐，松间路的尽头，是保光村隧道，隧道上面，是无限伸展的京广线铁路。隧道的另一边，是一〇七国道、京港澳高速公路、京深高铁，再往东，就是天河机场。在我的经验里，出了这个隧道，我们就走出了家乡，就是走向火车、汽车与飞机交互出来的远方。温泉镇就深陷在这些回环交错的交通线迷宫里，镇边沿着国道，开辟出来一个名叫金谷的温泉酒店。本镇早年就因温泉得名，冬天是一片梧桐树掩映下的汤池，开发成大大小小的浴场，被吹嘘到养生益寿、包治百病。夏天里，游泳池开放，孝感市的市民开着车，后备箱里装着大大小小的游泳圈、泳衣与泳镜，带着孩子来学游泳，晚上立起帐篷在星空草地上露营。金谷的经营者，一位蔺姓的中年女人，请来城里的乐队，在游泳池旁边的烧烤区表演，远远地，在红绿的彩灯里，传出DJ狂热的嗓子与歌手们喜气洋洋的歌声，据说，除了乐队，女老板还特别请来"四大天王"，这四个人，可是从前汉口吉庆街的路边摊出没的大人物，每一位，都有脱口秀之类的绝活，我见识过其中一位叫"麻雀"的艺人，"树上停着一只小麻雀""我的青春小麻雀一去不回来""树上的麻雀成双对"……他唱的歌，遇到鸟就会自动跳针成"麻雀"，隔壁新铺镇人，但据说他已经死了，酗酒嘛。他会将《凤凰传奇》改成《麻雀传奇》吧，七月初七银河之夜，也会召集麻雀去代替喜鹊，搭成麻雀桥？

"我们明天也许可以去温泉镇，如果七月半，他们还营业的话。"爱丽丝·毛说，她喜欢游泳，但乡村的池塘，还有大小潢河,现在水质都没有恢复。她与我手拉手,站在松林里,京广铁路的两条铁轨晶亮地闪耀着银光,每过十来分钟,就会有火车无声无息地由铁轨上滑过,货车的话,只是车头有灯,几十列车厢是黑暗的,如果是客车,就会每一节车厢、每一扇车窗都亮着灯,长方形的光格,整齐划一,变动不居,好像一长列在月色草莽间移动的龙宫,那些灯下不眠的旅客,随着火车的奔驰,在我们的家乡做客数分钟,就匆忙奔赴下一个他乡。童年时,我们目睹的火车,还是内燃机,绿色的车身,红绿相间的车头,像巨大的牛虻,会在田野里发出雷鸣般的吼叫,并向铁路两边溅射出潮热的水蒸气,站在潢河堤上远眺,它们蜿蜒在稻田与棉田里,就像一列列造云的机器,将白棉花一样的云朵吐入蓝天。铁路线往东,是温泉镇,温泉镇往东,可以看到连绵不绝的青山:鲸鱼群一样的大别山诸峰。我们也爱去铁轨边玩,好像是在孙悟空用金箍棒画出来的家乡边沿上荡路。我们的玩乐,一是捡那些旅客们由车窗里扔下来的烟盒,它们自然是来自全中国,花花绿绿,五花八门,够我们玩拍纸烟盒子的游戏;另外一个,是将由木匠申如工具盒里偷来的钉棺材用的大铁钉放到铁轨上,由下一趟火车的钢轮,将之轧成刀片。火车吐出的云,会幻化出不同的形态,它轧出的刀片,也形状不一,诸多拓扑变化,等火车轰隆隆开走,即可见分晓。我们由护枕木的石堆里,找到滚烫炙手的刀片,心里怦怦跳:这一回,也许会有一个完美的刀片,就像微缩版的青龙偃月刀。事实上,我们的童年轰隆隆地过去,并没有"完美"的刀片产生,倒是有一个伙伴,葬送在火车的车轮里:他往铁轨上放铁钉的时候,被巨大的牛蛇车头带倒在铁轨上。

"他死了对吗?那场面一定非常可怕,你会有应激创伤的。"她摸着我的头。

"我们一哄而散,逃到我们现在站着的这个地方,远远地看。火车陡然一顿,像打了一个饱嗝,滑出五百米,停住,火车司机戴着黑灰鸭舌帽,拎着麻袋跳下驾驶室,慢慢地沿着铁轨,像我们拾烟盒子似的,将他捡到麻袋里。司机的火车可能撞死过很多人吧,不小心撞上的,自己来寻死的,他见得多了,所以不紧不慢,还抽着烟。接着村里的人赶过来,他父亲接过麻袋背着在前面走,母亲在后面哭,一路滴血。麻袋里他变成什么形状,像钉子那样,变成什么形状的刀片,我一路猜,回到村里,打开麻袋,我一定看过,但我已经不记得了。他们家请魏瞎子来做法事,杀了一头猪。魏瞎子说,修桥铺路,是一等一的大事,总得要用童子的头去祭祀土地公土地婆,这孩子好,他的头方方正正,我摸着,长得像升子似的。他帮了我们,投胎会早,我跟阎王讲好了,让他托胎到城市,长大了当个工人。"

"我想起我经历的一件事。那一年我读高一,十五岁,有一天女同桌约我到铁路边散步,我们沿着路边的小路向前走,火车一趟趟开过去。小路离铁轨有二十余米远,所以狂风刮不到我们俩。路边密密麻麻长着芦苇,已经抽出了白絮，我抽了一支捏在手里，啃吃前端的嫩茎，甜甜的，然后拿着芦苇继续走。我们走着走着天就黑了，没有了力气赶回学校宿舍。路边有一幢瓦房，房屋前种满了白杨，蝉声像落雨似的。门前有一个男孩提着灯，照着我们，同桌上前去跟他说话。他家里的大人出门赶礼没回来。同桌说晚上能不能住他家里，早上起来，我们再回学校去。男孩点头同意了，我也只好同意。晚上我们三个人，就挤在一张木床上。男孩在左边，同桌睡中间，我睡在右边。我们聊天到半夜，聊什么却想不起来了，接下来他们俩都睡着了，灯在一边的木桌上，并没有吹熄。我翻来倒去睡不着，觉得如果我睡着的话，他们俩可能就会发生一些什么不好的事。我将床边我折的芦苇拿出来，将前头的一团花絮理顺，放到他们俩身体中间的一条缝里，两个人的身体勾画出弧形，形成窄巷，有时候像一条丝瓜，有时候又像一只葫芦，随着他们小心翼翼的翻身与挪动在变化，真好看。我将芦苇摆直放好，才翻身睡着。我在想，说不定，这个白杨树瓦房里的男孩，就是那个投胎的孩子，可他的父母不是工人，他的年纪也不对啊！"

"也许是我记错了，那个伙伴并没有被火车撞到，他只是趁着我们轧铁钉，悄悄离开了我们这些荡路的童子军，低头往前走，一直走到你说的那个瓦房里，后来等到捏着芦苇来拜访的你们？你那个同桌，后来醒了吗？你记得你的芦苇，还整整齐齐摆在床上吗？"

爱丽丝·毛摇摇头。秋风由黑松间吹下来，凉凉的，吹

温泉镇

去我们皮肤上的细汗。或者,这个世界上,真的有鬼,也没有关系。牛虻般的火车,再也撞不倒他,会穿过他细细的身影,不,鬼是没有影子的。他提着灯,住在茅草、芦苇、白杨与黑松交缠的铁路边,在听到蝉声雨的屋子里,不老的少年,等着处女们的拜访,给她们打开门,温和而腼腆地笑,在灯下愉快地交谈,方圆十里之内的情欲故事,女鬼,狐狸,人间的少男少女们。困了,就打着哈欠,在飞绕的秋虫里各自拥被沉沉睡去,男孩女孩正在发育的青涩身体,勾勒出迤逦身形,在两条棉被之间的缝隙,好像一条长长的瓠子、丝瓜与葫芦,南来北往的火车就悄无声息地由他们的窗下开过去,货车黑沉沉,客车像灯火川流不息的龙宫,就像帕斯捷尔纳克诗里写的,将一扇扇明亮的车窗洒向平原。

世界本来就是一个坟场,万物来了又去,葬身于此,我们怕什么呢?回家,殷家塆的女主人已经关了录音机,拉灯休息,梅家塆草坪上的安徽客还在往草坪上划着手电。星月交辉的田野上,虫声唧唧,我们踏着月色回家,闩好门,在我们的瑶池里寻欢作乐。"你的芦苇呢?"我问她。她脸红红的:"我已经不需要芦苇。需要的话,接骨草可能更好,我觉得每一片接骨草的果串,都像一个高潮,千百粒,闪耀红珊瑚神秘的朱砂光,让我觉得身在龙宫。我是龙女,你是柳毅。"这天晚上,我的梦有一点麻烦。我果然梦见了那个童年的伙伴,他来看望我们,在一楼的客厅里站着,一身蓝色西装,白衬衣,红领带,头上却扣着一个升子,所以我看不到他的脸，但我知道，就是他。他瓮声瓮气地讲："我是侯爷啊！我是侯爷啊！你竟然忘了我的名字。"我妈忙着煮饭待客，由厨房里走出来，伸手就想揭开他头上的升子去舀米，我吓了一跳，赶忙去拉我妈，我醒了。醒来听到爱丽丝·毛的梦："我梦见我的女同桌，在铁路边的那个瓦房里，坐在灯下，拉开上衣在给宝宝喂奶！手里还捏着一根芦苇！我夸她奶水足，宝宝长得好看，像他爸爸，可是，他爸爸呢？同桌说他在外面当兵，已经做到了排长，下个月就会回来，下个月是七月啊，别落雨，落雨天，电闪雷鸣，像晚上一点钟之后电视机没有了频道，茫然一片，飞机降不到机场。"

6

我再次醒来的时候，已经是第二天的下午四点，村里广播中，AI女声字正腔圆，墨镜老汉与大头女人来叫卖他们的货物，狗吠深巷中，鸡鸣桑树颠，可能是他们一起将我吵醒的。我转身去看她睡的位置，枕上空空，被子抻平，她已经不在了。她如果醒得比我早，会悄悄下到一楼去洗漱，会花很长时间清理她的牙齿，她的牙齿整齐细白，很好看，咬我也很疼。然后清洗她的长头发，弯着腰，像洗衣服似的，将浓密的发束卷起来用力搓洗，弄出一堆泡沫，举水龙头冲干净，用吹风机吹干。她打理头发的模样，常常让我想起《虬髯客传》里的红拂，在灵石客舍前的水井边梳头发的情形。我想虬髯客可能就是在这一刻爱上红拂的，当然他怜惜的爱，是以成全李靖的功名来实现的，很有男子气概。我下去找她，在楼梯的转角，看到花瓶里第三夜她采回来的接骨草，又美丽又妖异。她并不在卫生间。我又楼上楼下找，也没有她的人影，她的布鞋、她的手袋、她的手机都不在，我在微信上联络她，也没有回复。QQ 里，她的头像是黯淡的。我下意识地拉开窗帘，窗外阳光闪耀，明亮浓密，渐变为橘黄，正在朝一个更盛大的晚霞作预备。窗台上停留的几只鸽子哗啦啦惊飞。这么强烈的阳光，在阳光地里走，会像打铁似的，人是铁块，阳光是铁锤，天地是洪炉，我不愿意出门，毛毛，我的爱丽丝·毛也不会愿意，她要是晒黑一点点，都会抱怨半天，用她的牙齿咬我的手背。所以我觉得，她不会去村巷里看老婆们打牌，也不会去逗那些小孩与猫狗，也不会早早去田野中漫步。但是，谁说得准呢？

我有一丝懊恼，又有一丝惶惑和茫然，拉上窗帘，去厨房做饭，煎鱼，炖番茄肉丝汤，炒昨晚采到的马齿苋，够我们两个人吃的，盛饭也盛了两碗，由冰箱里取出啤酒，想一想，倒了两个玻璃杯，分别加了冰块。我味同嚼蜡，吃得很慢，没有被鱼刺卡住咽喉，真要感谢一楼神台供奉的那些家神爷爷们。吃完慢慢喝啤酒，将冰块撞得哗哗响，抽烟，登喜路的薄荷珠清凉，一边强抑心烦意乱等太阳慢腾腾下山。说好的，一起回来，明天一起离开家乡，我将她送到天河机场，她说天河机场像一只巨大的钢铁蜘蛛，或者螃蟹，匍匐在绿野的暗影里，星月之下，宇宙之中，我们一起飞到世界的某个地点。她为什么不执行我们的计划，她可是有强迫症的爱丽丝·毛啊。她提前飞走了吗？或者，她改变了第六夜荡路的规则，她先出门去，躲在田野的暗影里，等月亮升起来的时候，我再出门去找她？就像小时候我们常一起玩的躲猫猫那样？或者，又像她昨天说的，她先去了温泉镇金谷酒店的游泳池，在那里等着我，我急急忙忙地赶过来，一身是汗地站在游泳池边，星月下，她已经在幽暗的水波里游来游去，长发飘卷，活脱脱的就是一条美人鱼？她很多次都向我吹嘘，她游泳多么厉害，有时候，她觉得上一辈子，就是一只长腿的豆绿青蛙，我倒是觉得，她可能是一条修长的小鲦鱼，往来倏忽，空游无所依。她又是那么调皮、聪明，与我捉迷藏，岂止一日。去天河机场坐飞机、在田野里捉迷藏、在温泉镇等我，一个可能的三元组，我追不上飞机，但去田野寻找她，或者去游泳池捉住她，时间还够，想到这里，我才稍稍有一些安心。

夕阳在舒家塆的潰河堤上埋下最后一弧金线，我就换上运动鞋出了门，在飘荡着晚饭香气的村巷里跑，小学校、村部、卫生所，跑上宝成路时，看到拖着狐狸尾巴的木兰领着她的女人们，已经开始在梅家塆草坪上跳舞，殷家塆的那个女人加入其中，衔在队尾，跳得其实还不错。跑过殷家塆，由枫杨树影跑进黑松林，一轮铁锈红的圆月，就嵌在前面的松树之间，平白如梦，好像在等着我跑到明明暗暗的月丘里去。但这是不可能的，我跑进保光村隧道的时候，它已经升到松林之上,一列绿皮火车迅疾无声,由圆月的下弧穿过。隧道里的标语,又见到"道宗二手车",我心里想,我也许也是被道君皇帝宋徽宗与戴宗哥哥附体了吧。出了隧道,远远地就可以看到金谷酒店的灯火,灯火里腾起烧烤区的浓白烟雾,传来孜然、薄荷、花椒、小茴香、迷迭香、鼠尾草、罗勒碎混合的香气。乐队已经在打唱汪峰的歌。汗水濡湿我的短头发,流到眼睛里,就像小时候,七月双抢,我穿短裤,在大路上用板车拉稻捆时,好像"跳水"一样出汗,汗水噗噗砸落在灰白浮灰的大路上,掉在我的脚印里。我想到,夸父追太阳的话,他是往西跑,我却在往东,我不太敢追太阳,可我追的也不是月亮,爱丽丝·毛小姐,你务必在清凉的游泳池里等着我,天蓝色的比基尼,长发水藻一般浸没在池水里,仰着头,瞪着大眼睛,稍稍有一点扁的脸上,漾着反讽的微笑,朝气喘吁吁的我分开右手的食指中指,比出"哦耶"的手势。

  我像舒家塆的大鹅似的抻脖子,盯着方圆十余亩的圆形游泳池走了好几圈。游泳池里人声鼎沸,孩子们由东边三十余米高的塑料滑梯上回旋俯冲下来,扑通扑通滑进泳池中央,尖叫不已。情侣们成双成对,凭借各种形状的游泳圈,泅在池子的四周,悄悄说话。这是哪门子的七月十五,从前七月十五,我们连脸盆里的水,都不敢碰一下,好像一个水桶里,都会藏好几打淹死鬼讨替代,一滴水珠,都可立下一个吊死鬼,岂敢往水池里跳!那些寻找替身的机灵水鬼

团圆酒

呢？你们这些懒东西，难道都慌不择路地托胎给魏家埼的那个夜叉鸭倌当鸭子了吗？她不在。我站在池子边，忍住热泪，去看游泳池南边的酒店，四五层高，却有好几百米长，像一道圆弧将游泳池嵌在怀里，好像是游泳池的冠冕，裙楼被五六十根细白高挑的希腊式石柱撑起来，裙楼以上的三百个房间，灯火堂皇，在等待湿淋淋地钻出泳池、裹着厚白浴室毛巾回来的情侣们。游泳池的北边，是一座细细的七层白塔，下面六层被装饰的外光照成小香葱般的鲜绿，第七层却自己亮着橙色黄灯。

我决定不去那些房间查看，她不会在那里过夜，这一点我可以坚信。我去爬塔，借着塔外的灯光，折叠身体，一级级的台阶曲折向上，夜风由外面涌进来，将我浑身热汗吹凉。由第七层的狭窄入口探出头，我发现它是一个六边形的办公室，四面玻璃墙，圆月熠熠生辉，就挂在正前方。如果孩子们想玩猴子捞月亮的游戏，由这里，就可以轻轻地跳到月亮里去，一串串接下来，投身在游泳池里，由月亮往下，去捞取池子里，月亮破碎的幻影，幻影之下，是今夜迷失的魂灵。圆月之下的幕墙边，摆着一张蔷薇木的半圆办公桌，桌子上一台苹果笔记本电脑打开，屏幕上闪着荧荧的蓝光。电脑前面，一个披深蓝色男式衬衣的女人，戴玳瑁黑框眼镜，闲闲地坐着，衬衣下摆长过大腿，她刚刚洗过头发，发髻上挽，裹在白毛巾里，扁平圆脸，辉映着青白月色、昏黄灯火与电脑屏的晶蓝。听到旋转楼梯里的响动，她回过头，看着我，自然而然，并不惊讶。

"你回来啦？我去冲杯咖啡给你喝，清咖啡，不加牛奶，对吗？"她将身体由座椅上转过来，取下眼镜，男式衬衣里空空如也，"这个塔很热，你感觉到了吗？它地基下面的温泉几乎在沸腾，夏天空调要开到最大，冬天都不用暖气的"。

对，我又遇到了她。可她并不是她。我在爱丽丝·毛的梦境里见过她，在铁路边的瓦房里奶孩子，以乳汁饱满的乳房，等候丈夫归来的妻子，在海边用轮椅推着儿子的母亲，由蔺家台子的泥洞里钻出来，拿着镰刀割茅草，站在魏家塆的水井边，用葫芦瓢喝井水的姐姐，都是她。我怎么能够进入爱丽丝·毛的梦境里，记住她梦见的这一张张面孔？一直以来，我只是听她讲述啊？她所见的，所思的，所梦见的一切，我都历历在目。

"我这里很美对不对，前几天月亮还没有圆起来的时候，有一天晚上，我看到千万只麻雀与喜鹊在夜空中飞，好像发生了鸟儿的洪水，它们翅膀碰在一起发出的声音，又像冬天里北风吹着我们村的树林。"

"还有一天晚上，后半夜我醒过来，由躺椅上看到银河里千千万万的繁星中间，掉下来两颗星星，拖着长长的白光。我将那两颗星看得清清楚楚，并不像百度里说的，流星是陨石什么的，星星就是星星，就像网球大小的珍珠一样，晶莹剔透。我模模糊糊地想，说不定是牛郎织女今年相会太劳累，以至于他们没有力气将自己再挂在银河的天幕上，所以有了重新下凡的机会？"

"你就在这个塔里住下来好了。可怜的男人。她不在这里，他也不在这里。今晚只有我们，你看，月亮多圆啊，只要你愿意，我们可以手挽手走入月亮，走到桂花树下面散步。"

她脸上的线条刚毅，笑容却柔媚非常。她关上小米台灯，旋转皮椅，将身体朝向我。她的胸乳由半掩的衬衣里显露出来，仍然充盈结实，像结在树上的两颗野梨子。她微微张开腿，小腿上有蒿林般稀疏的腿毛，耻丘上的丛林深幽乌黑，数根毛发已经变成狐白。在她背后，明月的清辉海水一样漫进来，苹果笔记本电脑的蓝色屏幕像海底深洞，细细白沙，红珊瑚一片连着一片，蓝绿海草缠绕，洞口翕合变化，深幽不可测。"天上满天星，地下闯麻城，"电脑屏幕就是一扇门，推开它，我们就可以沿着电光石火的虚无弧线，走上荒凉的月丘。

她是谁？或者，谁是她？所有我记忆中的女人，都指向她，汇入她，又由她的身体里分离出来，小学的美术老师，乡村初中的红衣女孩，大学里那个圆圆脸上汗毛津津的花格裙子少女，我遇到的那些仙女、狐狸、女鬼，三界的女人们，养育我或者吞噬我的女人们。她为什么会坐在这人声鼎沸、灯火交织的纤细白塔之上？她也许能够解开我深陷的这个叙事中所有的秘密，如果我在这座闷热的白塔里稍作流连，我也能将这些秘密，转述给你们听，但这并不重要。我的爱丽丝·毛在清露团团的故乡田园里等我，我确信。我还得将月圆之夜，在稻场与棉田里的捉迷藏进行到底。

毫不犹豫，将汗水淋漓的头颅缩入旋转楼梯的刹那，我看到月光积水一般的蔷薇木书桌上，摆放着一溜纸包，用十六开英语抄写本细栅栏格的册页裹住，我认得的，那是我与张志华包出来的松花粉。他爱包成牛角形，像电影场里小贩叫卖的五分钱瓜子包，我爱包成圆柱形，就像供销社里包伍分两分硬币的纸袋。几十上百个纸包，层叠地在她的桌子上堆成一堆小山。纸袋的旁边，是一叠《少年文艺》《故事会》《读者》杂志，《十万个为什么》，还有一本六十四开本的《新华字典》。

7

那天晚上，我走下白塔，离开了温泉镇，一个人由保光村隧道下穿京广铁路，回到我们村。我站立在村口华堂家的院子后面，月亮正照在我头顶上。村巷里，几个老头子与老婆在烧纸，三四堆火苗，在枫杨树下瘦瘦地跳跃，他们还教小孩子在月亮地里喊："吊死鬼、淹死鬼、撞死鬼、痨死鬼，接钱去用！"总之是，那些横死的孤魂野鬼，都会有份领到他们发送的纸钱。只是这阵势比从前要小很多，那时候，家家户户都会在门前烧纸钱，好像整个村子都飘忽在熊熊火堆里。我们三四十个小孩，会成群结队，由村南喊到村北，又跑到棉田与稻田之间的大路小路上，一声接一声地召唤那些可怜的家伙，还会将母亲们折好的红灯笼船，点上小蜡烛，推送到各式各样的池塘里，毕竟，有不少小伙伴，就淹死在大大小小的水面。他们一年到头，也只有今晚鬼门关开放，才能出来打打牙祭，等到鸡叫三遍，太阳升起来之前，他们还得乖乖地抱着纸钱回到黄泉，老老实实地平躺到各种墓碑下面，在他们深黑的杉木棺材里，背朝黄土面朝天，沉睡在黑暗之中。当然，许多横死的家伙，没有墓碑可言。

所谓故乡，就是收人与埋人的地方，一个人自故乡出生，就再也不会离去，我懂得。我一路走过的京广铁路，撞死的人，不会只有我那个方头方脑的小伙伴一个人，大小澴河也淹死过很多人，就是眼前这个接骨草簇拥的茅厕，也吞没过爱吃红烧肉的福人爷爷。月光照着接骨草头顶上一掌一掌的红果，透彻如梦。几天前，她剪了好几把回家插到花瓶，说是花瓶，其实是我母亲去南宁之前，留下的腌菜坛子。她说，每一个果串，都像一个高潮。接骨草可以治手脚关节的创伤，它能治我心里的痛吗？我心里为什么会痛，我果然爱上了这个黑夜漫游的长头发爱丽丝。如果一间茅厕都可以通向黄泉，那么大澴河的胜利桥会，小澴河的魏家塆桥也会，魏家塆魏书安老师家门前的水井也会，蔺家台子的那个野猪洞也会，老韩打出来的无数口深井也会。我不想睡，也不愿意，在充满着她的身体气息的被褥里一个人睡。我还想去田野找她，找不到，也没有关系。也许她的消失，就是要让我一个人，有这一夜的寻找与追忆，我们在乡村的童年，我们在各个城市里的求学与工作，遇到的形形色色的人与事，我们有过讲述与回溯，在回溯里，发现过去的生活的意义，恰恰指向我们的这一次返回。是时候了，应该在回忆里，收好一周的脚印，将它们塞进行李箱，明天去天河机场搭飞机。我们由世界上来，当然要一起重返那个日常世界去，一切还在发生，运转不息。

何家砦新港桥下有零星几只纸船，野鸭妈妈领着它的四个孩子仍在游弋，桥上的两个骨灰灵屋已被搬走派上用场。胜利桥边的蓬蒿生长得更密，芝麻花也掉得精光，河滩之上，星河如沸，圆月如镜，那两个垂钓的中年人还在，只是今晚，月色如昼，他们可能不需要灯光浮标了。我鼓起勇气钻进了蔺家台子的密林，手脸被野蔷薇藤的细刺挂得火辣辣地疼，运动鞋与牛仔裤上沾满苍耳，果然发现了密林中央的茅草地，发现了那个平整浑圆的野猪洞，将耳朵贴在洞口，可以听到深洞里传来野猪们此起彼伏的鼾声，仔细去听，果然是七头，爱丽丝·毛的梦，并没有错。她会是掉进野猪洞的爱丽丝吗？如果我能变成一头野猪，我也愿意钻进洞里去看看的，我头脑里闪现出金谷酒店，那个姓蔺的中年女人的白塔，心里暗想，这个野猪洞，说不定就下穿了小澴河宝成路京广铁路，连到了她的塔下面，你的秘密，难道是这个？

而我只想知道，爱丽丝·毛去了哪里。魏家塆南边路，魏书安老师还没有睡，一把木椅坐在美人蕉花树下抽烟。他的椅子下面，是当年王爷与侯爷消失的水井。我忽然明白，

团圆酒

他其实是相信，两个孩子手拉手去了龙宫，他一直坐在井上，在等他们回来。七月十五，龙宫会遵守黄泉的约定放假吗？毕竟，龙宫也是在大地之下开疆拓土。

等我跑上白杨林边的魏家塆桥时，明月已经重新生锈，稍稍西倾。秋风将白杨林吹得飒飒作响，好像有一群鬼神在敲键盘，令人心潮起伏，这是她爱听的声音。小澴河以下，鸭棚里的鸭群入眠，如同天上闪闪的群星，悄无声息，夜叉鸭倌的动静却不小，鼾声不输蔺家台子七只野猪里打头的一只。

灰黑的水泥桥，六尺宽，三丈长，月光如水，月光里站着一个人，拄着竹竿，我知道是魏家塆的魏瞎子。他请我抽烟，我们两个，将烟灰弹到桥下幽暗的河水上，几天前，我与爱丽丝·毛，也是如此这般。

"人不可能淹死两次，你不可能，你女人也不可能，所以，你不要想跳下去。"这个瞎子他在说什么，我并不想死，她也不会，我们约好了，由天河机场出发，飞到世界上那些我们从未去过的角落去。

"你好好地算命，去摸姑娘媳妇的屁股，运气好，白鹭会叼石头送给你，运气不好，下辈子继续做瞎子，别管我们的事。"我有一点不耐烦。

"大侄子你莫发脾气，女人不算什么，等你到我这个年纪，就知道。你看看桥上，我有影子吗？"

我朝桥面看，有一点吃惊，月亮下照，可是并没有将魏瞎子的影子投到桥上。

"我不是一个活人，也不算一个死人。"他得意地说，"大侄子你再看看你自己。"

我低头往脚前看，也没有发现自己的影子。我想起来，这么多天，我与她在田野上漫游，星月在天，我也从来没有注意到我们的身影，被月光投到草木上，路面上。其实也不会有脚印，对吗？亲爱的爱丽丝·毛，你是谁？也许我根本就是一个人回到家乡，对着一个幻象，在喃喃自语。你并没有消失，因为你可能没有来。可是，那些你讲述的梦呢？你采集的接骨草果串呢？那些接骨草果串一样的熠熠生辉的高潮呢？

我也是没有影子的人啊，我是谁？我真的是由江汉朝宗的城市，作别灯影晃动的小区，顺着飘忽曲折的立交桥与高速公路，心里怦怦跳，开车来到天河机场，由扶手电梯上升到T3航站楼的二楼，盯着电子屏上起降航班的资讯，脖子僵硬，好像在电脑前面等待下载一个繁复的游戏客户端。她狐仙般喜气洋洋地跳到我面前，一如二十年前她喜气洋洋地离去。我悲喜交加地开车载她回来？或者是，中元节提前几天，我们一起，由田野深处，由老韩下穿黄泉的深井里，手牵手跑出来的男鬼与女鬼？我们的骨灰盒子，方屋金顶，就倾圮在当日我们念过书的初级中学之后，何砦村后的新港石桥边？说好的，世界上本没有鬼，宇宙虽然暗影重重，但并没有卷入鬼神的漩涡里，它是星辰，是物质，是公式，是理解与阐释。或者，龙宫也是一种可能？马来鳄们三千年前挖掘的迷宫，收集珍宝、爱吃烧燕、性情诙谐的龙王与龙母收留下我们俩，现在珍贵的假期来临。我忽然想起《参考消息》上的一篇科普文，我还用手机拍下来给她看过，说的是有科学家将铝汁浇到蚁穴里，等到铝汁冷却，他们就将蚁穴挖掘出来，洗去泥土，得到了一个复杂无比的迷宫。如果，如果我们能够将时间也化作汁液，灌注到我们的日渐荒芜的田园里，也可以得到这样一个由马来鳄们始作俑的迷宫吧！

真的好抱歉，我已不能确定，给你们讲故事的这个家伙，他到底是谁。读者诸君，我并不是一个合格的叙事者，先是丢了女主人公，接下来，男主人公也丢失了，再往下，叙事者本人，就是那个融化铝汁的科学家自己，也将自己投入到了金属物的熔炉之中。打个比方，太上老君发现他的八卦炉失灵，无法将可恶的孙猴子送入虚空的时候，他摸着三绺花白长须沉思片刻，即撩起他的道袍，毫不客气地跳进了他神奇的炉子里，现在，他的天宫里，丹房里，只余下那个沸腾不息，即将凝固的变得温热的洪炉。

七月十五的圆月很快就要西沉，作别深蓝天空里的疏星，在它沉没的一瞬，"突如其来如，焚如，死如，弃如"，太阳会由东边的山岭草树中，探出黄金的弧线，四里八乡的公鸡一阵阵打鸣，催促着日月的交替：日新月异。

"你快回去。被太阳晒到，你会有麻烦的。翩翩归妹，化为蟾蜍，癞蛤蟆的背上，现在都是露水。"魏瞎子翻出白眼，好像两颗星星镶嵌到眼眶里，这个命运的粉刷匠，不再理睬我。

是的，回去，我也怕太阳的。我跑上河堤，又跑进迷宫一般洒满晨露的田园，路边碑影重重，碑影里虫声如麻，这些轰鸣着交响乐的蛋白质。回我们村？天河机场？温泉镇？还是扑灭在河流、水井、村桥、洞穴，那些能够重新接纳我的地方？黄泉是温暖的，马来鳄龙王们开掘出来的地下河，就像母亲幽深而曲折的子宫。无数亡灵扑入其中。蛋白质是温暖的，光也是温暖的，亡灵也是温暖的，令土地变热，涌现出生命之泉，如同人间四月天。这是重返的时刻？接受公鸡啼鸣的召唤？我不知道，她知道，可是，她已经提前离去。我最后的念头，就是在我消失之前，能够追上她，握紧她的手，如同我们当年在水井、在泥洞、在铁路边、在机场、在田野，这六个日夜。

2018 年 9 月，武汉
2019 年 2 月，武汉
2019 年 10—11 月，武汉

团圆酒

1

十月初八，元英婶妈一个人，头脸裹着我妻子送的红牡丹丝巾，快脚快手，走在高高的小潕河堤上。初秋大水退去，唉，比起从前悬置在乡亲们头顶上的大水，这也好意思叫大水呀。镇政府派修路公司的小伙子开着铁公鸡一般的挖土机来整修河堤，又将堤面铺上水泥。几个小伙子头发染得五颜六色，长得又白又嫩，穿着写满外国字的T恤，蹬着打勾勾的球鞋，在车斗里颠得像狮子滚绣球，玩玩打打，一周下地，就将堤基垫高，堤面刷平，将河湾整治得眉清目秀。这要是放到从前，够堤下三四十个村庄，上千号男将女将埋锅造饭，筼子扁担，挖的挖，挑的挑，棉衣棉裤里黑汗流成沟，忙上一个冬天，才能够鸣金收兵，之后呼呼北风里，裹棉被睡安稳觉，自信明年小潕河的龙王，不太可能跳出金神庙土地爷的手掌心，天下太平，且去过年。过年玩龙灯，端午划龙舟，喜气洋洋，好不热闹，这是面子，底子里，还不是将精壮的小伙子们挑出来，虎头虎脑，向上举棍，向前划桨,死命要将那纸糊的木刻的不服周的小澴河龙王压低一头!

　　太阳刚升起来,给河堤上下的草木鱼虫、飞禽走兽涂胭脂。小澴河河面涂得更多一些,好像烧柴火灶,灶膛里洒出来的一堆堆火,跳闪在白蒙蒙的雾气里,向上是镶在河岸边的红蓼,细牙贝齿,浅红加深红,红蓼外的芦苇絮,白里透红,芦苇之外的堤树是杉、枫杨与白杨,朝霞辉映黄叶树,去掉凄凉意,更好看的是堤下坟垅堆青石碑间的乌桕树,它们散布其间,赤赤红叶,比霞光更盛,让三尺黄土下早死的晚死的人向上平躺,都能由头盖骨上感到一层薄薄的暖意。这些元英婶妈的老熟人,成百上千,从前一路挑过土修过堤的男将女将,陆陆续续地钻进他们的杉木棺材,在黄泉上,随着河堤蜿蜒,摆成天门阵、一字长蛇阵,鬼门关,阎罗殿,新坟上,花圈历历,旧坟上,荒草成堆。坟垅之外,是簇新嫩绿的麦田,麦田中间新修的水泥路,蛛网一般连接起杂树掩映的村落,村落里炊烟如初乳,混合着晨雾朝霞,与鸡鸣狗跳的动静,人畜粪便的腥臊,老头老婆们骂孙子孙女的脏话交会在一起。在这热气腾腾的红尘上,是万里无云的蓝天,他乡的大雁成群结队往南方的他乡飞,我们乡的鸡、鸭、鹅、鸽子、麻雀、灰喜鹊、黑白喜鹊、黄鹂、斑鸠、白鹭、翠鸟、布谷鸟、戴胜鸟们按兵不动,一寸一寸翻检田地间的粮食与虫子,它们比我们更眷恋这片簸箕大小的田园。

　　"寅时三刻,日头升到了金神庙黄春元修的向阳楼屋顶上,月亮挂在舒家塆舒鹤林家的烟囱上头。"这个瞎子说的,唉,就像他能拨开眼皮弹出白眼珠亲自看见一样。东边日头西边月,一点没错,月亮薄得像一张纸,可惜他不晓得这天地搽胭脂的滋味,就像他枉自摸了无数女人的屁股,也不晓得男女钻进一个被窝的滋味。元英婶妈由梅家塆的土坡走下河堤,准备由梅家桥过小澴河,到河对面的殷家塆找木兰。魏家塆的树堂瞎子,已经拄着他七八尺长的竹竿,站在桥头等她。桥是青石桥,往年独轮车来往压出的六道车辙,有三四寸深,男孩们骑自行车冲坡,车轮别在车辙里,人由车座上弹起来,扑通掉进河水里,也有淹死的。魏瞎子瞎头日脑掉到河里多少次,没淹死,按他自己的话讲,要感谢两个人,一个是修万卉庄园的肖长富,小澴河流过他的庄园的时候,被他截成了一个葫芦形的游泳池,供武汉人带着游泳圈来学游泳,然后在池边搭帐篷,搞篝火晚会,吃烧烤,放烟花,该得他赚钱唉,河水再往下流,就由一大片变成一条线,大水龙变成小泥鳅;一是摸鱼弄虾的肖四海,他起篓子,摸虾子,下拦网,布龙门阵,又背着电机电鱼,四十年如一日,丑时三刻出门,这河里的野鱼野虾,乌龟王八,都被他捉住卖到武汉,换成他六间开四层高全镇第一气派的大楼房,楼房上题的名是"龙宫"。那小澴河里的真龙王,冇得水游,冇得食吃,哪来的力气,去捉一个掉到水里的瞎子。"我会活到龙王缓过劲来找我,我跟他有账要算。"魏瞎子跟元英婶妈讲过好多次。

"立冬三分霜,大雪一尺白。元英你看梅家桥上是不是打了霜。"树堂瞎子问她。青石桥果然结着铜钱厚的白霜,难怪之前天蒙蒙亮,元英过桥去金神庙找黄春元,耳朵里听到的是阵阵鸡鸣,脚下却一拐一拐,扭扭神,像踩在腊肉皮上一阵阵打光滑。

"我给你推算的日子,翩翩归妹,好是好,就是冷,可能会落大雪,我们电压够,你不要准备木炭,三个电热汀就可以。平子还没回来?你一个人张罗得过来?"树堂瞎子讲到的平子,是我叔叔肖菊平,元英的男将,日下在襄阳市上海至西安的高铁线上修铁路。

"他们铁路上赶工期,请假扣钱都是按小时算。平子能够在喝团圆酒的当天下午坐城铁赶回来就不错了。"这件事从头到尾,都是我元英婶妈张罗的,她对平子叔叔没有埋怨,何况她驴子推磨,磨的这些钱,还不是菊平由工地上铺石梁拧螺丝,汗水滴进石堆里,辛辛苦苦挣来,变成数字,转到她手机支付宝这个"新磨盘"里的?公司的规矩严是严,但工资也不低,还有,公司的规矩越严,公司的牌子就越硬不是?

"你又办席,又请客,一末带十杂,好在你穆桂英挂帅,灵醒能干,也不在话下。黄春元的酒,出槽了?"表扬完元英,树堂问道。他关心这个,要是黄春元的槽坊重新开张,金神庙的集市大概就能吊着一口气,添几个客,他也不用再向元英抱怨红星二锅头中的塑料味。

团圆酒

"这是他今天三更起来,接到的头道酒。"元英由我妻子送给她的 A 货 COACH(蔻驰)包里,掏出一个红星二锅头的瘪瓶子,里面装的却是刚才黄春元灌进去的二两烧酒。清洌的酒香缭绕在高高低低的坛坛罐罐之间,春元摁亮华为手机里的手电筒,由泡桐木管槽里一滴一滴接满酒液,拧好盖子,还特别摆到堂屋的枣木四方桌上,在祖宗牌位前烧了三根香。"元英嫂,你将酒带给树堂瞎子尝尝,看还是不是我爹的手艺。我家的槽坊关了二十年,算是重新开了张。"春元说话瓮声瓮气,好像肚子里吞了一个五升的酒坛子。元英嫂走过金神庙集前锈迹斑斑的红桥转来的时候,又听到春元在门口劈里啪啦放鞭炮,唉,这里可是禁鞭区啊,会罚款的。

"这是好酒,是小澴河水那个腥味,是我们镇的小麦那个黏劲,喝下去割喉咙,能拐几个弯,肠胃像堆柴一下子就点着了,暖和了,春元对得住他爹汉明,也对得起他爷爷庆山。汉明打小与我一起玩,穿开裆裤的朋友,那时候金神庙的螺蛳壳菩萨庙还没拆,我们打完鼓泗,爬到观音菩萨的头上,往菩萨嘴巴里尿尿,结果我没过十岁就瞎了个逼眼,汉明呢,这小子还是先掏的鸭儿,菩萨放了他一马,可能他爹庆山积的德,比我爹青山积的德,要多几篾片。汉明活到五十几,就长痔疮,拖在外面半尺长,夏天不敢穿短裤头出门,一喝酒就肿得像个胡萝卜,痛得死去活来,六张塆的张火根懂中医,跟他出主意,去堤下坟堆里找老棺材钉,那东西阴寒，可以去热毒，结果汉明就成天往坟堆里跑。封建迷信有什么用！结果还不是偷了郑家塆剃头匠郑紫清剃头挑子上的剃头刀，在坟堆里先割痔疮，再割喉咙，死了，身体里的血放得精光，流出来将一个坟头染得通红，像一只大红薯样。菩萨下手晚了一点，但比对我要狠啊。"

瞎子你尝酒就尝酒，哪来那么多故事。这酒，可是黄庆山的儿子黄汉明，黄汉明的儿子黄春元，花了一整年工夫酿出来的头道春元酒：去年寒露，他牵着牛去犁田播小麦，春节后他没再跟包工头水水哥上东北做泥瓦匠，将泥刀换成锄头，一门心思种他的五亩地小麦。由麦出簪到一扫齐，由麦苗秀到麦刁黄，人怕胎里瘦，麦怕根不肥，牛粪办麦，冇得话说，麦锄三遍草，风来吹不倒，麦子九成割，抛散就不多，打场，扬尘，晾晒，收堆，装袋，颗粒归仓，乌龟瞅蛋般愁风怕雨六个月，得到两三千斤红紫紫沉甸甸的小麦，每一颗都饱满，沿着风车车斗哗哗流。收了麦，先作曲，后酿酒，照着他爹写在红本本上的金科玉律。作曲等九月，一百斤小麦三一三十一，蒸的蒸，炒的炒，与生小麦拌在一起，踏成曲饼挂在屋梁上风吹日晒。酿酒是十月，作坊开张，一千斤小麦煮熟成堆，一次一次翻堆，一次一次投料，什么时候投，投多少，也是照本宣科，骑驴看账本，最后封装到酒缸里，夜以继日，成不成，看天意，终于等来泉涓涓而始流的时刻。银瓶乍破水浆迸，上中学时朱元初老师讲这个诗，他听不懂，现在，一下子明白。黄春元放完鞭炮，眼泪

团圆酒

都流出来了，泪珠要是也接给元英嫂，未必就没有二两重。

"再蒸它几蒸，就烈了，搞到七十多度，北风吹火似的，夹刀子，薅喉咙。你这'团圆酒'的酒，是有得指望了。八字有了第一撇，你再找木兰画第二撇，看你穆桂英挂帅，能不能说动她花木兰来给你当杨排风正印先锋伙头军。"树堂由衣袋里掏蓝楼烟，由元英替他用防风打火机点着。元英过桥去殷家塆找木兰，树堂打算抽完这根烟，再去金神庙集上吃油炸萝卜丝包子，喝豆腐脑，敲竹竿走各村的麻将场找老太太们算五个命。儿子媳妇打工能不能赚到钱？孙子孙女能不能考上大学？还有几年的活头气？我黄泉下的爹妈过得怎么样，要不要送寒衣烧纸线？这个月打麻将是赢还是输，火气旺不旺？抽签打卦，搞定老太太们的"人生五问"，今天的日影就混过去了唉。春元酒好喝，蓝楼烟好抽，它们都够苦，够涩，苦涩后又有点甜头，是无穷人生中的一截截小人生。树堂一边抽烟，一边想起来，他没被小澴河龙王淹死，除了要感谢肖四海肖长富，元英的男将肖菊平应排在第三个，他们去帮人家修的这个机场、高速公路、高铁，与从前修的铁路、国道、省道一起织成的铁网，在车辙深深的梅家桥外周流不息。毛主席写诗："今日长缨在手，何时缚住苍龙。"龙困铁网、互联网，今夕何夕，就在此时啊。树堂竖起耳朵去听，在钢铁的遥遥混响、鸟儿的头顶鸣叫、蛐蛐的脚底奏乐里，小澴河细声细气往前流，小澴河龙王这个懒骨头，一门心思往下游魏家塆的磨潭里钻，他说："老兄弟，叫我黄颡鱼、泥鳅、蜈蚣，或者是蟑螂小强，我搞不赢你们，我算哪门子的苍龙。"

2

木兰在门前水井边揉搓衣服，穿着一套粉红色棉睡衣，头发烫得像朵大丽菊，这还是早上起来抹凡士林梳过，要是不梳，就是顶着一个鸡窠等母鸡们作势跳埘。朝阳将门前空地分照得一片金黄，一片灰黑，两只大白鹅在木兰身后撅着肥屁股，用黄澄澄的扁嘴啄食摘拣剩余的莴苣叶白菜叶，哗啦啦，哗啦啦，哗啦啦，一见到家里来客，立马挺直脖颈，扎起翅膀，轰炸机一般，由苦楝树、桂花树、柿子树下冲出来，将元英吓得连连后撤。

"打头一个母鹅，看中了你的苏州杭州花丝巾，跟着的一头，也是母的，看中了你的美国啥枸杞新包包，给它们姐妹俩，缴枪不杀，就饶过你！"木兰双手套着薄薄的橡胶手套，浸在洗衣粉化开的泡沫堆里，抬起菊花头，咯咯笑，团团大脸皱得像菊花似的。这个恶婆娘，一物降一物，活该永朝不远万里，去东北做泥瓦匠，顺手挑回一个狠媳妇彭兰兰治理她。这几年她在城里带两个孙子，大的八九岁，小的五六岁，由奥特曼改学哪吒，住城西帝豪家园小区，上幼儿园，读小学，上培优班。木兰接送孩子，做三餐饭，天擦黑时与新结识的小区老姐妹跳佳木斯僵尸舞，之外就是天天与齐齐哈尔媳妇搭闹台，撕毛，过嘴，殷家垮的前任妇女队长,女廉颇,渐渐不敌人家东北大妞天生咬铁嘴,今年才算是给彭兰兰递了降表,得到赦令,绑着个箱子,骑电动车,欢天喜地由城里回来了。

回来就回来,东头田里种水稻,南头田里种棉花,西头田里种油菜,北头田里种小麦,又将三层楼新屋左手边用红砖围出半亩的一个园子,种南瓜、冬瓜、丝瓜、苦瓜、黄瓜、瓠子、茄子、豇豆、扁豆,引来蝶围蜂绕,嗡嗡营营,成群结队。这些瓜豆命运贱,易生长,落一场春雨,刮一夜南风,早上起来看,黄瓜花黄扁豆花紫,五颜六色,瓠子长茄子短,挂一园子,南瓜小冬瓜大,踢到脚尖痛。她一个人,哪里吃得完,周末骑车送城里,热脸去贴人家彭兰兰的冷瘦屁股,彭兰兰不要,再送给邻居乡亲,木兰的堂姐蔺元英,自然也是落了不少。学人家陶渊明,陶渊明会写诗啊,采菊东篱下,悠然见南山。她蔺木兰不会作诗,却有一身跳广场舞的本领,黄昏里吃完饭,就提着彭兰兰淘汰给她的录音机,去金神庙村的广场上教舞,半年下来,什么扇子舞、红军洗衣舞,那个佳木斯僵尸舞,都不在话下,附近村的女人们,半老不老,年轻的时候由她领着去挑土上堤,现在又跟着她组队跳舞,上个月,还在镇里的"环亚美学杯"乡村广场舞比赛里,得到个第三名。在镇小学,大伙儿拍巴掌,袁书记发奖状,还有一个玻璃钢奖杯。离上一次与凤英元英她们一起领镇里修河堤的"女民兵奖",隔了四十年。两个孙子,什么时候在班上得过名次?殷腊狗那个死鬼蠢头蠢脑，只有一把憨力气，他的儿子永朝也说不上聪明，要是聪明，会娶彭兰兰这个恶鸡婆？扯远了，回到陶渊明，摸黑时在广场上领着姐妹们跳舞，天上有星斗，有月亮，大朵的白云像海里的鲸鱼，也可以悠然看见东边邹岗镇丰山镇周巷镇大别山的列列青山。

除了学陶渊明，领广场舞，木兰还搞了个"一条龙"。汪寺的老道士金元和他的侄儿小道士小元，他们管念经做法；匡埠的红华、金华与庆华，老弟兄三个，一个吹喇叭滴滴答，一个敲锣哐哐哐，一个打钹恰恰恰；金神庙的黑皮，放电影兼烟花；瞎子树堂是礼生，收礼记账，安席定座，排兵布阵，都是分分钟、飞飞神，像吃了一肚子萤火虫，眼睛黑，心里亮；木兰呢？她是掌勺的厨师，她父亲国清爹，我堂爷爷，活着的时候就是我们蔺家台子乡塆里的大厨，木兰婶与腊狗叔改革开放那阵，还在郑阁火车站开过馆子，名字叫做腊狗餐厅，其实不挂羊头，也不卖狗肉。霞霞呢？这倔头倔脑的丫头，也算木兰军中的半个人吧，由汉口汉正街扯布，踩缝纫机做衣服，喜衣孝布，都得指望她，她的缝纫店开在肖港镇铁路边的老街上，这个老街的名字，就叫"一条龙"：由窄窄的南街口走进去，北街口绕出来，一二里地，锅碗瓢盆、衣帽鞋袜、海错山货、问医求药，修车子补鞋子，剪头发洗臭脚，一把镰，一条龙，人生大小事，油盐酱醋茶，吃喝拉撒睡，街上一站，都可以弄明白。木兰的红白喜事"一条龙"，取名的灵感，大概也是由这条街来的唉。

团圆酒

我在文学院上写作课，有时候会给学生分析美剧《权力的游戏》，人物层出不穷，叙事线条如麻，复杂故事嘛，很了不起，烂尾也正常，讲故事就像走夜路，难免掉坑里，我们眼下的这个团圆酒故事也是一样。关于"龙母"的笑话是，她赚到太多的称谓与头衔，以至于风雪夜去某家旅店投宿，一长串头衔没有报完，就被门后的旅店主人回绝了，他的小旅店没有房间挤下这么多了不起的女人。我就会想到在这个平淡无奇的叙事里登场的木兰：蔺家台子的女民兵连长、殷家垮前妇女队长、铁匠殷腊狗的遗孀、腊狗餐厅的前任经理、金神庙广场舞的领舞者、陶渊明归隐田园派的传人、红白喜事"一条龙"的召集人……日暮苍山远，天寒白屋贫，柴门闻犬吠，风雪木兰回。

木兰甩掉手掌上的泡沫，站起身，脱下橡胶手套，叠放在井沿上，拢头发，又踮起脚由井上的柿子树枝摘下几个红彤彤的柿子，扔给大白鹅姐妹俩。大白鹅看到天上又掉柿子，脖颈一软，丢下元英，径去啄破红柿子的皮囊，吸取甜美浆汁。元英的双白鹅之围遂解，心中一定，就看见木兰摘柿子，菊花头，团团白脸，没有胖，还有腰，一股子精气神，好像《红灯记》里提着防风灯走夜路的铁梅，哪里是个快到六十岁的人。元英看得又爱又恨又慕，一双手就鬼使神差，不自觉地伸到脖子上，将我妻子送的红丝巾解下来，拎在手里，进贡给木兰："你想要就拿去，别指着鹅说事。等你下月领着'一条龙'，将霞霞的事情办好，枸杞包也是你这个小母狗的，你背着出去跳舞洪湖水浪打浪！"五六十年的老姐妹，戏谑玩闹过来，再没有什么词，比"小母狗"这个称谓由唇舌间脱口而出，更令她们舒适的。能用这个词咒骂她俩的一众婆婆婶婶们都死了，都埋在小澴河堤下的黄泉里，下一辈的女人们又哪里敢说，只剩下她们两个，能够像两只白鹅一样，由这个她们共用的词里，品尝柿子般浓稠的亲热与甜蜜。

"这方圆十里的婚丧嫁娶，托给我，哪一件没办好！何况你是我嫡亲的堂姐姐，学军是我嫡亲侄子，只有更好，放一百二十个心！我跟金元小元、老匡他们都讲了，十一月初八，就是天上落刀子，也要去我们蔺家台子。树堂瞎子定了好日子，黄春元酿了好酒，我蔺木兰就要做两桌俏皮饭菜。我跟跳舞队的婆娘们都讲了，她们那天都来帮厨，免费的！石姐是丰山镇滑石冲嫁过来的，她弟弟在山上养黑猪，哨子一吹，猪往山上去吃草叶菌子，哨子又一吹，一大片由山里腾云驾雾回猪棚吃麸子和糠头，比超市里的猪肉好一百倍，她答应替我弄一头，一百四十斤，不胖不瘦，做肉圆，蒸肉，冲瘦肉汤，炒甜肉，好得很。张姐也答应将蒸肉的甑借我们用用。黄姐娘屋在八汊洼水库边上，她答应帮我们去挑水库的鲤鱼、草鱼与鲢子鱼，绿色无污染，尾巴甩得啪啪响，鱼丸、滑鱼、烧鲤鱼，也没有问题，豆腐、黄花、银耳、香菇、苕粉……我一一替你备好，就不跟你啰嗦了。你将自己的事做稳当，一是将喝团圆酒的那十个人找全环，一是那两个正经角儿,你儿媳妇周霞霞,你儿子蔺学军,他们要心甘情愿,心服口服,来有滋有味吃这个饭!"石张黄这些能干婆娘,元英都认得,她偶尔也去木兰在金神庙小广场上的跳舞队。木兰小事能过细,大事不糊涂,说话算话,这个团圆酒,她的确是上头又上心了。

姐妹俩一边闲话,一边电饭煲煮饭、煤气炉子炒菜。木兰做姑娘时手就巧,会攮饭,萝卜白菜经她的手,陡然就会多几分滋味,都能多下几碗饭。她扎着新得的丝巾,尖椒炒莴苣丝,腊肉炒黑白菜,又用韭菜蒸了一碗鸡蛋羹,吃得元英停不了筷子。元英一边吃,一边跟木兰讲:"你做团圆酒席,不能用电饭煲煮饭,也不能用煤气炒菜,都得在柴火灶上来,你能习惯?"木兰笑道:"我在灶前头站了半辈子,还不习惯?这煤气炉子蹩脚蹩手,像伢们的搭屋过家家,才不习惯,到时候你给我烧火。"元英说:"我端盘子,烧火的人,我再给你物色。"

两人吃完饭,元英在井边洗碗,木兰搬凳子来摘柿子,一边摘,一边挑绵软浓熟的柿子投喂凳子下面的白鹅。等元英告别回镇上的时候,她的枸杞包包里,已经被木兰塞满了柿子:"咱们年轻的时候,得一个柿饼,一个板栗,一个红薯,一个荸荠,都能乐半天,现在柿子挂树上,灯笼似的,人都懒得摘,你带回去,糟几个柿饼,到时候我们姐妹晚上宵夜吃吃。"元英一边与大白鹅作别,一边回她:"我哪像你,我是一吃就胖。一个柿饼抵一碗饭,你还是多喂鹅。现在的人唉，就是吃太饱，饿不着，才瞎折腾。"

好吧，元英婶妈已经看透了一切，现在她决心有所作为。

3

宝成路与小澴河堤相交的地方，有一棵构树，这种树与乌桕一样泼辣，树籽被麻雀阳雀衔着，随意扔，野生的，到处长，没长成气候之前，谁也不会在意，多半在拇指粗细，烧了就烧了，砍掉当劈柴，但这棵构树躲过了野火与柴刀，三四十年间，长得一个成人都抱不过来，四季亭亭如盖，能遮下半亩的阴凉。树荫里肖家塆的跛子楚平开了一家小卖部，除了卖日用杂货，也替顺丰、京东之类的公司做网购快递点，也是肖港镇往孝感城里往返的黄色中巴车的候车亭。楚平进货，不坐车，也不开"麻木"，他养了一头灰黑的驴子拖板车，平时驴子就系在候车亭的栏杆上。木兰她们那些婆娘每天都会来，花花绿绿的跳舞队队服，绚丽多彩的纱巾，就是由楚平张罗网购的。楚平与肖长富还有菊平是堂兄弟，楚平长得眉清目秀，都说他脸模长得像香港明星，刘德华啊，周润发啊，梁朝伟啊，可惜跛了脚，打光棍到五十岁也没个下文，成天跟来网购的老婆娘们打情骂俏。肖长富开发万卉庄园，最有钱，到处撒钱修庙，人越长越像弥勒佛，肚子大得像毛毛怀到六个月。菊平老实人，学的沙和尚团鱼投胎，离开肖家塆，到蔺家台子给元英婶做了上门女婿。

团圆酒

元英刚坐到候车亭墨绿色的长椅上,不远处就是垂头丧气的黑驴,拴在一根狗链子上,有一下没一下甩尾巴。楚平涎着笑脸,拿一瓶农夫山泉走过来递给她:"元英姐你来了!"元英在秋阳下走累,不太想理他,只是接过水,点点头,挪了挪身体,让瘸腿的小叔子坐到长椅里。楚平将双手平放在洗得干干净净的牛仔裤上,一脸兴奋:"我知道木兰姐在跟你做大事,她网购了不少东西,你看柜台左边那个大包裹,就是今天淘宝送来的货,你猜是啥,一口六升米的章丘铸铁锅,还有个梧桐木盖子!"也是,可能现在只有网上,才能找到这么大的铁锅了,如果锅碗瓢盆,都用那些与柴火灶配套的老款式,木兰亲姐姐这工夫,也下得忒大了。

"你将在深圳修手机的学军跟在东莞做牛仔裤的霞霞喊回镇里,指望他们一起好好过日子,生几个娃娃,让你抱孙,没想到他们两个牛头不对马嘴,像两头犟驴,拴不到一个槽上去。你找树堂瞎子算,树堂说是他们的婚没结好,两个人在广东打工,网上老乡QQ群里认得了,搬到一起住住,没得个媒人,没得个婚礼,也没有喝团圆酒,就是有结婚证,也不算什么正路子夫妇。瞎子说要补课。补课我赞成,婚姻是人生第一大事,马虎不得,遇不到合心的人,我宁愿等一辈子。可这个课在孝感的月圆酒楼、肖港的德胜酒楼补补就好啊,请一个腰鼓队,扎一个气球拱门,礼仪公司找一个司仪,穿西装,打领带,头发喷摩丝吹得像鸡公,拿着话筒搞一个大排场,大伙儿喝酒吃菜,看学军跟霞霞表演，菊平来跟霞霞喝交杯酒，公公放下筷子打个麻将，不就完了，多省事！你们偏要回蔺家台子办席，蔺家台子已经荒二十年了！"

这跛子一张嘴红润润的，像擦过猪肉皮子，一张一合，嘴角已经夹起一层细细的白沫，他能说会道，跟木兰还真是有得一比。是啊，为什么偏要回老家呢？蔺台子，水凼子，淹死老鼠一窝子。我们拆了灶，推了烟囱，扒了房子，抛下了田地，来到镇上住小区，蔺家台子已经不是我们的家，为什么还要回去？元英婶也这样问过树堂瞎子，树堂只是笑，一个瞎子笑起来，多古怪，就像跛子走夜路，路上猫头鹰叫。我们就是要办二十年前的酒席，这是解冤结的团圆酒啊。这世界上多少冤结，解一个，算一个，树堂用竹竿戳着梅家桥的青石板车辙印，语气笃定，一群群白鹭由身后的草滩上冲出来，在晚霞中飞舞，白鹭身后是千万只翻飞的蝙蝠，蝙蝠身下是无数条飞旋的蚊柱。元英点头同意，花钱就花钱吧，让菊平再修几十几百公里的铁路唉。

"上个月我去镇上理发，回来天还没有擦黑，我发现系在栏杆上的驴子跑了，这畜牲咬断了绳子自己去玩，你看我现在都将麻绳换成了拴狗的铁链子，它再咬断看看。这方圆十里地，四个轮子的小汽车，三个轮子的'麻木'，两个轮子的摩托车，多的是，但四个蹄子的驴，可就肖楚平我的超市独一头，会不会是哪个二杆子趁我不在，将它牵去杀了，熬阿胶？我也许更应该打 110 叫王警官，我心里想，还是莫急,王警官一来,一包六十的黄鹤楼烟是跑不脱要给他的,我先自己找找看,顺着小澴河堤,过官家塆、向家塆、汪寺、晏家塆,我看到堤上它啃草的痕迹,蹄子的印迹,它还拉了好几窝驴屎蛋,我看它走走停停的样子,不像有人牵着,它是自己贼兮兮跑出来吃草玩。它的驴蹄印在晏家塆村口一转,就由田野中间的土路折转向北,往你们的蔺家台子去了。我心里想,个日鬼的坏了,我在'环亚美学'美容厅洗的头发剪的发型抹的摩丝,香蓬了,眼见都糟蹋了,你们蔺家台子就是一个长鬼的刺树林草木窝子。"

由这棵大构树去杉树枫杨环绕的蔺家台子,弯弯绕绕,有三四里地,那里的草好吃些?树林里藏着一只母驴子?这头黑驴被楚平养了五六年,也贼头贼脑,聪明机智,它要是出现在我们朱元初老师讲的语文课《黔之驴》里,老虎想吃它固然是不可能,它踢死老虎恐怕要看它的心情。元英心里想,还真为难了这个楚平,他西装革履一瘸一拐去"环亚美学"找那些小狐狸精剪完头发,再一头扎进荒树林里,他心里的委屈悲愤可想而知。

"你们汪寺、晏家塆、蔺家台子的田已经不太有人种了,原来几好的棉花地,这个时候,正是捡最后一巡棉花,然后用铁钩子扯光棉梗,改种小麦油菜的寒露节气,田被整得清清楚楚,男将女将挽着篓子,往土里撒小麦种油菜种。可是现在,田里长满了半人多高的蓬蒿,一堆一堆的苍耳子,乌桕树一丛一丛,黄黄红红,扭扭捏捏,又好看,又怕人。村东是你们的祖坟地，碑与坟都还在，我的驴子就是由坟地中间的小构树与小乌桕树丛里穿过去，由干涸的池塘底爬上土坡钻进荒村的。泥地上生满水莽，水莽上有它踢弄出来的痕迹，我猛然发现，似乎在它的身前，有另外一只动物在牵引它，一头牛？羊？母驴？黑驴在池塘边上留下了一窝驴屎蛋，光溜溜，在驴屎蛋的旁边，有那一只神奇动物的粪便，弯弯扭，我一闻就晓得了，噢，原来，有一头猪与这只驴在一起玩儿。元英姐你知道，我们方圆十里，这一二十年，我们天天吃猪肉，但没有人家再养猪了。可是我们小时候天天打猪草，捡猪粪，哪条田埂长猪爱吃的猪耳朵、野麦，哪片水塘有猪爱吃的浮萍、荇菜，哪个屋后头树丛有猪爱拉屎的空地，我们都晓得，一清二楚，就像你们现在精通跳广场舞与打麻将。"

　　这二十年，也就是每年清明节，元英带菊平，两个人提着香烛、纸锭、冥币去那片坟地给父母烧纸，在黄裱纸熊熊的火光里，菊平用砍刀砍父母坟上的构树苗，元英拔坟头的野草。有时候他们也去旁边堂兄国安与堂嫂凤英坟上烧纸砍树，学群那孩子在武汉上班，他媳妇林墨常在国外，也不是每年过清明都回来。跟父母讲完话，烧完纸，元英菊平站在村口的书带桥前，学军学群他们小时候，就趴在石桥的青石板上，偷她的缝衣针弯曲成鱼钩，串上红蚯蚓，钓池塘里的马虾和鳑鱼，鳑鱼飙来飙去，马虾呆头呆脑。菊平说用砍刀将桥上的藤子砍开，进村里去看看吧。元英就摇头，等下次学群学军他们来再说。学军学做生意，学群学教书匠，他们兄弟俩没回来过，倒是让一头驴一头猪率先钻进去了。驴子是楚平跛子养的，猪呢？又是谁喂的呢？以前我们住在蔺家台子老家的时候，每年都养一头猪，有时候还养两头，想到那些猪，又还债又肯长，现在也不晓得轮回到了哪里，元英眼睛就潮潮的。

"我决心钻进林子去，将我的驴拉出来，说不定，还可以带回一头猪，去卖给镇上菜市场的汪屠夫，换回我头上理发与脚下新皮鞋的钱。你们那个桥头藤子密，是进不去的，正好驴子在塘坡子上已经钻出了一个洞，我就准备沿着这个树丛中的洞往里走。我踩过地毯一样的水莽，爬上池塘的时候，回头往坟地上看，月亮已经出现，白白的，挂在金神庙黄春元的向阳楼肖家塆肖四海的龙宫上，太阳正在落山，嵌在舒家塆的河堤，返照得坟地上的乌桕树火一样红。树下的那些石碑上，'显考显妣'之下的名字，刻得有深有浅，有好看的，有不好看的，也像蚊子的脚看得清清楚楚，男人姓蔺，女人魏晏邹辛肖何舒郑蔡梅向罗都有。坟地旁边，我又发现有人来由蓬蒿里辟出了窄窄两厢地，一厢种黑白菜，叶子又肥又厚，一厢种红萝卜，红萝卜已经长圆，脸半露在地面。种菜人为了驱赶鸟雀，还新扎了一个稻草人，稻草人扎得还蛮真，男的，戴老式的旧毡帽，穿的是我们镇中学生毕业后扔掉的校服，身上挂满了从前DVD、VCD机上播放的光碟，碟片被风吹得摇摇摆摆，反射出光，洒在黑白菜地，也射到我眼睛里，弄得我心里毛毛的，浑身寒毛直竖。好像环着蔺家台子的河沟就是一个结界，有千万只蜘蛛吐出看不见的蛛丝盘绕着这个荒村。我想我一个跛子，大半辈子，打着光棍，一身阳气，除了做小伢时偷过几个瓜，也没做过什么损阴德的事，怕个卵子，走，穿过树洞，找我的驴去！"

4

池塘从前是藕塘，夏天开荷花，莲蓬朵朵，冬天踩藕，藕又粉又甜。由干涸的池塘爬上去，首先是我们村的杉树林。分责任田的那一年，队长国安领着大伙儿砍掉了从前绕村的几千棵杉树，改建新房，然后又补种新的树苗，现在也长到电线杆子粗细了。杉树好，成材快，做屋梁，锯檩条，打家具，打船，钉棺材，都用得着。冬天灶膛里缺柴禾烧，元英常让学群学军兄弟伙里去捡杉树的枯枝。兄弟俩放早学回来，忙一个小时，就能学军在前，学群在后，小脸被北风臊得通红，合着抬一箩筐松枝回家，献宝似的堆垛在门廊上。十几户人家的茅坑都在杉树林里，有的垒墙，有的没有，有一次学群就掉到了其中的一个茅坑里，爬出来满头满身都是粪，蛆乱钻，赤条条站在水井边，由菊平提水，冲了几十桶水，才将他冲出原形。元英只好按老规矩，领着学群，背着书包去各村讨米，回来煮"百家饭"，吃了"百家饭"，才可以遮辛寒，去掉晦秽。凤英嫂是四川出来嫁给国安的，她先与国安吵架，喝一六零五死了，国安冬天去修

团圆酒

堤,也染风寒死了,学群一个孤儿,去讨"百家饭"时,那些婶妈与婆婆们心里过不得,直擦眼泪,摸着他的头,说道"好痛人的儿",一把把秋谷米,将他的书包塞得满满的。一书包"百家饭"煮了一个多星期才吃完,元英常常想,学群会读书,跟她自己亲生的学军比,一个天上,一个地下,一个是文曲星下凡,一个乃混世魔王转世,是不是跟学群吃了"百家饭",又常被村小学的老师们送灯油送白蜡烛夜里看书有关?学群小时候也爱玩,跟学军他们冲冲打打,由杉树林杀到坟地,又由坟地杀回村里,两个小充军的,小砍头的,一身黑汗水流,回家感冒发烧,去大队肖医生那里打完屁股针,回来元英还不放心,常要菊平跟着她去喊魂。也是天擦黑的时候,将两个小孩的布鞋压在他们木床的枕头下,两个大人出门,元英在前面走,领头喊:"伢们的,黑了吓到了,记得回来哟!"菊平跟在后面答:"回来了!"闷声闷气的,就像那个黄春元肚子里装着酒缸一样。一林子鸟,各样各色,种种声气,都在煮粥一样叫唤。杉树的气味烈,直冲鼻子,初夏的时候,还有金银花跟野蔷薇花的香气陪着,金银花香味甜,蔷薇花香味粉,之外的接骨木与艾蒿林,也多,弥漫着药气。

"你们有空,回来将这些杉树砍了,喊镇西棺材铺的老岳拖走,也可以卖不少钱啊!现在做屋用预制板,用不到杉木,就剩下打棺材一条路了,这是几百口棺材唉!现在它们都被那些鬼藤子缠得紧紧的,野蔷薇藤子浑身是刺,杉树叶也像个针堆，那些麻雀阳雀站在针堆上吵架，不在乎，啄木鸟抱着树凿眼，不在乎，松鼠拖着个长尾巴，到处找松果，也不在乎，我还看到猫头鹰，转着两个窟窿眼睛，盯着我看。我一钻进林子就后悔了，叶刺跟藤刺扎进我西装裤子里，又麻又痒，火辣火烧，杉树皮上的松毛虫往我脖子里冰冰地掉，粘在我的领带上，领带上本来就粘满了苍耳。驴子，野猪，我日你们的先人！老子将你们救出来后，莫指望再喂你们，老子拉你们去下汪屠户的汤锅！先是驴子拖板车拖猪，接着是猪拖板车拉驴子，你们互相拉扯着过了梅家桥，去下汤锅！"

穿过野蔷薇藤缠绕紧紧的杉树林，出现在元英婶妈头脑里的，是一两百棵枫杨树、苦楝树、梧桐树、泡桐树、枣树、椿树、榆树、桑树、柳树、桃树、梨树、构树、栎树，它们是自己生，自己长，祖祖辈辈砍了又长，长了又砍留下来，由刀斧之下、鸟雀嘴边长出来，长在房前屋后，房子拆了，它们应该还在。元英最喜欢的是堂哥国安门口的枫杨树，一共七棵，长得粗壮挺拔。那时候凤英刚刚嫁过来，形模长得有点像《小花》里的赵小花，名字也跟元英像亲姐妹，她们俩搁得来，焦不离孟，孟不离焦，等到木兰长起来，她们三个，又刘关张，形影不离。国安让凤英管村里的幼儿园，女人们下田去，就将喂足奶的小孩子与挂着鼻涕的半大孩子交给她，木兰与元英也帮忙带，她们在枫杨树的阴凉里玩点窝、双陆、跳绳、跳房子、翻花线、跳棋的游戏，教小萝卜头们唱电影里的歌,给他们讲长工斗地主的故事,周扒皮,鸡毛信,牛郎织女,天仙配,廪君和盐水女神。凤英真是样样能干,样样精通,下双陆从来没输过,翻花线花样层出不穷,一边翻,一边唱:"花绳新,变方巾,方巾碎,变线坠,线坠乱,变切面,面条少,变鸡爪,鸡爪老想刨,变个老牛槽,老牛来吃草,它说花绳翻得好。"十个手指头上下翻飞。有时候,凤英还能由镇上刘书记那里借到自行车,扶着后座教元英与木兰学,摔得两个小姑子鼻青脸肿。学群脸庞像国安,聪明接她的代。可惜能干的女人气性大,爱较真,命不长,农药那么苦,亏她一口一口咽下去的,她刀子嘴,豆腐心,软肚肠,农药又像烈火。其他的,椿树也好啊,清明里摘椿树尖炒鸡蛋多好吃,香气怪怪的冲鼻子,泡桐树的花紫紫的,苦苦的,有药味,但花萼里有蜜,小满芒种时落一巷子,楝树开花也好看,精细得像蓝花布,榆钱面好吃,一股清新味,桃梨枣柿就不用说了,桑树,对,学群学军他们小时候都养过一簸箕蚕,凤英也常约着元英木兰一起摘桑叶洗头发,挤在水井边,将桑叶汁挤一大盆,绿稠稠的,凤英头发好,让她先洗,元英与木兰帮她搓,拧干水时,两个人各握着头尾,就像绞床单似的。凤英姐姐,我跟木兰现在都五六十岁的人了,头发还没开始白,都是托你的福,做姑娘伢时跟你一起用桑叶水洗头发的缘故,你要是还活着,头发也不会白的,会又黑又厚,你的身材也不会走样,我们去金神庙跳广场舞,木兰那小母狗想做领舞就难了。凤英姐国安哥,你们两个能干,都是嘹亮人,做了鬼,也是鬼里的尖子,再不要吵架,不要打架,不要干祸,黄泉下好好过日子,好好保佑伢们,在城里讨生活,平安顺遂,多子多福。

"驴子与猪钻出来的荆棘洞弯弯曲曲,密不透风,有十几丈长,出了洞,就像元初老师语文课上讲的,复行数十步,豁然开朗,只可惜你们村已经变成一个长草的桃花源了!房子被扒掉了,地基上长出一块一块的白茅,高高矮矮没有修剪过的树散落在四处,从前你们家门口的七棵枫杨树站在中间,大得不像个样子。整个空地,就像郑紫清剪出来的一个癞痢头,从前你们一斩齐的巷子,没了,成群的鸡鸭,没了,冲出来咬我这个小跛子的黑狗白狗,没了,黄发垂髫并怡然自乐啥的老人孩子,没了。日头已晏,空地上方,晚霞一团团像云在灶膛里烧,就像玉皇大帝的宫殿发了火,四周是鸟嚷蝉鸣,白茅草上,草绿蚂蚱一波一波地往前跳,一团一团蚊柱在飞旋,蜻盏(蜓)与盐鼠佬(蝙蝠)在蚊柱中飞旋俯冲。我一满鼻子草木与虫子混合在一起的气色,心里想,得亏这是不咬人的摇蚊,只吃素,不吸血,不然驴子、猪,还有我这个跛子,大概钻出荆棘洞,就要被轰的一声抬走,连肉带皮,进贡给这些蚊子。我挥手赶走眼前的蚊影,定睛一看,我看到我的驴子,还有那头猪了!它们就站在七棵枫杨树下,你们家从前的水井旁边,那口水井还有干涸,所以井边有一丈方圆的青草,长得半尺多深,绿油油的，嫩生生，映着晚霞光，就像是王母娘娘的瑶池草，惹得我也口水直流。我一路走过来，看到的绿颜色，就是镶在坟堆边的一块菜地，与这口井水边的草地。驴子与猪在刷刷啃草。"

其实也很难说是井。这是国安哥家门口的一个泉眼，哪一年挖通的？不晓得，簸箕大小，用条石砌起围栏，高出平地一尺多，夏天灢河里水涨到天上，泉井里的水也不会溢出来，冬天灢河变成蚯蚓一样的细流，泉井里的水也不会干涸下去。夏天井水是凉凉的，冰镇西瓜香瓜好，冬天井水温温地冒热气，洗菜洗衣服，一点都不咬手。在国安没有请打井队的师傅们给各户安装压水井之前，大伙儿都来这口泉井里挑水，洗菜，浆洗衣服。多少辈人唉，用破了多少个舀水的桑木小桶，用朽了多少个枣木的桶钩，用断了多少根系桶的麻绳，也没将井水用完，还像一面幽暗的镜子，照见元英、木兰、凤英她们三个姑嫂姐妹的花容月面。她们三个有一阵迷黄梅戏，那个凤英姓严，不姓林，木兰爱《打猪草》，元英爱《夫妻观灯》，凤英爱《女状元》，最爱的是《蓝桥会》，学那蓝玉莲唱："春开牡丹夏开莲，磨房内走出来蓝玉莲。掸掸身上尘与土，再把脸上汗擦干。忧愁愁我只得厨房内面，缺少清泉。杉木水桶拿一担，桑树扁担忙上肩，忙上肩。走出门来抬头看，三条大路走中间，奴家的小情哥，男子行路，念文字，女子行路报花名。一行二步念花样，三行四步赛牡丹，五行六步红芍药，七行八步转一个弯，九行十步来得快。来得快,不觉来到蓝井边,蓝井边……"跷着兰花指,多好听唉。后来学群学军兄弟俩学挑扁担,也是由这口井开始的,两个小男将先是用一根扁担抬水,七八上十次,才能完工,后来菊平将桶钩系短,让他们分别挑半担水,等到小学四五年级,半人长,已经可以各自挑满桶的水了。兄弟俩放学回来,一人两担,淋漓一路,就可以将家里的水缸灌满。有时候,他们在课间带同学由小学校飞跑回来,舀起一瓢井水喝,咕嘟灌饱肚子再去听课,有女同学,穿红色的上衣,眼睛大大的,怯生生地跟在学群身后,只敢露出半个身子,喝水也是细声细气,像猫子舔水。木兰就跟元英开玩笑,要不我去趟梅家塆,将这丫头说给学群做媳妇?学群听到,脸羞得通红。那首歌是怎么唱的来着?"黄鸡公儿尾巴妥,三岁的伢儿会唱歌,不是爷娘教的歌,自己聪明叨来的歌。竹子爷呢,竹子娘呢,我与竹子一般长呢。竹子长大,做扁担呢,我长大了,做屋梁呢。"两个小子都到了做屋梁的年纪,都长大了,由黄鸡公儿长成了花喜鹊,不太理会他们的妈妈与婶妈了,学军打工造孽,结婚也打劫(结),那个学群,聪明伢,也是几年都难得打个照面。

"我停下来,蹲伏在茅草丛里看。忽然由天上的火烧云层里,冲下来二十几只野雁,撒豆般停在我前面不远处的草丛边。头雁绿羽蓝翅,机警地支楞着深褐色又粗又长的脖子,西装笔挺似的,耐心地等候它的同伴展开脚爪,像飞机一样一架架落地。它们鼓翼由天上飞,一低头就可以看到这片树林子，林中的水井与青草，青草间跳跃的蚂蚱，青草上飞来飞去的摇蚊与薄翅蜻蜓，气味也会被它们闻到，那可是它们的粮食，他们的稻谷与小麦。我心里想，要是我将气枪带来就好了，今天除了赶回来一头猪，还可以打到几只肥雁，将它们拔毛冲洗干净，开膛破肚，做成腊雁，过年挂在屋檐下，摇摇摆摆，比旁边的风鸡大五六倍，你们来买，就是五十块钱一斤。等它们全部落好，头雁领着它们排队啄虫吃草，那模样，跟木兰养的两头鹅也差不多。木兰对我说，家鹅与野雁都是天鹅种，都长得好，区别就是一个在家里，一个在外面，一个遮风挡雨，一个风餐露宿，我知道她在王婆卖瓜表扬自己。头雁慢慢走到我的驴子一旁。这时候，驴子站在中间，野猪在它左边，头雁在它右边，左昭右穆，好像是它们三个，领着一群大雁，不慌不忙，在王母娘娘的瑶池仙境里，吃着嫩绿的草，用那些蜻蜓蚱蜢打牙祭，草是它们的饭，虫是它们的肉，蔺家台子是一张席，它们来赶席赴宴。"

难怪木兰常提到这个跛子兄弟，他的舌头够用，嘴巴上打蜡抹油又抹蜜，回到四十多年前，金神庙冬月间还打皮影戏的时候，他就穿开裆裤，坐在第一排赖着不走，他真该由他爹妈舍出去，跟着云梦县的秦师傅学打皮影戏，做一个皮影匠，才不辱没他这个新农村网店店长的天分唉。水井边的这片空地，是当年凤英办幼儿园的地方，也是后来学军学群他们玩耍的地方，像这样天擦黑，他们吃过晚饭，不敢去村外的稻田棉花田野，不敢去村边的杉树林子里野，就在这块空地上玩"闯麻城"的游戏，这边学群带一群孩子，手握手围紧成一个圆圈，那边学军带一群孩子反复冲撞，看能不能将哪个小孩由圆圈里冲散出来，冲散出来的小孩就加入学军的阵营。"天上满天星，地下闯麻城。麻城闯不开，独要某某来。天上满天星，地下闯麻城。麻城闯不破，是个孬家伙。"村里所有的孩子的名字，大人的名字，小学校的老师们名字，男孩子们各自喜欢的女生们的名字，都在这个"某某"里填空，被响亮地呼叫过。只有你们的名字在"闯麻城"的游戏里，被叫出来，你们才在世界上真正地"注册"，你们才算是加入过这个能指滑动的替补游戏，有了专名，麻城的象征是什么呢？反正不会是麻将。唉，麻将也是城。你们的先祖做过强盗与反贼？为什么留下这样暴力的攻城游戏？难怪你看起来文绉绉的，实际上又蛮又野，云梦泽与大别山交界的地方，肖港镇的俄狄浦斯，并没有被好好阉割。又或者是梦境？是性的隐喻？女孩能加入这个游戏吗？有一天，林墨听我介绍这个游戏，瞪大她龙眼核般的眼睛，向我唠叨了半天的弗洛伊德、拉康之类，听得我心里发毛，满头雾水。

"一阵凉风由草地上刮过来，我不由得打了一个寒噤，往天上一看，云霞变成葡萄紫，月亮由白纸变成了烧饼色，月亮旁边的长庚星也亮眼起来，天就要黑了，天一黑，你们蔺家台子的名堂多，我又是一个胆子小得像老鼠的跛子，又没拿手机，一定会被困在这个鬼打墙的地方，死了别个都不

团圆酒

晓得信！我赶紧折断身边的一根构树枝，捏在右手里，左手五指叉开，像梅超风的九阴白骨爪。我听说艾清他们在汉口沈阳路的菜场里，就是用手指叉进鸭群，卡住脖子杀鸭子的，他一次可以用左手叉到四只鸭子，我要是能叉到两只雁，就等于是叉到了一千块钱！我由白茅丛里跳起来，右手挥着树枝，左手叉着，打领带，穿皮鞋，一身的黑西服粘满苍耳子，一拐一拐朝绿草地上的雁阵冲去。负责站岗的大雁嘎嘎长鸣，并不惊慌，其余大雁停下啄食，脚爪后蹬，就由青草间冲飞起来，在我耳朵边飕飕作响，像放箭一样，一阵阵腥热的气息掠过我的头皮。我发现头雁还在水井边喝水，它的脖子虽然很长，但还是够不到水面，驴子与黑猪在帮它！它们两个将头低垂到井口，搭成一个肉拱桥，头雁就站在'桥'上，将脖子伸到水井中央，一饮一啄。我的手指刚刚碰到头雁尾巴上坚硬的翎毛，它也是嘎嘎一声长鸣，双脚蹬离驴头猪头，擦过我的肩膊，冲到正在空中结阵的雁群最前面，将它们领成人字形，朝南边晏家塝、向罗塝方向飞去。抓不到雁，总算没有被雁啄到眼睛，算啦，我挥舞右手的树枝，去抽打那头黑猪圆滚滚的屁股，一头半大的黑母猪，四面都是荆棘围住的树林，只要我守住那个黑驴钻出来的盘丝洞，它还能长出翅膀，像那些野雁一样飞到天上去？它以为它是电影中的那个小飞象，有一对能飞的耳朵？没想到，黑猪屁股一缩，后腿紧绷，四蹄都攒上井台，它回头看了我一眼，两只猪眼笑模笑样，然后转身，'扑通'一声跳进水井里，咕嘟咕嘟沉下水去，翻起漩涡水花，转眼就不见踪迹。唉！鬼里鬼气的蔺家台子，雁飞了，猪跑了，好在我的驴子是老实驴子，没跟大雁一起飞，也没有跟野猪学潜水，它一声不吭地趴在井水边看着水花涌腾，安静得像个学生。我心里也不再责怪它，赶紧抓起它的缰绳，我们一人一驴，走出草地，钻进盘丝洞，穿过干池塘，翻过坟地，爬上小澴河堤。天已经完全黑了，上弦月，满天星，各村的太阳能路灯都亮了起来，也没几盏，我牵着驴在堤上走，一脚高，一脚低，堤下田接田，塆过塆，路连路，乌漆麻黑，我心里想，要是叫上木兰姐就好了，她办法多，腿脚又麻利，眉头一皱，一个妙计连着一个妙计翻花线般使出来，头雁跑不脱，野猪也跑不脱，能成为你元英姐团圆酒席上的两道好菜！"

猪肉可以，但雁肉不行。雁南飞，东西南北地奔波，吃它不吉利唉。元英婶妈靠在明黄色乡间巴士的木头座位上，窗外是宝成路上闪过的一棵棵粗壮的白杨树。白杨树是学军学群过十岁那年，由军分区的小伙子们扛着锹由卡车车厢里跳下来种下的，凤英国安也是那一年走的。太阳已经往西边的舒家塆堤树上落下，白杨树与树外的田园沐浴在金光里，巴士开着的往镇上去的柏油路，崭崭新，好像也变成了一条金光大道。与树堂瞎子讲一早上，与木兰鬼混一上午，又遇到这个多嘴多舌的楚平，误了好几趟巴士不说，日头看着就掉下去。楚平的心思元英晓得，他想跟守寡的木兰搭伙过日子,心里喜欢,又担心木兰看不上他这个跛子。不说破,大伙说说笑笑,真捅破这层窗户纸,难为情,熟人都做不成。夜夜辗转反侧,楚平想出的办法是求元英去说合看看。也不是不行唉,五六十岁的人了,太阳落土坳里红,还有几个日影?凑合着过。只是木兰担心世人笑话,永朝不同意,彭兰兰又拿住她这个软肋,好好的一个硬气婆婆变成由她捏的软柿子,所以还不如跳跳广场舞,搞搞"一条龙"。"我会跟木兰好好讲,有一个人煨脚,冬天睡觉都暖和些!学军这个团圆酒,你做叔子的也要操心,你已经去过蔺家台子,就找几个人,扛锹带锯,将场地收拾清爽,好让木兰开席,让学军霞霞晚上有簸箕大小的一块地方睡。"元英是能拿主意的人,能当木兰的半个家,这是她提出的要求。楚平欢天喜地答应下来,何砦水水的工程队已经由哈尔滨回来休冬假了,他去喊他们来。"我去淘宝上搞一条红地毯,就由驴子拱开的树洞铺进去,到时候,你们接客、摆席,出问题我负责!"一边暮色苍茫里,系在候车亭上的黑驴好像也听到了这句话,了解到自己立下打开蔺家台子的第一功,斜阳穿过大构树,洒了它一身,它由沉思里抬起头,吭唷吭唷叫唤,元英坐的巴士,就是这个时候由前面几站罗陂、涂河集、星光村、高埠潭开到的。

5

下车的地方是路西小学,孩子们正在放学,系着红领巾，奶里奶气，一队一队，像鸭匠们用箩筐挑出来的小鸭娃。元英婶妈最爱看这个，她早晨到菜场买菜，会特别翻过铁路桥，来看小学生上学，就是猪八戒瞅人参果，直流口水。有时候碰到孩子们出操，奶里奶气踢正步，升国旗，唱国歌，她都能拎着菜篮子，在铁腥气色的栏杆外，看得一把鼻涕一把泪。乡下孩子变少了，就像猪没了，鸡子鸭子也没几只，都浩不成阵，以前大家都随便生，随便养，家家三四个，娃娃们汗津津地挤满小学，现在唉越少越金贵，天天清早由校车去各村村口接到人，傍晚再坐校车送回去，全镇生养的孩子，哇啦哇啦坐进一个路西小学念书，还不嫌挤，之前，哪个村没有自己办的小学？孩子们多好看，男孩虎头虎脑，女孩花花朵朵，每一个都可以发一条鲤鱼，让他们抱怀里跳到年画里去，他们像刚刚绽出的葵花，像枝叶里刚刚泛红的苹果，像早上七八点钟的太阳。元英闻着由身边挤过的男伢女伢头发中蓬蓬的肉香味，转念想到霞霞与林墨，心情又有一点低落，你们两个媳妇，不开窠，不生蛋，光生气，为人一世图什么？不为自己想想，也为我这个婆婆想想啊，五六十岁的人，没有孙子孙女带，就像老母鸡春上没得小鸡带，它会扎起翅咯咯啰啰叫唤着满村追人的。

　　元英婶妈提着枸杞包走上铁路桥时，遇到了元初老师。桥是水泥桥，暗黑光滑，泥鳅一般，栏杆上贴满了各色小广告，调皮的小男生们也在上面写满谁爱谁谁睡谁之类的混账话，桥下是四根银亮铁轨的京广铁路，最早走蒸汽火车，轰隆轰隆地吐云气，要花好几分钟，慢腾腾地动山摇经过我们镇，将每一幢房子都摇醒，后来换成内燃机火车，火车头像蜻蜓的脑袋，吐着黑灰的烟柱，哐当作响，神气活现，也不快，站在铁道口老梁指挥的绿色三角旗子外，可以盯着绿皮车厢车窗里乘客的脸看半天，现在换成了动车，白色的大蚯蚓，嗖的一声，几秒钟就由封闭起来的铁道内，由镇头钻到镇尾，钻入田野消失不见。元初老师由菜场买菜回来，塑料袋里拎着两颗莴笋、五六个红萝卜，莴笋叶与萝卜秧子都蔫妥妥的。这个夫子唉，买菜是早上好，这天擦黑人家收摊的时候，能挑到什么好的，他一个那么讲究吃的人，现在也将就了。人活在世上一辈子，少年青年时像蒸汽火车内燃机车过得慢，中年老年，时间就像动车一样，嗖的一声蹿走。元初老师年轻的时候，长得漂亮，生得风流，不用化妆，就可以去唱戏，演罗成、杨六郎、董永、洪常青，在镇里的元旦晚会上朗诵《风流歌》，唱《北国之春》，现在是满头白发，裹在羽绒服与狗钻洞绒线帽里的一个小老头了。爱喝酒，早上在肖邹路汪红英的牛肉面馆里喝早酒，中午在路西小学的食堂里喝中午酒，晚上回到家，由他屋里人，也是他从前的女学生何翠娥弄夜酒，说是餐餐酒，量也有限，秀才喝酒嘛，一靛笔筒？今晚的下酒菜，翠娥多半是要做尖椒炒莴苣丝，五花肉烧红萝卜。会有一碗韭菜蒸鸡蛋吗？那时候学群读书好，元初老师不晓得几喜欢他，四月天，能将饭桌摆到水井边，又没有蚊虫苍蝇飞出来的时候，天擦黑元初老师会来家访，菊平陪他喝酒，学群就去田里割韭菜，回来水井边摘干净，交给元英切细蒸鸡蛋。两个人就是几块蒸腊鱼、一碗蒸鸡蛋、一碟冷臭豆腐臭酱豆，如果有几块风鸡，就是元初老师的最爱，喝到八九点钟，元初老师是小酒盅三五杯，菊平要喝一搪瓷茶缸。天上月亮都挂到前面艾清家屋顶的瓦脊上，将苦楝树泡桐树的花枝影筛到饭桌边的空地上，叶羽羽，花团团，细微好看。菊平一个木匠，元初一个教书匠，他们也很有话讲，能搭上白，红赤着两张脸，由今年水稻棉花小麦油菜的收成，到如何摸鱼掏麻雀打兔子钓黄鳝，到谁家订了《故事会》《今古传奇》《辽宁青年》《知音》，电影是《少林寺》《小花》好看，小说是《玉娇龙》《西游记》《射雕英雄传》好看，《隋唐演义》的十八条好汉是谁，《说岳全传》里周通到底有几个好徒弟，《射雕英雄传》的"天下五绝"是谁，清朝的皇帝由头到尾，又是谁。学军学群蹲屋里，学军鬼画桃符做作业，学群翻着《少年文艺》《故事会》等学军，元英在一边架纺车，手捏棉条纺棉纱，也听得津津有味。喝完酒，元初老师一身西装，骑上他的飞鸽自行车回学校，身影在月亮地里一明一暗，他们一家人，心里都有一点依依不舍。等到鹤林退休，元初老师可以做校长的时候，初中撤了，他只好掉头去路西小学教小学生，好在民办老师转成了公办，做了国家的人，马上就要退休了，一个月也有好几千块钱拿。

元英婶妈跟元初老师打招呼："您认得我吗？我是蔺家

台子的元英，我是学群的婶妈，学军的姆妈。"

"认得认得！您的酱豆腌得好！风鸡第一名！学群是我的学生，是个作家，在杂志社做编辑。"

"下个月初八，他带他媳妇回来，在蔺家台子跟我儿子学军一起办席，您来坐席，喝酒，酒是金神庙黄春元自己酿的粮食酒。"

"我将这个大日子记在手机备忘录里，到时候一定去！我有三十年冇见到学群了，我骑自行车去！"

"莫骑车，我让学军开车接您，这样晚上也可以安心喝个酒！"

就这样，元英婶妈将当日团圆酒的首席，在我们镇的铁路桥上订了出去。暮色苍茫的小镇，由南到北，火柴盒一般堆积的千百幢房屋，京广铁路的钢轨之弧贯通其中，在晚照里灵韵闪动，一列动车龙卷风一般掠过，时间是一刹那，刚刚够元英婶妈拢拢头发，元初老师擦擦眼镜片。

元初老师不仅够资格坐首席，还可以做媒人，只是谁来跟他登对坐第二席，做女方的媒人呢？元英婶妈初战告捷，很快二席的客人，也确定下来。她匆忙下桥，回到中港小区十二栋，坐电梯到八楼家门口，电梯里的电视广告正在预报圣诞节平安夜。打开防盗门，将包扔沙发上，系围裙拧煤气灶阀门做晚饭。菊平不在，晚饭是三人份，用电饭煲蒸饭，高压锅炖一个排骨藕汤，再做一堆碗大白菜烧肉丸子。在自己的厨房里，云英也是一阵龙卷风，虽说比不上木兰那小母狗是闪电侠，立马变出几个小菜，像搞魔术。十几分钟后电饭煲跳闸，高压锅到点，她将菜汤饭分成三份，一份自己风卷残云一般吃掉，另外两份装进饭盒里，一份送在肖邹路开卡拉OK的学军，一份送在"一条龙"做衣服的霞霞，这日本牌子的保温桶好，要是走得快的话，桶里的汤都不会荡凉，霞霞坐在缝纫机前一小口一小口喝的时候，还会烫到嘴巴呢。

晚上七点，天色已晏，小半个天空的晚霞沉寂之后，街巷、马路、手机卖场、加油站、超市次第亮起灯，我们镇上的人吃过晚饭，大概就是镇中的学生老师上晚自习，镇上年轻一点的女人穿睡衣出门遛狗，年纪大一点的披着纱巾去跳广场舞，老头子在客厅电视上看新闻联播，看完新闻联播看养生节目，年轻一点的男人，喝一点酒，去肖邹路几家卡拉OK厅唱唱歌，到十点钟后，在农业银行门口三五家烟气腾腾的烧烤店吃几串肉，喝杯啤酒，回家去跟遛完狗的媳妇会师。学军的畅畅卡拉OK开了一年半，生意还不错，年轻人爱来，万卉庄园里从武汉孝感来过周末的城市人，有时候也会图便宜，开车跑过来唱歌，吃肖邹路附近的烧烤、狗肉和牛肉面。学军不在前台接客，收银的胖姑娘娟子头发在对门的"环亚美容"烫得黄黄的，果然像玉米须须，见到元英喊"伯妈"，说袁书记跟"环亚美容"的老板娘黄秀丽，来找学军哥，他们在包房里谈事情，学军哥让伯妈您直接将饭送包房。

团圆酒

包房里液晶电视屏上,在放着罗大佑的歌《恋曲一九九〇》,画面里一个穿着花布衣裳的女子在芦苇荡里扭捏,声音却被掐掉了。袁书记、学军跟黄秀丽三个人坐在茶几一边长沙发上讲话。袁书记、黄秀丽出来夜跑,都吃过饭,看到元英送饭来,忙让学军边吃边听袁书记的高论。袁书记名叫保生,跟霞霞一样,都是周巷镇滑石冲人,霞霞没读什么书,初中毕业就去广东打工,保生考上师专,先教书,后来当了干部,他留着大分头,前额宽,方脸膛,耳垂也厚,按瞎子树堂的面相学,保生长得有官相。学军说保生哥在搞"夜市经济",就是让武汉人坐城铁走高速公路,来这里住两天,游泳唱歌搭帐篷吃锅巴饭摘蓝莓摘桃子看星星看花草啥啥的,所以常来学军这个远得没边的"小舅子"这里来考察"唱歌"生态,他跟孝感城里教英语的原配媳妇离了婚,现在跟黄秀丽好,丽丽的"环亚美学生活馆"就是他取的名字,上个月跛子楚平就是在那里剪出来的宇宙第一帅发型,相比之下,周润发楚留香易烊千玺,都不在话下,被贴在墙上乖乖认了个输。

"元英伯母,您的计划学军跟我报告了,好!学军你妈是在搞非物质文化遗产,你跟霞霞两个人,闹婚归闹离婚,这个活动要支持,我全程跟进参加!蔺家台子是一个好地方,丽丽跟我说,这个荒村四周都缠着野玫瑰刺藤,中间是废墟跟古树,活灵活现就是白雪公主与七个小矮人、玫瑰公主睡美人的故事发生地,是拍婚纱照、拍悬疑电影、哥啥特电影的好地方。我们要将它开发出来，城里人自小都是听外国童话故事长大的，他们懂，会喜欢在那里搭帐篷看星星捉萤火虫，伯母你搞这个团圆酒，就是帮我们破了一个题，开了一个头，谢谢您！下个月初八晚上的饭局，我与丽丽都要去，我们都尝尝黄春元的酒，真酿得好，我就给他填表申报非物质文化遗产传承人领工资！"保生哥说话的时候，嘴巴、额头、眼睛都在发亮，丽丽像一只狸花猫窝在灶门口一样，捏着他又白又肥的手，靠在他身上，藤子缠树，没得骨头，也没得个样子唉。童话故事？白雪公主？玫瑰公主？那个鬼打架的地方，你们将鬼都吵醒过来，就去看鬼打鬼搞鬼玩鬼火吧保生哥，你搞了夜市，还要搞个鬼市？

　　原来学军对办酒的态度变得积极，是被袁书记跟丽丽游说的。元英婶妈有一点难过，转念头想一想也没啥，非物质啥文化遗产也好，哥啥特电影也好，蒸汽啥朋克也好，来了都是客，你搭你看星星的帐篷，我开我解冤结的宴席，咱们井水不犯河水，官民一家亲。元英一边收学军的碗筷，一边请保生哥到时候来坐席，当女方的媒人，跟元初老师对着坐，元初老师年纪尊，是一位，保生书记要委屈坐二位。保生答应了，说不存在，尊师重教应该的，丽丽也要陪他去，说会带上新出的华为手机，去给他们拍视频，做直播，这种手机的夜景模式好用得很。两个人穿一身打勾勾的运动服，一个宝蓝，一个粉红，情侣装，保生说完就要告辞，带丽丽去镇中学塑胶操场跑步。学军留他们两个对唱几首情歌再走，保生说留到下个月，我们在蔺家台子唱，到时候你将音箱话筒都备好，让你们听听我俩唱歌，关键是丽丽，她要是肯开口，你们蔺家台子的黄鹂恐怕要羞死一大半，栽枫杨树下给野猫叼去解馋，哈哈哈哈哈哈，保生丽丽两个说完，调好华为手机上的跑步软件，一前一后，小跑出了畅畅歌厅花花绿绿的气球门。

6

就像清早走在小澴河堤，元英在"一条龙"老街新铺的水泥路面上走得飞快，出的一身汗，怕不得比操场上扳命的保生书记与女朋友少。入夜后"一条龙"除了几只鬼头鬼脑的野猫野狗，有得什么人，它要到早上七八点钟市集开张的时候才醒得来，真正的开锅一般的热闹，则要等到两个月之后的年关，那时候各处打工的做生意的都回来，将各处的空屋都住满，白天晚上都来镇上消遣，到"一条龙"挤一挤，像北京上海早高峰挤地铁似的，被人踩脱鞋跟，弄脏新衣服，才好像是回乡过了个年。那时候街上人流涌动，好像澴河发大水一样。当然，要是保生书记的"夜市经济"搞出名堂，平日这条街上跳出来一堆一堆"个斑马"的武汉人也说不定。最南头的网吧还开着，几个黄绿头发的年轻人在里面蓝荧荧的电脑屏幕前玩网络游戏，与几千里路外的人一起攻城拔寨，打打杀杀。往北走，龙头之后，一片一片鳞甲，小饭馆、棺材铺、童装店、理发店、五金店、家具店、电器行都拉下了银白色的卷帘门，霞霞在铁路桥下的紫霞缝纫店开着门，没有关张。大半个脸庞的月亮由东边的青山里升起来，挂到中天，照着曲折的"一条龙"，照着"一条龙"一墙之隔的京广线铁路，再过几天，月亮就圆了。一入冬，北风吹，树叶落，村镇里的老爹老婆也死得多，大伙忙着送上山，霞霞做寿衣，忙不过来，从早到晚，双脚都定在缝纫机的踏板上，刷刷刷，刷刷刷，好像蚕吃桑叶，一天不停。平时没事，元英也会跑过来帮霞霞动动剪子。霞霞干活的时候，爱用手机听黄梅戏，这个跟凤英像。说起来，霞霞长得排场，形模也像凤英，只是凤英是由西边四川的山里来的，霞霞是东边的青山里来的，霞霞的身材更高挑些，不太爱讲话。

　　元英将饭盒放到堆满白色粗棉布的案板上，霞霞停下踩机子的双脚，却没有立马过来吃，她听黄梅戏入了神，听的是严凤英的《小辞店》："你好比那顺风的船扯篷就走，我比那波浪中无舵之舟，你好比春三月发青的杨柳，我比那路旁的草我哪有日子出头，你好比那屋檐的水不得长久，天未晴路未干，水就断流……"霞霞一字一腔地唱完，元英不由得热泪盈眶，抬头去看霞霞，在台灯的一团暖光里低着头，眼泪水滴落在缝纫机的虎斑皮面板上，像雨珠聚在荷叶盖，已经积成一小潭清水。

　　"女子，你莫哭吵。"元英劝儿媳，其实她自己也忍不住，想到这个戏里的柳凤英，唱这个戏的严凤英，还有学群的妈妈林凤英,又想到自己,想到这个儿媳,果然是男怕访友,女怕辞店,一时悲从中来,觉得人生又黑又苦。无论如何,她得由这苦黑里先爬出来再讲,元英这样想着,伸手去案板上扯来一条白棉布,递给霞霞擦眼泪。霞霞接过孝布擦了两把,又哭,这一次,就像是小澴河破了堤,眼泪直流,没有办法捂住。元英说:"女子,我晓得你在外面做活路,吃了亏,受了累,心里苦,装着事,你要是觉得这个团圆酒不该办,我也同意,我这就给树堂瞎子与木兰姑妈打电话。你先吃饭,汤都凉了。"霞霞不做声,伏在缝纫机上,掏心掏肺,号啕大哭,两个肩膀抖得厉害,背心一耸一耸。那年学军将她领进家门,说妈这是你儿媳妇,我们领了证。元英看着她红红的脸,头发黑,腰身长,觉得这女子长得好,胸脯屁股都是饱满的,喜欢。他们一起打工,过年有时候回,有时候不回,回来也就是住两三天就走,像住宾馆,元英也只来得及扫几眼她的肚子,看看怀上了没有。直到去年他们两个决定离开广东回来做事,才算是有了常常的碰面。刚回来的时候,她身体虚,黄皮寡瘦,元英隔天就去菜场买鸡子炖给她吃。学军鬼打墙,跟她合不来,一个人住卡拉OK厅的长沙发,一个人常睡在缝纫店的案板上。看得出这女子心性高,心气大,懂事,对元英也好,不吵架,客客气气的。但这哪里像一家人唉,有时候元英想,还不如一起吵过,骂过,闹过,哭过,上吊,被生生地扯回头,才算是真正的婆媳伙里。霞霞的事,元英不晓得,当年凤英的事,元英也不晓得。哭吧，女子，人活一世，哪有不走错路，走迷路，走失路的时候，谁没有一本糊涂账，谁没有一个亏心事，哭出来，上天听到，改了主意，就好了。满屋的白孝布散发出草木浆汁的清苦香，元英心里柔柔的，皱成了一张黄裱纸，陪着霞霞一颗一颗掉眼泪，第一次觉得跟儿媳妇这么贴心贴肝，隔得近，是黄陂到孝感，县（现）过县（现）。

两个女人在世上哭，群星中的月亮照着我们的村庄与小镇。那群大雁飞到了哪里？蔺家台子藤蔓交缠的荒村中央，青石围栏，水井波光荡漾，一头野猪由水井里钻出来，像一只水獭般，探头探脑，浑身湿淋淋，在井沿上下独自嬉戏。肖家塆一片墨汁黑，楚平跛子别墅一般的房屋却灯火通明，全村也只有他一个没睡，在窗边的一体机电脑上淘宝，为他的心上人网购锅碗瓢盆，他的热心，木兰不晓得，却被窗外候车亭边的黑驴看在幽暗的驴眼里。木兰领着她的舞队，在金神庙的广场上，将佳木斯僵尸舞跳到最后一曲，马上就要与姐妹们一起，按开手机的手电筒，细细光柱里，一道摸黑走夜路回家，笔直的柏油路，两边长满了妖娆的小松树。保生书记与他的女友黄秀丽在镇中操场上大汗淋漓地跑到最后一圈，很快就要完成十公里的小目标，回"环亚美学"他们的鹊巢冲澡厮混。路西小学的朱元初老师为前列腺折磨，第一次起夜，他闻到尿液里莴苣丝、萝卜丝与蒜叶混合在一起的气味。金神庙的黄春元在他的作坊里忙上忙下，已经接到满满一桶酒香凛冽的头道曲，特别去朱红色金神桥上抽了一支蓝楼烟。魏家塆的树堂瞎子,听完新闻联播,又听《百家讲坛》,又听《奔跑吧,兄弟》,已经摸索着遥控器关掉会聚天下大事的电视机。挟着霜粒,西北风呼呼地吹,越过麦地、菜地、坟地、河堤、道路、村庄,被枫杨树与白杨树演绎得持久而悲伤,回应着我们镇流泪的母亲,号啕大哭的女子。

霞霞哭了一个多小时,够一架波音飞机在狂风暴雨里,上下跳跃颠簸着由北京飞到武汉,她才慢慢消停下来,抬起头,眼睛肿得像桃子,端起碗筷,默默地吃饭,好在学群送的保温桶质量确实好,饭跟汤都还是温热的。元英等这女子吃完,在她又温和又虚弱的笑脸里收拾碗筷,重新踩进月亮地,拎着保温桶回小区。

这一天,早出晚归,有一点累唉。元英婶妈临睡前与菊平叔叔讲了几分钟的微信视频,他穿工装戴安全帽,正准备出发去上夜班,晚上吃猪肉大白菜炖粉条、南瓜块打底的粉蒸排骨,喝了一小瓶红星二锅头,精神头不错。听完元英的报告,菊平说:"你办事,我放心,不要怕用钱,钱是水,有去的,才有来的。还有就是打电话把学群跟他媳妇喊回来,他们在大城市混日影,失魂落魄的,也不容易,这几天,我常梦到国安哥,穿着学群在中学穿旧的校服,对着我流眼泪,他要是还在,领着我们修高铁该几好。你摆团圆酒,明里为学军,暗里是为学群。我们这一房,国安哥是长子,到学军一辈,学群是长子。他们两个,都不能光为自己活倒。"元英说："你莫操些洋心，工地上注意安全，晚上寒，又是风又是霜，襄阳还在北头，更冷，下班打桶热水泡个脚再睡。"每天也就是两三分钟，萝卜白菜没得油盐的淡话，酱醋着料都不给，但要是没有这些话，元英就会睡不着。

拨学群的电话，他在北京开会，他媳妇林墨在法国做访问学者。"林墨正好下个月回国，我中午时去天河机场接她，然后黑了开车回来。我们用手机导航，您家莫担心。"在一个名叫京师大厦的酒店里，学群用家乡话跟元英讲。

7

十一月初八，果然是大雪纷飞的一天，树堂瞎子应该与央视的天气预报连线。分别与聚会之地，天河机场的候机与接机楼里中央空调给力，五湖四海的客人来到这里，人声鼎沸，衣冠楚楚，温暖如春，机场上彤云密布，雪花飞舞，摩擦着闪光的玻璃幕墙，一架架飞机轰鸣，巨大的钢铁之雁，空中楼船，俯冲上下，收起或伸出铁爪，将云梦泽的旅客迎来送往。林墨推MUJI的黑色行李箱，穿修身的黑色外套，亭亭地由国际航班的C出口走出来，看到我，一张冷漠脸迸发出调皮的笑意。之前她由巴黎飞到莫斯科，由莫斯科转北京，再转到武汉，一万多公里，半个地球，因为是由北方飞过来，看到雪也并不稀奇，好像雪花是她由北极带过来的。"学群，在西伯利亚上空的时候，我睡醒过来，看到极光，觉得自己好像是在虫洞里，又好像，我是踏着五彩祥云来娶你这个紫霞的。"她一身雪气钻进副驾，捏住我的手，将我们一年多的分别重新连接起来。她头发上都是资本主义巴黎的味道，因为睡了一路，显得神采奕奕，唉，到底谁是紫霞谁是至尊宝？这么多年我们都在轮流做。"师父我们要去哪儿啊？""天竺。"对，这是我们常常戏谑的切口，我们的林海雪原，"天王盖地虎，宝塔镇河妖"。

我就是被元英婶妈喊回来参加团圆酒席的蔺学群唉。我们出机场，打开导航，绕上武汉郊区在沼泽之上交缠环绕的立交桥，驱车奔回家乡。其时云天昏黄，暮色降临，大雪在打开的大灯里纷飞如席，比白天下得更加稠密。气温骤降，所以雪也都存住了。公路边的田野、湖泊与村庄都茫然一片，雪天的暮色，有一种清醒而晦暗的明亮，好像黎明时分，由梦中醒来。"我觉得你老家特别多的桥，也爱给桥取名字，你看府河桥、沦河桥、毛陈桥、小㵲河桥。"她指给我看。久别的重逢，正在降临的奢华雪夜，都让我们觉得兴奋。之前我与林墨也回过我们镇，但到蔺家台子去是第一次。写了那么多的文章，向她描述过几乎全部的童年，我并没有勇气带她走进荆棘交缠的荒林，它已经将我这个"紫霞"或者"至尊宝"困了太多年。由国道转向省道，由省道转向乡间的公路，车辆变得稀少，只有漫天的飞雪与雪中的家乡，这是"日暮苍山远，天寒白屋贫。柴门闻犬吠，风雪夜归人"的感觉，山就是在我们车后，原驰蜡象，离我们越来越远的大别山诸峰。

团圆酒

只是除了"犬吠",也会有车辆的轰鸣,"白屋贫"也不太对。我们由一〇七国道折转向西的时候,路边的万卉庄园尚有灯火,好像一座巨大的吞没着雪花的宫殿,宫殿的格调,大概是综合着希腊风与中国风的庙宇。长富大伯的农家乐生意好,这样的风雪天,将城里人吸引到这里来吃烤羊、泡温泉、谈情说爱,谈何容易,他本人,应该已经将他弥勒佛一样的身体塞进他的宝马车里,去赴元英婶妈、木兰姑妈她们操办的酒席了吧!学军已经建了一个"团圆酒"的微信群,里面涌进来二十几个人,他们用语音与视频报告着酒席的进展、客人们的来临。八点钟,正式开始,这是树堂瞎子定的,管你们是由襄阳工地上回来的爹爹,还是由巴黎武汉回来的博士,管它是下雪还是下刀子,良辰吉日,一刻都不能错!群主们都立下好大的规矩唉。

向下穿过保光村的铁路隧道,抬眼便是茫茫飞雪中我们老家的三四十个村子。我跟林墨讲,可能这些村子,就是你们大巴黎拉康派分析家们所谓原初的记忆,原初的创伤,作为我们出发点的原初事实,瞎子树堂用他的拐杖敲打过,跛子楚平拖着他的腿走过,我们认识这个地方的每一棵树,在每一个池塘的褶子里摸过鱼,每一座桥墩上钓过虾。林墨一边划手机,翻看"团圆酒"微信群里面绵绵不绝生成的语音、视频与文字,一边关掉了导航。她说:"百度地图上并没有蔺家台子,它是一个空,但是这个空,现在多么热闹,被这么多人喜气洋洋地填满了。"

团圆酒

的确是。一路上，元英婶都在担心，我与林墨找不到村子，她知道我对老家的道路已不熟悉，有一次清明节回家给父亲上坟，还走迷路到张长塆。但今天晚上不会啊，在我们车子的正前方，在大雪纷飞的田野上，在其他灯火寂寂的村落中间，有一个灯火繁盛的林砦，锣鼓喧天，五颜六色的烟花一阵一阵上升到天空，在雪片里绽放，"合成一天音响的浓云"。林边的空地上，好像还立有两根木杆，在扯着幕布一闪一闪地放电影。我们一眼就能够认出来，那就是我们的"白屋贫"，它在木兰姑妈她们的铁锅里，在红华金华庆华的锣鼓里，在学军霞霞的微信群里，在楚平叔搭起来的三顶帐篷里，正在一点一点累积着走向热烈的顶峰。

金神庙桥的赤红栏杆上已经积起了五六寸厚的积雪，变得臃肿不堪，翻过小潢河堤上白杨树围成的雪洞，在四散惊飞的喜鹊堆里下到往殷家塆的村道，村道两边负雪的小松树，好像是一群钻风小妖怪，被老北风吹得摇摇摆摆，它们是由《西游记》里，被木兰姑妈派出来巡河的吧？潢河的水，无比的甜，抓个瞎子做晚餐？堤边殷家塆木兰姑妈家没有亮灯，她已早早锁上防盗门回到娘家指挥她"一条龙"的运作，压水井边，两只大白鹅并不惧怕风雪如刀的严寒，还在冰水里抵着两只脑袋，踢踢踏踏啄食，我们多么庆幸能够坐在车里，所以幸免于这两个穿黄褐色背心的乡村暴徒发动的恐怖袭击。由殷家塆转入宝成路，宝成路边楚平叔的"本土网农村电商服务中心"的两间平房，与房前绿色的候车亭也沦陷在雪堆里。平房边的大构树张开如同巨伞，树冠表面白雪皑皑，树冠里面，当我们的车灯自下往上斜射进去时，尚可见到红艳艳的构果，草莓一般翕合，饱含汁液，猩红欲滴，星星点点，嵌在层层婆娑的翡翠绿叶间。一种比麻雀更小的鸟，小时候我觉得它是"金丝雀"，后来看《庄子》，又觉得可能是那种"斥鷃"，千百只，盘旋其中，一次飞出一尺远，一辈子，可能就羁绊在这个花叶如沸的大构树国里。"我离开巴黎的时候，候机大厅中央有一棵妆点起来的圣诞树，彩带，灯泡，塑料感十足，也比不上这棵构树又粗又壮又好看。"林墨叹息道。楚平叔的网店固然是关门歇业，他的乖驴子，也应由他骑着去参加蔺家台子的盛宴，不会被留置在大风雪里，拴在候车亭边沉思。要是楚平叔忘记它的话，我们也同意它重新咬断绳索，去"上穷碧落下黄泉"，在周边的山河与深井里，去找它那头来路不明的野猪朋友。

由肖家塆向西经过晏家塆，向北拐上魏家塆后自东向西的村道，我们已经可以看到茫茫飞雪里，三辆小车与一辆皮卡依次停泊在路边，白雪覆盖着魏家塆村小组的麦田与菜地，掩压住菜地外的大片蓬蒿林，玉树琼枝的蒿林之外，就是我们的目的地。我停车、熄火，关上车灯，由热烘烘的车厢里出来，与林墨手拉手，逆向北风，沿着比我们早到的客人们隐隐约约的一行脚印，在深雪中，奋力踢蹬着向灯火通明的荒村走去，她长发飘飞，我的深蓝羊毛围巾也被北风拉成一条直线，雪花旋冲进我们的脖子，赤热，冰凉。

放电影的两支杉木杆立在村东蒿林里，三四米之高，稍远就是我们村的祖坟地，坟垅成为浑圆雪丘，石碑历历，我的父母就葬在其中，祖父母们也是。坟垅间摆下的放映机，举着铁臂，将五色变幻的光柱，穿越挨挨挤挤的雪片，自东往西，长长地投射在展开的长方形幕布上。我们认出来，电影是陈冲、刘晓庆与唐国强演的《小花》，应是由金神庙的黑皮叔由肖港电影院借来的胶卷老电影。电影已经快要放到结尾，红星闪闪的军人们抱着冲锋枪攻克桐柏山下的城池，赵永生也知道了何翠姑与赵小花，到底谁是自己的亲妹妹。"既是阶级的斗争，又是女性意识的发现，也是性的觉醒，故事又发生在北中国与南中国的边界，这是一部被低估的电影，应请克里斯蒂娃大婶来分析试试。"林墨评价。无论如何，这是坟中的父母们爱看的电影，说不定他们已经被枪炮声与鞭炮声吵醒，就像藏在密云中的星星一样，闪闪烁烁，正在蒿林后面悄悄地观看唉。

除了他们，其实还有观众。荒村的入口处，已经扎起了朱砂红的气球拱门，拱门之前，是一块狭长的菜地，菜地一侧，立着一个稻草人。稻草人旁边，还有一头黑驴，黑驴的缰绳，牵在一个裹着黑色羽绒服与羽绒帽、戴深蓝色棉手套的男孩手里。黑驴自是楚平叔钟情的那头驴子，男孩呢？羽绒帽里大大的脑袋，双眼金鱼一样鼓鼓的，戴着眼镜，他认真地向我们解释："我叫晏鲲，是肖港镇中学初三（2）班的学生，我想考到孝感读高中，再考到武汉读大学。我正在家里写作业,看到窗子外面下着大雪,田野里在放电影,我喜欢看打仗的电影,要是这个电影里死掉的人的血由银幕上流下来,会将这附近田地里的白雪都染成红雪。"以他这样的想象力,他一定会考上大学的,就像当年他的那个学长蔺学群。林墨轻轻拂掉他肩头上的雪,邀他到林中吃晚饭。晏鲲摇摇头:"小姐姐,我不想去。我已经吃过婆婆炒的油盐饭。我正在看《西游记》《聊斋志异》和刘慈欣的《三体》,我刚才还想,今天晚上聚集在这个荒废村子里的人,要么是鬼,要么是狐狸,要么就是一个不真实的幻境,有外星人降临。好奇害死猫,我还要做作业,今天晚上要背苏轼的《赤壁赋》,明天还要上学,哥哥姐姐再见。噢,小姐姐最好也不要到野树林中去,这个地方舞幽壑之潜蛟,泣孤舟之嫠妇,好危险,我好几次放学回家,都看到有野猪往林子里钻。"

黑驴也在吭唧吭唧地叫唤,声震飞雪中的林樾。晏鲲讲,它刚才钻出来尿尿,正好他也站在田埂上小便,因为有了这一段友谊,所以他将它牵在手里。孙子兵法讲,风林火山,逢林莫入,你驴子老兄驴头驴脑,是赞同我们进去,还是反对?可惜林墨懂法语,不懂驴语唉,也不知道德里达的延异加解构与拉康的"语言的结构就是无意识的结构"之类的诀法能不能派上用场,来分析林中路。"小姐姐"的称呼让她心花怒放,她摸摸晏鲲的小萝卜头大脑袋,由他的手里接过麻绳,扯起黑驴,也不去管它满背的白雪,往气球拱门中的树洞走去。我让晏鲲学弟赶紧回家做作业,自己回头匆匆跟上林墨。

驴叫传入深林，木兰姑妈与楚平叔叔知道我与林墨报到，已经在策动黑皮、金华、庆华、红华诸叔伯，放鞭炮的放鞭炮，吹喇叭的吹喇叭，敲锣打钹，迎接两位旧人与新客。

锣鼓喧天，爆竹如麻，北风正紧，雪大如席，我们回来了。

8

曲折林中路，已经变成雪洞弯弯，积雪掩盖了野蔷薇藤荆棘的锋芒，我们两人一驴由雪洞里钻出来，眼前豁然开朗。过去一月楚平叔带领何水水的建筑队，搭起来的两大一小，三顶群青色圆形帐篷，互相连通，成品字形立在林中空地的中央。帐篷内LED灯照耀着腾腾热气中的笑语晏晏，明黄色的灯光勉力透过帐篷的穹顶，将厚厚的积雪映射成幽幽盈盈青玉案。青玉中央，是红砖砌出的柴禾灶新烟囱，正奋力地吐出炊烟。帐篷背靠七棵枫杨，枫杨在数百棵杂树错落环绕之中，脱光了枝叶的树干间鸟窠历历，顶风戴雪。我们走了多少年，多少路，将它们抛诸脑后，它们还在，七棵枫杨树，峭拔苍茫，朴茂精进，犹胜往昔。

"还差半个小时，就是八点，树堂瞎子急得抓耳挠腮，一定要出门去金神庙桥向阳楼下等你们，我说风大雪大，天又黑，他瞎头日脑，掉进小溧河贡了龙王，还去了多的。"

团圆酒

楚平叔叔、木兰姑妈，菊平叔叔、元英婶妈四个人系着肖港镇联华超市做活动时免费派送的"好人家"围裙，在中间小帐篷的棉布门帘前迎接我们。说话的是楚平叔叔。树堂瞎子立马在右边的帐篷里回应："一会儿喝了酒，你跟我一起去红桥上吹风醒酒，看是你个深一脚浅一脚的跛子先回来，还是我个瞎头日脑的瞎子先回来。"左右两厢里的人哄笑成一团。元英婶妈端来热水与新袱子给我们洗手脸。木兰姑妈第一次见到林墨，夸林墨长得好看，像仙女下凡，送元英的那条红牡丹丝巾也好看，现在就扎在她木兰的脖子上。元英婶妈将我往炉灶缸罐、锅碗瓢盆的帐篷里扯，帐篷里热气腾腾，温热扑面，大鱼大肉，生姜胡椒花椒酱油大蒜的香气萦绕。元英婶妈的双手真暖和，她说菊平叔叔也是刚回来，才就系上围裙，他天擦黑由孝感东站下高铁，出租车司机将他送到宝成路楚平的网店，他背着个包，慌了神，像大清早冲进雪地的鸡子，愣头愣脑，不知道怎么走到蔺家台子，还是肖家塆出来去冒犯风雪电鱼的肖四海，给他指的路。菊平叔叔憨憨地笑，在围裙前搓着他灰黑粗短的指掌，他一头短发已经白了大半。这么多年，我看到元英婶妈与菊平叔叔，两眼都会发潮，这一晚也未能例外。

  楚平叔叔一瘸一拐，将他的黑驴系到井边，回头领着我们先去右边的帐篷里见客。"双十一，光棍节，淘宝打折，八千多的帐篷，我只三千六就买到了，小的那顶，只要两千多，大侄子你看，摆三张八仙桌都冇得问题，现在摆一桌，宽得可以划船。你们男将就晓得抽烟，这种牌子的短过滤嘴黄鹤楼，可是一百块钱一包！黑皮你莫忘了外面放的电影，《小花》完了，再给我们搞一个《少林寺》，炮仗烟花也要继续放，董天宝搞的是饭山，我们今天搞来的烟花堆成山。红华金华庆华你们莫光记倒抽烟喝酒，隔一个小时，就动动锣鼓家什，我们不怕吵！瞎子你得唱个《道情》，金元小元，莫忘了一哈去井边烧纸烧草绳打醮！还有你们三个婆娘，你们坐好吃菜，莫光看手机搞自拍，也要喝点酒，等一下表演节目，你们还要跳舞的哈！"随着楚平叔指手画脚的唠叨，我将摆在帐篷中央灯下四方桌上的十位客人，按席位依次介绍给林墨，十里八乡鼎鼎有名的树堂瞎子，汪寺的道士匠金元小元叔侄，匡埠的乐队红华金华庆华三兄弟，金神庙放电影的黑皮叔，另外三个围着五颜六色的纱巾，正在忙着用手机拍照的胖胖的大婶，我猜是木兰姑妈跳舞队的，楚平叔忙忙地补充，说分别是滑石冲的石姐，黄家塆的黄姐，六张冈的张姐，都是木兰的好朋友，现在这三个好朋友，都目光灼灼地盯着林墨！树堂瞎子坐在首席，听到林墨的声音，嚷道："听说是巴黎回来的女娃，你走近点让我瞧瞧，我一个瞎子，眼睛不是蛮好。"林墨大方地向他走过去，侧席上红华金华庆华的六只手就章鱼般朝她身上探过来，吓得林墨花容失色，大声惊叫，好像由楚平叔的帐篷底下呼啸着钻出一万头蟑螂。我一看不是个事，连忙将林墨扯回来，掩到身后。恰好学军拿着一包烟进来，一边朝师傅们发烟，一边笑："我大嫂是由外面回来的贵客,不懂你们这一套乡下规矩,你们莫乱动你们的野猪蹄子,吃烟,吃烟!"树堂瞎子得意地哈哈大笑,黑皮叔涎着酱红的长脸:"那边屋里,你媳妇霞霞的大屁股摸得,袁保生人家是书记,他小老婆丽丽的翘屁股我们也摸得,就这个女博士的瘦屁股我们摸不得?"楚平叔换成半铫子普通话说:"黑皮你个贱三爷,莫邪得冇得墨,林墨不报警,我也要打电话给110,告你性骚扰,就凭你讲的这三个屁股,他们都可以鸣着红灯雪路开警车来捉你。"楚平叔懂的还真不少啊,小心被林墨弄去做个案访谈。那边小帐篷里,木兰一时丢了帮工,已经在叫:"楚平,楚平,你个短阳寿的,不晓得现在几忙?还不快来烧火!"原来他们厨房一条龙的分工是菊平叔叔洗菜洗碗,元英婶妈切菜备料,两个人还负责端盘子上菜,木兰姑妈掌锅铲,楚平叔叔在新砌的柴火灶下面烧火,用烧火钳将前几天元英赶回来用枯枝与藤蔓扎成的草把子塞进灶膛,小心翼翼控着火。黑皮说:"你快去,木兰的屁股你摸得,不归派出所管!"楚平转身就走,溜得飞快,一边说:"她一个母老虎的洋辣子屁股,黑皮你倒是摸摸看?"那边石姐放下手机,正色道:"要论这摸屁股,还是树堂瞎子最有发言权。毛主席说的,没有调查,就没有发言权。他算命时摸我们的屁股,我们插秧时脱他的裤子,这叫男女平等。"她说得一本正经,一桌子的男将女将笑得东倒西歪,听得林墨有一点发呆。说笑间,学军发完一轮烟,来到我们面前,他留起了长发,后面挽成一个小辫,笑模笑样的小眼睛，眼角已经有了皱纹："哥，嫂子，你们的座位在隔壁，过去坐下，等长富叔来了，我们就开席。"

左边的大帐篷看样子是中军帐正席唉。学军领着我与林墨走进去，宝石蓝的穹顶下，客客气气坐着七八个正经人，没有扯皮拉筋，吵吵嚷嚷，也没有抽烟到云山雾海，蓬莱仙境，大家围坐在八仙桌边，用小青花瓷杯，斯文地喝着保生书记带来的利川红茶，一边的电热水壶烧着五升装农夫山泉里倒出来的矿泉水，滋滋作响。按照树堂瞎子的意见，这一晚上的团圆酒，并没有让元初老师与保生书记坐首席与次席，而是让我与学军背西朝东，坐了一二位，与我们对座的，是林墨与霞霞两妯娌，霞霞上午被丽丽拉去"环亚美学"盘了头，头上簪着花，化了淡妆，穿着朱砂红的长外套，果然有一点像元英婶妈说的，《西游记》里面观音的形模。那一年学军在深圳一家商场里修手机，遇见霞霞，在QQ上激动地跟我讲："哥，我去东莞进配件，遇到一个我们老家周巷青山里的姑娘，不爱说话，长得像观音，我一下子明白了，为什么牛郎要去偷织女的衣服，董永为什么要卖身葬父遇到七仙女。哥我现在特别想赚钱。"之前他一口一个学群，哪里叫过我哥。林墨黑长的直发，紧身的深黑大衣，她不爱化妆，只是刚才在车上对着后视镜补了一点口红，我同意她的骄傲，化妆的结果并不会增加她的好看。肖港镇上的观世音？塞纳河边的茉莉花？穿着红衣服的霞霞与穿着黑衣服的林墨，这红与黑，还真配她们的名字。两个人见面不多，但她们之间，好像有一种天生的默契与亲密，这也常常让我百思不得其解。学军西装革履，上衣口袋里插了花，只是不肯剪去他的小辫。与他相比，我这个哥哥可算不上正规，一身牛仔裤羽绒服回来，元英婶妈现在是忙，要是得闲，一定会像少年时代一样，领我去镇上的"一条龙"，将我由头到脚，由一个写作课老师，改变成香港人来到肖港，打红领带谈生意打麻将的周润发老板那样子？

电热水壶肚子里嘟嘟作响，蒸气上行，丽丽立身提起来，注沸水入铁茶壶，稍沏片刻，按席次分添给我们，平心静气，断水点茶的姿态，一看就是会家子。我与林墨新添了茶杯，接下来是学军与霞霞，元初老师与保生书记。元初老师这身旧西装我认得的，他二十年前，戴着纸剪的大红花，率领自行车队去何砦迎娶我们的师姐与师母何翠娥时穿着，在我们初中毕业合影上，也穿着坐在正中间，难得何翠娥给他留到现在。他正襟危坐，捏着手，一脸古板严肃里，又有一点腼腆，大概是我这个作家学生，让他觉得有一点惴惴不安。保生是一个年轻的书记，年纪与我差不多。我们走进来时，他已经过来分别与我与林墨有力地握过手，欢迎两位大学老师来肖港镇指导工作，然后就是入座埋头到他的手机里。丽丽朝林墨眨眼睛，说她的书记男友正在"学习强国"，话音未落，保生就抬头问林墨："林老师，这个挑战答题问，多瑙河流经哪几个欧洲国家？"可惜林墨稍一沉思，时机已逝，保生手机里挑战时间到，他还是押错了选项，丢掉了宝贵的一分唉。保生长得高高大大，脸又黑，坐着都高出我们一头，他的父亲祖父是周巷青山里的土匪出身吧？相比丽丽身材矮，有一点婴儿肥，两个跑步家，在镇中塑胶操场上夜跑时，还有一点反差萌呢。

背南朝北坐在元初老师、保生书记、丽丽对面的，是木兰姑妈的儿子儿媳，我介绍给林墨，是表哥殷永朝与表嫂彭兰兰。我与学军兄弟、永朝表哥都是元初老师的学生，但显然大块头永朝最得真传，木头木脑与元初老师相对而坐，好像师徒两个一起泡在利川红茶里参禅。丽丽接过我的话："我们这个镇，活得最享福的人就是永朝哥！保生是个官吧，见了市里的书记就像老鼠见了猫，肖长富有钱，见了保生又是老鼠见了猫，元初老师在学生面前是猫，回家在何师娘面前又是跪搭板的老鼠。永朝哥是泥瓦匠里面的头，市里的非物质文化遗产传承人，过年一堆徒弟提着酒来拜年，清明节后何水水求他去哈尔滨，要问身份证号亲自用手机给他买高铁的一等座，他靠一把瓦刀一张抹灰板，在孝感买了三套房子。"唉，看样子，学军学做生意，学群学教书，都不及永朝学泥瓦匠会赚钱，有体面。我与学军听了，难免都有一些羞惭。永朝不做声，身边的彭兰兰却听得直撇嘴："丽丽你是不晓得，他那几个钱，都是辛苦钱，你看他的手，被水泥咬得变了形，又硬又糙，铁板一块，打砂纸一样，晚上一摸老娘就心烦。他也就是在外面风光，回到家，第一怕他娘，二十四孝里，他不弱那董永孟宗黄香啥的，第二嘛，我的搭板未必就比何师娘短一截!"我这个表嫂,东北美人,烫波浪发,画细细眉,锥子脸,粉白,穿着白色貂皮大衣,笑得也爽快,就是瞪人的时候,眼珠可以立起来,好像里面藏着冰凌。我木兰姑妈,远近知名的女好汉,扈三娘,木三娘,能与她打成平手,一山不容二虎,一屋不容二兰,也可证吾镇泥瓦匠大宗师殷永朝屋里堂客彭师娘搭板与芒棰的厉害。

听得学军与丽丽哈哈大笑,霞霞低头莞尔,我与林墨一口茶都快喷出来,林墨悄声跟我说,你一个作家,写得好,还不如人家说得好,话语就是比文字要优越。我下意识地看着我自己的手,小时候,我与永朝表哥一起手拉手玩"闯麻城",并没有什么不同,现在,他的手铁板一块,我的手又软又绵,像一只白白胖胖的猪蹄在等椒盐与孜然。元初老师与永朝表哥见怪不怪,不为所动,低头喝茶。保生书记做完挑战答题,抬起头,一下子就发现了问题的关键,皱起眉头问:"肖长富呢?外面雪下得这么大,他是不是开车掉小澴河里了?"

等待开席的元英婶妈也发现了问题,她将树堂瞎子由右边帐篷牵过来:"这个肖长富,为富不仁,六亲不认,今日这顿酒他要是不来,我明日就去他的万卉庄园,他就是一亿个卉,我也要带着木兰、菊平、楚平给他拔成落汤鸡,一根毛都冇得。"

抖狠话说完,丽丽道:"肖老板来了!"大家往门帘看,并没有看到那个大腹便便、满脸堆笑的家伙掀帘子腆肚子

团圆酒

一身雪气闯进来。丽丽说:"我是说他在微信群里说话了。"果然,大家掏手机,"团圆酒"微信群里,长富叔叔的阿凡提漫画头像亮了,他发上来四十五秒的语音,打开是:"元英姐,瞎子哥,保生书记,元初老师,学群大侄子,林墨大侄媳妇,学军二侄子,霞霞二侄媳妇,各位兄弟姐妹,你们的大事,我来不了哈。中午人家来跟我谈开养猪场,喝酒喝麻了,倒头睡到现在,外面乌漆麻黑的,雪又大,我的司机小安下班回了孝感,电话又找不到他,算了。保生书记你想开发蔺家台子,搞七个小矮人与白雪公主、玫瑰公主之类的旅游,我表态一定支持。你要七仙女与七个小矮人玩,可得,要董永与白雪公主玫瑰公主玩,也可得,你也放心,我们搞夜市经济,一千条一万条,但有一条,就是绝对不能有小姐,搞黄色服务,这个我提人头向书记保证。学军和霞霞,学群跟林老师,你们要晓得元英姐的一片苦心,撸起袖子加油干,早生贵子,保生书记跟丽丽,还有木兰跟楚平,你们也别闲着,你们养的小孩,都可以在万卉庄园里办终身免费游泳的 VIP 黑卡,游泳衣五折,我这个爷爷跟大伯,说到做到,不说了,来,抢个红包玩玩!"接下来,微信对话框里,跳出来的是"喝团圆酒走幸福路"的红包。彭兰兰撇嘴道:"就我婆婆那口老破窑,还想烧出新坛子新罐子?还真以为你们蔺家台子是块宝地,整出的都是那啥人尖子?"可是已经没有人来听这东北娘们吐槽了,大伙埋头抢肖长富的红包,霞霞第一,有三十多块钱,隔壁匡红华第二,也有二十多块呀。

　　人家长富灶王爷财神爷投胎，有钱，嘴巴又粘饴糖，会说话，还发红包，不来去屎。马上开席？林墨还是早上七点在莫斯科机场喝了一点清咖啡，吃了一块又冷又硬的"列巴"，饿。元英婶妈却不同意："瞎子我们说好是开两桌，每桌十个人，十全十美，这才叫团圆酒。我们四个人主厨，加起来二十四个人，你说这也合节气阴阳数，现在长富不来，蹲在微信群里也不能算数，缺一个人，就像碗碰破了一个口子，得补。今日这席，不能开。"

　　保生说："要不我现在去镇上，将何师娘接来，她一个人在家看电视，闲着也是闲着。"元初老师说："她这两天胆结石有一点不舒服，愁眉苦脸，像个梅超风，下雪冷，算了。"学军也说："何师娘一来，元初老师想喝一滴酒，抽一口烟都难。"当年学军怕老师，也怕师娘。元英婶妈松弛下来的双眉又皱起来。

　　我想起晏鲲那小子，说不定他能由作业堆里拨冗出门，来我们的酒席上坐个把小时凑数，我将这小子描述给楚平叔叔听，楚平叔叔立马就帮我打退堂鼓："他回家做作业，他婆婆就守在旁边，他们三房得到的一个独苗，都指望这个伢读书考大学，挎盒子炮骑白马做将军，你去叫他，晏家塆一塆的狗子都会追着你咬。"原来这小子刚才出来打个野，瞄一眼《小花》里的小姐姐们，都是这么难。

　　树堂瞎子站在门口，手扶在门边学军之前运来的卡拉

OK 的黑色音箱上,脸上现出了神秘的微笑,看得旁边的元英婶妈更加焦虑,元英婶妈问他:"瞎子你一肚子主意像泥鳅打转,想到了办法冇哟?"瞎子收回手,双手捏在胸前,手指掐来掐去,手势看得林墨目不转睛。我们都安静下来,与树堂瞎子一起,听雪片春蚕啃吃桑叶一般,沙沙落在帐篷顶上,风吹着我们村的树林与藤蔓,呼呼有声,我们好像能够听到,那些坐飞机高铁经过我们镇天空与河川的旅客,那些由国道、省道、县道上打着大灯驱车经过我们镇乡野的行人,听到那些在村落与街巷里走动着的乡亲,他们中间,会有一个人,顶风冒雪,赴我们的酒席,来满足元英婶妈十全十美的心愿吗?

树堂瞎子停下变幻莫测的手势诀法,笃定地对元英婶妈讲:"你开你的席,我保证九点钟上甜肉的时候,我由蔺家台子外头请来一个人,这个人我也不认识,但很适合坐席,来吃我们的团圆酒!"

元英婶妈点头同意,扶着树堂瞎子回到右厢他们的"包房"安座,一边与菊平叔叔分别摆筷子安勺子布碗碟,抱出两坛麦酒,十斤一坛,右厢由黑皮叔、左厢由永朝表哥分别做酒司令分酒给大家。

八点钟,我们的酒宴在木兰姑妈嘟嘟的蒸煮、匡红华叔叔的唢呐《百鸟朝凤》、楚平叔叔黑驴的吭吭驴鸣与我们村的鸟群渐渐沉寂的鸣叫声里开始,元英婶妈由金神庙黄春元的作坊里打来的春元酒,像一条条蹿动的火线,钻进我们的喉咙，浇进我们的胃，将这个圆顶帐篷里清寒冷寂的雪夜，点燃到温暖如春。

9

第一道菜是红糖糍粑。元英婶妈用一张国漆木托盘盛上来，十余块长方形的糍粑被炸得松软蓬勃，四面金黄，鼓开口子，堆叠在玉白瓷盘上，等着我们一块接一块用筷子夹起，吱的一声摁进盛着红糖水的青花碗，然后含着这些甜，趁着腾腾的热气，来温烫我们的唇舌与喉咙。林墨已无暇拍照发朋友圈，举起筷子伸向桌子中央的糍粑山，却被霞霞扯住了袖子。那边永朝表哥举起筷子请大家一起吃，说这糍粑是用他家西边田里种的糯米蒸出来，他用臼窝捣好，切块晒干备下来的，几多年没有打糍粑，膀子都痛了好几天，糍粑看起来每块都差不多，像一块块小号预制板，其实每块在油锅里受力都不一样，大家尝尝看？在我这个写作课老师的眼中，家乡的糍粑像温情而绵密的土地，在我表哥这位泥瓦匠的眼里，糍粑原来是像水泥预制板唉。永朝席长提筷讲礼性，请一席二席的学军与我两个先动筷子，没想到他自己的筷子，却被彭兰兰砰的一声打压下来，原来，元英婶妈上好菜，并没有出门，而是将托盘放在音箱上，立在了帐篷门口。学军放下筷子，看了看保生，说："妈，你要喊彩对不对？"元英婶妈点点头，说："树堂瞎子要我喊。"学军忙下位去帐篷边，将音箱插上电，打开开关，将嗡嗡作响的麦克风递给元英婶妈。元英婶妈喊的是:"爆竹一响喜洋洋,东家请我闹新房。一请厨子受了忙,二请帮忙跑满堂,三请牵亲牵新娘,四请新姐出绣房,五请客们席上坐,六请新姐把酒酌,七请天长地久,八请地久天长,九请荣华富贵,十请金玉满堂。"

其实不是"喊",是一种吟唱,放开了嗓子,打开了肺腑。有一次我去苏州大学拜访朋友,席间有研究唐代文学的教授吟诵《将进酒》,用的就是这种声调。元英婶妈她们有时候,也用这种腔调哭嫁、哭丧,那是悲迓腔,现在一转,调子也没变,却是喜气洋洋。林墨也顾不得犯馋夹糍粑了,将桌边的手机掏出来给元英婶妈拍视频,一边跟我讲:"跟婶娘的声线比,龚琳娜不算什么。"这个评价可不低,林墨粉龚琳娜已经好几年了。保生也跟着拍,今晚上的"非物质文化遗产"够他装好几箩筐放到后备箱里去的。丽丽说:"不对不对,元英姨妈就是东家啊。"彭兰兰也跟着吐槽:"我婆婆放下锅铲来唱这个,也应该很不错,还有这里就帐篷是新的,新姐与新娘都是旧的。"听得旁边永朝表哥直朝她瞪眼睛。

右厢树堂他们一桌也安静下来,听元英婶妈的喊彩,一边齐齐回应"喜呀""喜呀"。小时候村里人结婚,我与学军两个人去参加闹新媳妇们的洞房,元英婶妈就会被主事的知客请来在团圆酒上喊彩,我们听得难为情,躲在床底下闻着新床的松柏味,不愿意出来。这一次,她老人家以东家的身份亲自上阵,我们俩也由床底下钻出来,与林墨、霞霞一道,来接受她的祝福。学军与我并肩危坐,林墨悄悄捏住了霞霞的手。元英婶妈继续唱:"一张桌噜,摆四方啊,柚木桌哟,摆四张。杂木的板凳噜,二面镶啊,一张桌噜,四个角啊,高头摆的,酒盅和羹勺,二面摆的是牙筷。新郎来把唷首席坐哪,新娘二坐,来对酌呀,一齐的客们噜,来把新娘陪呀,又是酒壶鸣,酌满席呀。第一碗噜,是糍粑啊,贵东人家噜,是喜事。"吟咏一毕,我们两张席的人都附和:"喜呀!"那边戴着狗钻洞帽子的黑皮还特别怪叫:"大喜呀!"引得男将女将们又一阵笑。元英婶妈喊完彩,放下话筒,赶紧去厨房准备下一道菜,留下我们吃菜喝酒。

多么好的酒,它值得去将省博物馆里那些曾侯乙大叔的精美酒器借来盛放,它是男人的恩物,是它在各处的宴席与烧烤摊上,将我们变成了男人。元初老师起身给我跟林墨敬酒,六钱的酒盅,他由唇齿间一滴一滴地吸下去,脸上泛起酡红,将我们自小畏惧的严肃都化解掉啦。保生丽丽给学军与霞霞敬酒,学军霞霞赶忙站起来承受这来自高个子七品芝麻官的祝福,保生一仰脖,就将酒液倒进了嗓子里,他的酒量可不小哇。永朝表哥的第一杯酒,敬给了身边的彭兰兰,啧啧细品,这两口子果然是"相敬如宾"的两个酒鬼,木兰姑妈抱怨彭兰兰专门买一套一楼的房子放白酒葡萄酒,还有看不出名堂的洋酒,"生活腐化",看样子没错。

林墨用整齐雪白的牙齿在我对面咬着糍粑,发出微微的叹息，她吃到好吃的食物，都会有这样轻叹，可怜的女人，吾乡的糍粑也并不见得好，不过是要比莫斯科又干又冷的大列巴强上几篾片。霞霞说："永朝表哥花了工夫，糍粑打得糯，就像舌头吃舌头。木兰姑妈炸得也好，摞起来，一个个像客蟆，好像筷子一戳，它们就会跳。"林墨忙着吃东西，还不忘瞪着一双大眼嘲讽地看我，我明白她的意思，唉，看看这个小裁缝弟媳，她的感受力比你作家大伯也要好几篾片。

那些"客蟆""舌头""预制板""家乡的土地"被我们一扫而空，元英婶妈端进来第二碗菜，热气腾腾地盛在青花细瓷的海碗里，放到桌子中央，她顺便将已经光盘的碟子收起，将托盘放到音箱上，拿起话筒唱："日出东方一点红，状元骑马我骑龙。状元骑的狮子马，我今骑的赵子龙。你骑狮子不为大，我骑黄龙管天下。第二碗噜，是底子啊，做人不掉底子哟，结亲是一辈子！""喜呀！"我们这些粉丝兴高采烈地直喉咙回应着送走元英婶妈。

这一轮的酒，是元初老师敬学军夫妇，保生丽丽敬我们两个，永朝表哥继续与兰兰表嫂"相敬如宾"。学军看到元初老师，怯怯的，仿佛还是当年那个在如来佛掌心尿尿的猴子。元初老师滋滋地喝酒，说："刚才这个女娃说糍粑像舌头吃舌头，造句造得好，这个酒也好，有四月麦林的青气，有五月镰刀的锋芒。"看样子，昔年的语文老师想将这个酒会搞成写作课啊。保生又是一口一杯，坐下来说："让林博士来尝尝我们肖港镇的炸豆腐看看？它值不值得去申遗？"

霞霞用公勺帮林墨由海碗里捞起底子、三角、豆腐圆子各一块，又加了两勺汤在林墨面前的小碗里。林墨拍完照，捋着头发，在我们的注视下吃豆腐。有时候，我特别喜欢看她吃东西的样子，专心致志里，有一点点贪婪，我常跟她开玩笑，她搞学术研究太浪费，去抖音直播吃饭就好了。我们快吃完的时候，林墨才开始点评："蒜叶好看又好吃，姜丝好吃又好闻，煮豆腐的汤是土鸡汤，没有掺过水，白胡椒粉下得刚刚好。炸三角用的是白豆腐切块，豆香纯正，底子与圆子是将白豆腐捏碎，加了盐、蛋清还有一点点瘦猪肉绒。木兰姑妈会调味，但这豆腐的质料，也太好了吧？""质料"这个词唉，亚里士多德老师，德里达老师。听得保生也眼睛晶晶亮："学群老师，我第一眼看到你们俩，觉得你是找到一个黄蓉，现在听林老师这么一说，她哪里是黄蓉，分明是一个女洪七公！"丽丽也帮腔："你小心她的降龙十八掌与打狗棒，打你一辈子，让你掉底子。"元初老师喝完第二杯酒，慢慢说："这不是肖港镇菜市场里买的炸豆腐，是涂河集官火狗豆腐摊上的炸豆腐。"

元英婶妈进来上第三个菜，听到元初老师的话，一脸笑："火狗听说我是办团圆酒煮底子，打架一样推来搡去，都没有收钱。元初老师你人老了，舌头没老，以前你在我们村教书，每一户人家做的酱豆跟臭豆腐，风鱼风鸡，每一块田里的红萝卜黑白菜，滋味你都分得出来，就像每家每户的小孩，你知道他们的品性、造化跟前程。你夸汉生爹的面酱做得好，汉荣婆的萝卜干腌得好，他们都会高兴大半年。我们活得粗糙，就您家一个精细人。"大伙都点头同意，只有兰兰小声嘀咕："精细人，粉笔细？还是哪里细？何师娘也不嫌弃？"哈哈哈哈，我们都没听见。元英婶妈唱的是："姐妹十人坐喜堂，百鸟朝凤陪新娘，鸾凤偕鸣百鸟唱，喜酒先敬新姐尝。第三碗噜，鲤鱼跳龙门哪！生的儿子坐龙庭。"唱完放下话筒，在桌子中央铺下筛子大小的一个盘子，鲤鱼是全翅全尾未去鳞甲的红鲤鱼，龙门，大概就是它身下卧着的厚厚一层碧绿色藤椒粒吧。元英婶妈说："与隔壁桌上一起一对红鲤鱼，是肖四海昨天送来的，他说由立秋电鱼，直到冬至，就今日个一大早在梅家桥下电到两条鲤鱼，三斤多，一前一后，活蹦乱跳，它们想来赶席呢。所以我与木兰就没有用黄姐娘屋八汊洼水库的鱼。木兰一边烧鱼，一边说，这鲤鱼像年画上蹦下来的。学群小时候长得俊，我与木兰抱着你，跟你妈说，要去捉一条鲤鱼来照相，这孩子可以上年画。"说到我妈，元英婶妈就掉眼泪，接过林墨递上的纸巾，匆忙往厨房去。

第三轮酒是永朝兰兰敬我与林墨，学军霞霞回敬保生丽丽，元初老师一个人悠哉游哉自己抿了一小口酒。我们请肖港镇的美食家元初老师来评评这道鱼。元初老师说："八汊洼水库的鱼好是好，绿色环保，但还是比不上我们河里的鱼。小澴河由东边的青山里流出来，在山麓的平原上绕了一个大弯,水有清有浊,有急有缓,有冷有热,长的鱼虾也有滋有味,小河虾的肉嫩,老团鱼的味厚,白鲦刺多肉细,黑鱼刺少肉紧,鳜鱼肥,黄颡瘦,鲫鱼有奶香气,都好吃,要我说,还是鲤鱼第一,肥腴有度,淡淡腥气,清甜可口,与春元酒是绝配!"我们都夸元初老师讲得好,有木兰姑妈这样的好手艺,也要有元初老师这样的好吃佬,才对得起我们镇的这些好"质料"。保生书记的表扬还带上了我:"名师出高徒!"那边树堂瞎子耳朵尖,听完元初老师的话,大声说:"人间有味是清欢,哪两味,河里的鲤鱼,河边的野驴!鲤鱼与野驴,它们都是龙肉!"帐篷外,水井边,风雪渐停,系在井栏上的野驴听到树堂瞎子的话,是不是一阵肉皮子紧?林墨用筷子挟鱼肉品尝,一边朝我做鬼脸:"你小时候,到底长得有多胖,才会让凤英妈妈、木兰姑妈、元英婶妈想到抱鲤鱼啊,学群、鲤鱼、野驴,大概都是龙肉系列的小能指。"

"众位客们请上坐,听我唱个赶酒歌。天上星星伴月亮,地下新姐配新郎。箱连柜,柜连箱,中间放个象牙床。象牙床上朝阳镜,朝阳镜里送子娘。送子又送女,富贵寿又长,送个五男加二女,七子团圆在中央,大儿朝中为宰相,二儿兵部做侍郎,三儿湖广做总督,四儿西平坐黄堂,五儿年纪他最小,皇上点他状元郎。大女是天官小姐,二女是皇帝娘娘,恭喜又贺喜,喜酒拿来尝。第四碗噜,是藕夹啊,藕夹生得空啊,生的儿子占朝中。第五碗噜,圆子坨啊,圆子生得团噜，生的儿子中状元。"这个赶酒歌对新姐与新郎，该是多么高的要求，生下七个儿女不讲，还要求他们各自去做到省部级的公务员与公务员的妻子，保生书记与丽丽这样子，都还不行。元英婶妈端上来两盘菜，用我们的方言，一腔一调，审词定气，唱得不紧不慢。那边黑皮不服气，嚷道："元英姐你按一个快进键，唱快些，或者挑短一点的团圆酒歌唱，我们举筷子等得手都酸了，藕夹跟圆子坨都凉了。"他们席上的道士金元不同意："让元英好好唱，她比我们都唱得好。她要是用这嗓子唱解冤结，世上哪有解不开的冤，解不开的结。"

　　元英婶妈听到黑皮与金元的话，也不理会，放下话筒，将盛藕夹与圆子坨的两只大青花瓷碗放到桌子上，这两只青花瓷碗我认得，少年长身体的时候，它做过我们的饭碗，碗底要么刻一个"群"字，要么刻一个"军"字。藕夹金黄色，堆叠如山，圆子坨载浮载沉在细碎的葱花溪中。元英婶妈一脸慈爱地站在林墨与霞霞身边，用瓷碗里的大羹勺给她们分圆子，霞霞得了三个，林墨得了两个，我们盯着看，哈哈大笑，林墨与霞霞的脸都红了。保生说："元英婶你给丽丽也来两个。"丽丽作势要打保生，身材矮，手也短，够不到保生的头啊。永朝表哥说："我们家兰兰也可以吃一个。"彭兰兰的眉毛眼睛都竖起来了："老娘给你生了两个儿子还不够？以后你一个儿子做泥瓦匠，一个儿子做木匠，你们家没有坐黄堂的命，修黄堂的命，有！"元英婶妈分完圆子，又嘱咐霞霞林墨多吃几块藕夹,才端盘子离开。

男人们继续喝酒,敬酒讲礼甫毕,大家自由发挥,元初老师是酒不胜蕉叶,三杯不过冈,就是胜了蕉叶,蕉叶覆了鹿,过了冈,家里还有一个名叫何翠娥的母老虎在坐地,只好越喝越慢,细品慢酌,我与学军得到元英婶妈的圣旨,只许酒沾唇,不许酒入肚,所以也只能高挂免战牌。好在保生与丽丽,永朝与兰兰都是生力军,不知道他们四个,稍后与隔壁帐篷里的男将女将 PK 到一起,可有还手之力。

我们考元初老师,让他品评一下圆子坨。元初老师说:"这圆子是猪肉剁的,剁得好,煮出来才不会散,一个个可以当乒乓球打。猪不像养猪场出的生猪,味淡,也不像正宗的土猪,味浓,我猜啊,应是周巷青山里养出来的跑跑猪,白天被赶到山上,黄昏时吹哨子,黑压压一片跑下山,躺在猪栏里睡,所以猪肉味才特别地道,青山那边的山上种松树与杉树,所以猪肉里还有一点点松香味。至于猪肉是猪身上的哪一块嘛,臀尖肉太瘦,五花肉太肥,坐臀肉太老,我猜是前腿夹心肉,肥瘦适中,筋道十足。剁肉的人,不是木兰,也不是元英,也不是楚平,我猜还是永朝,他有力,又能持久,又能打糍粑,又能剁圆子。"唉,这不是肖港的美食家朱元初,应是香港的美食家蔡澜老师才对,梅洛-庞蒂老师我们来讨论一下身体现象学吧,这世界之猪肉唉。

一边林墨乖乖吃完两枚圆子坨,低声问我:"你知道为什么要吃圆子?藕夹呢,它的所指又是什么?"我跟女博士讲："我们这里的藕,据说比其他地方的藕多一个心窟眼,所以吃藕会变聪明,你又吃圆子又吃藕夹,意思是要生一个又扎实又聪明的儿子。"听得林墨老师坐在我们的象征界沉默不语,小裁缝霞霞的脸又红了,学军用筷子夹起一块藕夹,笨手笨脚摆放到她碗里。

10

"好菜做来要好手,要把厨倌来表表,蓝布围裙白布腰,紧紧系来紧紧操啊。手里拿的凤凰刀,三寸宽来七寸长,杀得猪来宰得羊啊,宰了牛羊好煨汤啊。肥肉切墩子啊,瘦肉炒小炒啊,一炒十大碗啊,十碗满满装啊,中间一碗汤,五味调得妙,离不开花胡椒啊,出得味鲜人人爱呀,荸荠香干和葱蒜,金针木耳和竹笋,细瓷品碗龙凤纹,出在江西景德镇,四十八家烧瓷品呀,一烧小碗和大碗,又烧醋碟和酒杯,外带四块鲤鱼盘,山珍海味盛得满。第六碗噜,是羊肉萝卜哪,生的儿子唷,敬婆婆呀。第七碗噜,是线粉哪,线粉攘得滚,生的儿子占湖北省哪。第八碗噜,是鸡肉啊,鸡肉装得圆,生的儿子比人强!"元英婶妈一下子唱出三盘菜,菜却是由楚平叔叔、菊平叔叔、木兰姑妈他们三个人一起端出来的,因为是表扬厨倌们的团队,所以永朝表哥给席间的客们都斟满酒,敬给厨倌们由下午到现在的辛苦。

菊平叔叔仰脖喝完,放下酒盅替楚平赶紧去灶下看守火,灶上锅里滚水泱泱,乳白蒸气包裹吞吐甑笼,正滋滋地蒸甜肉,这可是马虎不得的大菜,一点闪失都不能有。木兰姑妈跷起兰花指喝完酒想走,被保生拦下来,一定要再敬她一杯,表扬她菜做得好,要她在镇政府旁边开一个老蔺家乡村饭馆,白天做菜晚上领舞,他保生书记保证不签单,不欠账,餐餐饭自己掏钱。木兰姑妈还未接腔,一边彭兰兰不愿意,对保生讲:"明年我要生个姑娘伢,九斤重,还指望我妈带呢,你让丽丽在手机上好好学做菜,再搞一个'环亚美学'餐厅,我天天抱我姑娘去吃!"我表嫂就是永不服周(输)的真理的化身唉!林墨眼睛放光地看着桌子中央的三道菜,羊肉苕粉鸡汤什么的,都是她的爱,她的"槽点"可能是在元英婶妈唱的"生的儿子占湖北省"这里,联系之前"闯麻城"的游戏,更可以证实我们这些学军学群们,无意识里都是想做土匪与流氓,身在城镇,心在山寨,父权制、男权观念深入血脉。

元初老师也起身跟木兰与楚平喝了一杯,将楚平激动得脸上好像绽放出朵朵红梅,忙不迭地由西装裤袋里掏深蓝壳子黄鹤楼烟敬老师。元初老师夸木兰会做菜:"我一个肖港人,想吃一点肖港的土菜,是越来越难,由武汉回来的人,又是麻又是辣,又是火锅又是烧烤;由广东回来的,天天海鲜烧腊挂在嘴边上;由江浙回来的,见到菜,放的白糖比盐还多。木兰做的菜,该用油就用油,该放盐就放盐,煎的煎,炕的炕,煮的煮,蒸的蒸,挑最好的料,用恰当的火候,萝卜是萝卜,茄子还是茄子,见初心,能还原,原汁原味,又滋味无限,好!保生你嘴巴馋,就带丽丽去木兰家里吃,莫让她开馆子,去搞那些江湖菜。"我写的江湖文章,哪里比得上木兰姑妈做的菜,元初老师果然是写得一手好评语。饶是见过大风大浪,与儿媳妇抖狠的木兰姑妈,也被元初老师猛夸得有一点忸怩:"您家少喝酒,多吃菜,以后没事了也来我家里坐,楚平人又过细,会网购,您想喝的酒,买的菜,他一个土行孙,钻天打洞,都能弄得来。"这弦外之音,话里有话,如何不让楚平心花怒放。"这土灶上一应的锅碗瓢盆,都是楚平网上买的,其他都还好买,就是锅盖难,我跟他讲,一定要梧桐木做的锅盖,又趁手,又不害菜的气味,他说他将人家天猫都翻了个底朝天,才找到不大不小刚刚好盖住我这个铁锅的桐木锅盖。"木兰表扬的话音未落,那边尖耳朵树堂瞎子听到了,就笑话楚平:"以后木兰拿扬叉打你,你个跛子又跑不赢,就用锅盖当盾牌,挡住母老虎。晚上要你跪搓板,跪键盘,你就求她让你换成锅盖跪。她晚上睡觉不老实,将被子卷走,你光溜溜蜷着,就荷叶当伞,用锅盖盖屁股。"永朝表哥不动声色地喝酒,彭兰兰表嫂脸上风起云涌。要不是木兰姑妈着急去看锅里的肉,我看这个瞎子啊,一定会被木兰扯着耳垂拖到帐篷外的雪地里,推将出去辕门问斩,一腔狗血映红梅!

元初老师说的好,木兰姑妈的盛宴,让羊肉是羊肉,萝卜是萝卜,线粉是线粉,鸡肉是鸡肉。羊肉切成一片片,勾了薄芡,滑溜细腻,与胡萝卜切成的细丝煮在一起,又放入

团圆酒

几点辣椒，顺着羹勺喝下去，浑身懒洋洋，这些嫩黄色的胡萝卜来自我们的土地，是过年之前，女人们在水井旁边撸起袖子，手臂通红，一点一点由泥块里清洗出来的。我们将苔粉叫作线粉，加一点瘦肉丝，最好是猪的眉条肉，加一点青蒜叶，加一点黄姜丝，将泡开的暗褐色苔粉放进滚水锅里，起锅时，再淋一小勺酱油，那是我们大年初一出门拜年时，姆妈做给我们吃的恩物，将热乎乎的苔粉绵长不绝地吸进嘴里，就想起小澴河堤上的风雪拜年路。鸡汤，唉，一定是木兰姑妈用瓦罐在灶膛的红火里煨出来的，唯一的调料，就是盐与几粒花椒，刚才霞霞说，吃糍粑是舌头吃舌头，喝到这样的鸡汤，大概舌头会融化掉吧。姆妈生前也曾这样炖鸡汤给我吃，由爸爸在枫杨树下念咒杀鸡，由我洗锅烧开水，将控干余血的母鸡放到木盆里挦毛，去除内脏，鸡肉的气味浓烈扑鼻，我一边为熟悉的母鸡的死沮丧不已，又被它的鲜香弄得垂涎欲滴。姆妈、爸爸，我并没有忘记你们，你们埋在家乡的土地里，也埋在学群的身体里，你们两个，并没有将我一个人，孤零零地抛弃在世界上，我并不是孤儿，我不会再埋怨你们。回到原初的还原，回到事物的本身，让身体诸感官体验这些日常的事物，让身体自身感动，让它们如其所是地呈现，林墨一边吃鸡，大概会想到这些话，胡塞尔们，海德格尔们，马里翁们，越还原，越给出。目遇之而成色，耳得之而成声，舌遇之而成味，家乡是生成的，并非是先验的。吾乡的无尽藏，木兰姑妈深谙此道，我们只是她的解释者，元初老师，林墨，我。

最好的解释，还是金神庙黄春元酿出来的酒！头道曲像喝进一嘴的刀子，像握住一束闪电，像野火刮过堤坡，二道曲二月春风似剪刀，不温不火，一点一滴地经过唇舌、喉咙、胃管，蔓延到我们的身体，将它的细胞，它的神经，它的器官，由寒夜里激发出来，显现出来，好像春雨万线，不疾不徐，滋润着田园，将被寒冬禁制的生物唤醒。它给那些美妙的食物带来魔力与灵感，给我们的身体带来活力与精神。林墨睡前爱喝一点朗姆酒或者威士忌，冰块哗啦响，三两口之后，胸背脖子就会变成粉红色，腿上会出现粟粒一般的鸡皮疙瘩，这样热力的身体，迟滞在异国他乡已经有一年了。小澴河边生长的麦子，混合家乡风土中的酒曲，以地下的温泉，酿出的春元酒，它描绘着我们，重塑着我们，与之相比较，朗姆酒与威士忌不过是徒有其名罢了。林墨抿了一二酒盅的样子，拉着霞霞与她一起碰杯，两个人津津有味地讨论着啥？霞霞在京广线铁路桥边"一条龙"老街上的缝纫店！林墨说，这就是一个装置作品，肖港镇的织女在她的缝纫机上，为一个个死去的老人缝着白孝布，她要在省艺术馆策划这个关于死亡与编织的展览，用VR技术为街边电线杆添加成群结队的乌鸦，每一只乌鸦的面目都不同，搭一个黑漆漆的鹊桥。霞霞脸红红的，挽着头发，好像是由宋画上走下来的姑娘，她被林墨发现了她工作的意义，好像也并不意外，倒是学军在一边听得入了神，既然林墨将霞霞封神成

团圆酒

为织女,那学军就是肖港镇的牛郎啊,牛郎织女隔着银河,不能睡到一起,这个是宿命,但元英婶妈与树堂瞎子一起,不是要给西王母划杠,为我们改命吗?保生书记能喝,永朝表哥也很不错,两个人将遇良材,酒逢知己,脸都还没有喝红,看来黄师傅的头道曲、二道曲,多半都要攮进他们的胃里。会喝多吗?有丽丽与兰兰这样的狠女人在他们身边保驾护航,不存在的!倒是元初老师,酒入愁肠,想到师娘颁的禁酒令,好像有一点怅然若失、坐立不安,我们谁敢劝他再喝一点酒啊,连永朝这个酒司令,都不给他添酒了,不过不要紧,很快元英婶娘就要将甜肉端上来,我们团圆酒的第一硬菜,当然要敬请元初老师保持敏锐的舌头,好好点评。保生书记,你真的要评非物质文化遗产的话,就评评我们镇的两根舌头吧,一是瞎子树堂的舌头,他能说会道,舌头沾着蜜,在周易的六十四卦里打滚,哄骗与安慰了多少人!再就是元初老师的舌头,怕是已经修炼成医院里的CT扫描仪,能分辨萝卜白菜是哪个村哪块畈出产,攮入口中的猪牛羊肉是它们身体的哪一个位置,豆豉咸菜出自哪一个婆婆的手的舌头唉。

　　雪已经停了,帐篷顶上没有簌簌积玉的声音,外面林间的鸟儿也不再鸣叫,晚上九十点钟的样子,空旷雪夜里,星月穹庐下,大概只有我们这两大一小三顶帐篷亮着灯,灯下人声鼎沸,食物热气腾腾。右边帐篷里的叔伯大妈阿姨们,在树堂瞎子的带领下,来给我们敬酒了!我们分别喝掉杯中余酒不提,黑皮跳出来与保生单挑,用我们刚才喝茶的玻璃杯子,咕嘟咕嘟一口抽,二两半的酒啊!瞎子树堂也想这样"壶搞",但永朝不同意,只愿意用六钱的酒盅,与他再喝一个满心满意。三个女人,石阿姨,张阿姨,黄阿姨,各自围着丝巾,蓬着精心烫制的菊花头,金戒指,金项链,风华绝代,富贵逼人,捏着酒盅跟林墨、霞霞、丽丽、兰兰喝酒,女将们跟女将玩,打头的石阿姨说,林墨、霞霞她们有重要任务,可以以茶代酒,丽丽、兰兰要喝真的。这个可难不倒丽丽、兰兰,她们与三位老大姐干杯,特意将酒杯倒着亮出底来。石张黄阿姨又要我跟林墨、学军与霞霞喝交杯酒给她们看,这也难不倒我们弟兄伙里,她们妯娌伙里,我们各自以茶代酒,在阿姨们的手机拍照之下,大交杯,小交杯,大大方方喝了交杯酒。拍完照,石张黄阿姨又提议我们唱卡拉OK,学军那么好的音箱与话筒,又是免费的,不用花钱,大家一起来唱嘛,保生也非常赞成。

　　学军检查音箱,又加了一个话筒,说没有将那个六十五寸的大液晶电视带来,好可惜,没有伴奏的音乐。黄阿姨说没事,清唱才显真本事。张阿姨说,万一不行,就让匡家的叔叔们吹唢呐打锣伴奏。瞎子说,不仅要伴奏,你们三个还要伴舞。石姐说你个瞎子,我们伴舞可以,反正你也看不到,只要你不伴着瞎摸就行。那天晚上,我们都趁着酒兴,唱了歌。我与林墨合唱的是《爱拼才会赢》,学军与霞霞合唱的是《铁血丹心》,保生跟丽丽合唱的是《晚秋》,两个人嗓子果然是一等一的好。轮到永朝跟彭兰兰,大伙都要他们整个二人转,永朝推了半天,想起电视剧《我的团长我的团》里面迷龙唱的那个《情人迷》:"一更里呀,跃过花墙啊,叫声郎君你莫要发慌啊……"彭兰兰推不脱,也只好扭扭捏捏配合他唱了。黑皮去灶屋,将元英婶妈与菊平叔叔抓来,唱了一个《树上的鸟儿成双对》,又将木兰姑妈与楚平叔叔抓来,逼他们也唱《树上的鸟儿成双对》,木兰姑妈不干,只好由着她唱了一个《女驸马》里的"为救李郎离家园,谁料皇榜中状元",楚平叔叔有一点失望地唱了《上海滩》,呼应他今天的周润发发型。轮到树堂瞎子他们屋,黑皮说时间不够,要不让道士金元小元唱个二十四孝《道情》算了?金元小元不同意,说一会儿要去外面唱《解冤结》,得留着嗓子再润润,黑皮一想也是,就让瞎子唱,瞎子推不脱,说我来唱《妹妹你大胆地往前走》,但要匡家三个兄弟伴奏,石黄张三个阿姨伴舞,没想到兄弟仨阿姨仨毫不犹豫地答应了。所以是树堂瞎子的红铜般的嗓子,匡红华叔叔的凄迷的喇叭,匡金华叔叔洪荒的锣,匡庆华叔叔闲闲的钹,黄阿姨张阿姨石阿姨凤凰传奇的彩虹舞,将我们的歌会推向了高潮。等瞎子唱完,大家发现元初老师没唱啊,元初老师,要不您唱一个央视一台"经典咏流传"刚火起来的《声律启蒙》:"两鬓霜,一客行,新绿衬酒红。"元初老师会唱,但是他拒绝了,那天晚上,他带我们回到他的语文课,又摇头晃脑地向我们背诵了一遍苏轼的《赤壁赋》。"客亦知夫水与月乎?

逝者如斯，而未尝往也；盈虚者如彼，而卒莫消长也。盖将自其变者而观之，则天地曾不能以一瞬；自其不变者而观之，则物与我皆无尽也，而又何羡乎！"元初夫子在这里摇头晃脑，那边树堂瞎子却等不及了，拉起金元就往门口走："这一唱就停不下来，差点误了大事，我答应元英将这一桌弄成十个人的，我们俩得请客去！"我们散了歌会，回到各自的座位等新菜，只是瞎子你请客就请客，拉走满脸黑胡子的金元道士干什么？

11

"彩烛辉煌照洞房，笙箫叠奏催新妆。明星放灿值今夕，月正团圆分外光。一撒荣华并富贵，二撒金玉和满堂。三撒三元及第早，四撒龙凤配呈祥。五撒五子拜宰相，六撒鹿鹤同春长。七撒夫妻白首老，八撒八马转回乡。九撒九九多长寿，十撒十全大吉祥。第九碗噜，是红肉哇，红肉本是有，恭喜状元出贵府哇。第十碗噜，是黄花菜呀，黄花本是啊，团喜菜，恭喜新姐，恭喜新郎，金玉满堂啊！"元英婶妈拿起话筒，她将《花烛礼歌》、《撒帐喊彩》与《团圆酒喊彩》合到一起，也没有露出什么大的破绽，只是我们这些新姐与新郎已经在外面的世界磨得又旧又破，不知道能不能给她老人家生一窝"小状元"。木兰姑妈捧着装黄花菜的青瓷碗，楚平叔叔托着蒸红肉陶甑的托盘，这是最后两道菜，他们主厨的团队已经大功告成。楚平叔叔将陶甑安放在桌子中央，木

团圆酒

兰姑妈也布下盛黄花菜的菜碗，我与学军两个站起身，准备掀开甑，请大家品尝滋滋作响、肉香四溢的蒸红肉，却被木兰姑妈伸手拦了下来："乖乖的儿子媳妇们，你们四个莫忙着吃，先到井边拜拜，我们等你们回来再揭盖子。"

帐篷外的风雪果然停了，天空暗蓝，一轮明月高高地挂在闪闪群星中间，洒下清辉，将围绕我们四周的树木与藤蔓映射成琼林龙宫，令中间的空地一片银白。空地中央的三顶群青色帐篷裹在白雪里，盛着暖黄闪耀的 LED 灯光，让人想到林墨爱听的许巍的歌《蓝莲花》。雪积有半尺多深，林墨与霞霞的小靴子，我与学军的黑皮鞋，踏上去吱吱作响。瞎子树堂，道士金元与小元，已经在七棵枫杨树下的水井边等着我们两对夫妇，在他们身后，黑驴领着一头黑猪，站立在雪地之中，它们头顶上的枫杨树雪枝，上上下下，星罗棋布，沉默无语，落满了成千上万只乌鸦，对，是林墨喜欢的乌鸦，而不是我们本地的黑白喜鹊，或者是前文出现的，由北方往南方飞的长脖子野雁。它们像随手渲染在生宣上的黑点，它们是要在枫杨树杪间，为我们搭一座鹊……鸦桥？

"等我回到武汉，就给你买一套道士的衣服，春天你去东湖绿道走路时穿着，这个五行十方鞋，也潮得很。"林墨低声在我耳边说。她盯上了金元与小元黑棉布的道士服。前面霞霞回过头，微笑着对林墨说："不用买，这是我做的，我给哥哥做，嫂子你也来一件女式的，头上也像他们那样插一根筷子。"学军与霞霞跪在前面，我与林墨跪在他们身后，

团圆酒

膝盖下垫着元英婶妈为我们备好的麻袋。树堂瞎子在我们身边弯着腰烧纸，火光跳跃在他双眉紧锁的脸孔上，显得又古怪又玄奥，好像他的脸是一张面具，有另外一张真实的脸，藏在面具之下。除了黄裱纸，还有一大捆草萋子，这是楚平叔叔前几天用稻草打出来的。从前我爸爸也会，冬天的时候，他常坐在草垛旁、冬阳下的蛤蟆凳上，抽着没有过滤嘴的游泳牌香烟，用一根比擀面杖要短一些的枣木棍搅草编萋子，蜷曲起来，像一张麻花饼，拉开又像一条草蛇，可备来年捆麦子、稻束，捆柴禾把子。一个多月前，我们将满畈稻束由田野里收割回来，稻谷入仓，稻草码堆，新鲜的稻草还有一点青绿的颜色，有稻禾的香味，也有韧劲，可以喂牛，可以扎把子烧灶，也可以用来打萋子。这门村里男人必备的手艺，爸爸是向爷爷学的，我与学军都已经不会了，我们之后的"小状元"们可能会闻所未闻，现在那根枣木棍就放在我书房里。树堂瞎子将一个一个光滑结实的草萋子扔进火堆里，让火焰准确地将这些"结"吞没掉。"这些象征的符码，这些能指，它们的所指是什么……"林墨在我耳边唠叨。

在火堆与水井之间的空地上，金元与小元正在作法。两个人像霞霞说的那样，各自用竹筷绾着油乎乎的头发，右手持着桃木剑，穿着林墨狂赞的黑道袍，身势高低错落，步伐有进有退，盘旋如鹤，"翅如车轮""羽衣蹁跹"，在雪地上踢踏作法，溅起雪片落进我们的脖颈。两个人都很瘦，这对小元来讲不难，二十出头，腰身挺拔；对金元却不容易，坐上乡间种种筵席，管住嘴，需要特别的自律。他们的身体与嗓子，是帮助我们沟通天宫、人间与黄泉的中介，当然是重要的。我跟林墨讲，这个叫禹步，踏斗，也叫步天歌，又有一点像五禽戏，林墨却觉得他们俩是看《天龙八部》，由段誉那里学来的"凌波微步"。无论如何，这对凌波的"水井"，天上的星辰，雪林中的黑驴黑猪乌鸦等诸动物的摹仿，也像是对它们的灵力发出的召唤，在这样的召唤里，有一种认真的赤诚，我们在跳闪的火光里，将目光交给他们的身体牵引舞动。之后，这一叔一侄两位火居的道人，唱起了"解冤结"的歌，金元的嗓子浊，像夏天澴河涨水，雄浑沉厚；小元的嗓子清，像小澴河的春水清亮透澈，一浊一清，经过大别山中的山石，云梦泽的土岸，岸边的白杨、枫杨、杉树、乌桕、黄荆、苦楝林、益母草、水荇、艾蒿、商陆、苍耳、红蓼丛，经过河底的巨石、马卵骨、沙砾，经过河边的油菜地，小麦地，萝卜地，白菜地，水稻田，高粱地，经过种种禽兽虫鸟，由种种鱼的鳞甲与黏液上流过，交会在中心闸附近的滩涂上，三月菜花灿烂如金，六月红莲挺立如箭，九月白杨叶落如雨，十二月飞雪绵延如盖，他们的歌护生送死，唱的是："来到荒坟用目睃，新坟没有旧坟多。新坟上面长青草，旧坟上面青草棵。上面埋的汉高祖，下面埋的相萧何。九里山前埋韩信，黄龙岗前埋诸葛。四人都有才能志，谁人能逃五阎罗。魂兮归来，魂兮归来！将为魂兮归天界，天上浮云扫不开。将为魂兮归地界，地下幽灵谁与偕。将为魂兮归山界，山上怪石多斜歪。将为魂兮归海界，海水茫茫无涯涘。魂兮归来，魂兮归来！满堂儿女哭哀哀。"

也许是木剑的魔力？步天歌的魔力？金元小元好嗓子里唱出来的古歌的魔力？或者是瞎子树堂烧"冤结"与黄裱纸时的烟雾呛到了我们的眼鼻，我与学军热泪盈眶，霞霞低声抽泣，连随喜来做人类学调查的林墨同学也入了戏，掏出纸巾擦鼻涕，对我说："宇宙无边无际，找到自己针尖一样大小的地方，生活下去，埋在这里，才能生产意义。"道人们唱完歌，瞎子树堂命我与学军将井沿边的一瓮春元酒倒在火红的灰烬堆边。学军嘴巴里念念有词，酒液咕嘟咕嘟灌入雪地，也不知道，我们村先人们的魂魄，能不能由雪下汲取到余沥。霞霞与林墨两个人去帮树堂烧纸，将最后一串草蔓子扔进熊熊的火光里，火苗呼呼扯动飘摇，融化着下面的雪水。"保佑我水泡一样流产掉的几个孩子，让他们由广州东莞重新回来，妈妈不会再让你们受罪。"火光里，霞霞低声说。

奠完酒，冤结已解，回去吃肉。我们还没进帐篷，黑皮叔就抱着一箱烟花，由里面走出来，他喝了不少酒，嘴里有浓浓酒气，一张黑脸变得黑红，像涂了一层果酱。"离那头黑驴与黑猪远一点，别吓着它们。"林墨扯黑皮叔袖子说。黑皮叔点着头，稳稳走过雪地，将烟花箱放到枫杨树对面，二十余米开外的野蔷薇藤下，掏出打火机，点着火苗，嗦两口烟，再用火红的烟头点着引信。随后一朵朵烟花冲上星空,在声声爆响后呈现它们的璀璨,用诗人们的话,是火树银花不夜天,林墨的比喻是,好像我们在长江边看到的菊展,霞霞说,要是这些烟花不落下来,它们就会成为新的星宿,学军说,他想到了三月池塘里的蝌蚪阵,只是这些是电光的蝌蚪,嗯,好兄弟,想到蝌蚪,离你元英妈妈要求的"小状元"计划,也就不远了。升上半空的烟花爆破,震荡乡野,照亮雪地,它们巨大的声响,好像并没有影响到水井边的黑驴与黑猪,它们互相凝视不舍,枫杨树上的乌鸦们见多识广,也没有谁,一个趔趄,吓成一撮,由树枝间掉下来,栽到雪地,弄上一乌鸦嘴的雪。

添酒回灯重开宴!我们回到原位坐下来,由帐篷内的温热化解掉一身的清寒,菊平叔叔端着酒杯来讲礼:"客们的,没有将大家招待好,菜不好吃,酒多喝一些啊!元初老师,保生书记,你们多担待!"我们站起来,一起回敬菊平叔叔,之后他去树堂他们的帐篷里继续"讲礼"。我们放下酒杯,由元初老师打头,将筷子伸向已掀开盖子的蒸肉甑,腾腾乳白蒸气散去,由红糖炒红,过油,上屉蒸出来的五花肉层层叠叠地铺陈着,一刀一刀,每一块都有二两重,拌好酒曲、炒糯米粉与豆腐乳的佐料,肉香喷溢。小时候,我们知道有天宫,有玉皇大帝,他的老婆叫王母娘娘,他们可能每天都会吃这样的五花肉配享他们的蟠桃吧,而在我们穷困的乡村,一年到头,也只能在宴席上吃到一两回,每一回的感觉,都是猪八戒吃人参果子一般。

团圆酒

现在是可以慢慢品尝的时候，唇齿与舌头趁着一点烫，慢慢地啃咬与卷入，由胶质密合的肉皮，切入肥腴饱满的肥肉区，再到一层薄韧的瘦肉，再到复调的肥肉区，再到一层厚厚的瘦肉区，三层五区，咸香甜美，肥瘦不一，口感不一，微妙地协调整合，回应着我们密布在舌头上的味蕾，大概就是《射雕英雄传》里黄蓉说予洪七公的"今夜谁家吹玉笛"的感受吧。不，玉笛还有南方的婉转与纤微，有文人的风雅与做作，我们一刀一刀二两左右的肉块，不是春风拂面，也不是黯然消魂，而是洪钟大吕，狂飙突进，是高山绝岭，是漩涡深渊，塞进我们嘴里，将我们通过感官，完全卷入，大块吃肉，大块朵颐，层层爆破，不可自拔。"我老家将五花肉叫做三层肉，由猪的后臀尖上取下来，我们是做红烧肉，就是东坡肉那样红烧。我觉得五花肉的存在，就是奇观，就是饱和，就是涌现，就是给出。"唉，林墨博士吃一块肉，都可以写一篇《论五花肉或三层肉的现象》的论文啊，可是，为什么她一边谈论文的结构，一边眼眶里含着盈盈泪珠呢？帐篷里可没有谁烧纸烧草绳，辣到她曼妙的眼睛啊。

元初老师已经不胜酒力，他的舌头，还能帮我们鉴别吾乡的第一名菜吗？保生书记与永朝表哥都将探询的眼光投向他。我惊讶地发现，在永朝表哥与兰兰表嫂一侧的条凳上，已经新加入一位来客，五十余岁的男人，戴着灰黑旧毡帽，帽檐上尚有斑斑积雪，穿镇中学生的冬季旧校服，默不作声敬陪末座，微驼着背，低头吃夹入碗中的肉块。大概是刚才元初老师摇头晃脑念诗文的时候，树堂瞎子与道士金元两个，走出帐篷，钻过树洞，到晏家塆后的大路上遇到的过路人。寒夜中，匆匆赶路，来我们席间吃一点热饭热菜，喝一口热茶，再继续前行，风雪夜归人，第十道菜上的第十个人，不错的。

元初老师一脸酡红，眯缝着眼睛，将肉块裹在嘴里，细细嚼，慢慢咽，好像一只将乌鸦的美肉骗到手，挺立在枫杨树下仔细品味的狐狸。等到肉块化作肉糜，由他的喉咙里，余晖一般沉落下去，他才睁开眼，盯着我说："木兰真的将张桂英家的瓦甑借来了。这个甑是五几年，在金神庙的窑里，用我们河边的红土烧出来的，后来窑填掉了，一起烧出来的几十个都摔了，只有张桂英家里还留着，自己家里割谷栽秧、过年过节时拿出来用用，谁都不肯借。后来的甑用竹子、杂木、洋铁或者塑料做，或者用电锅电饭煲替代，也不是不能吃，就是少这一味自然而然，没有其他杂味的瓦甑泥巴味。木兰做蒸肉的手艺一等一的没话说，加上这青山跑跑猪的松柏味，这张桂英家的瓦甑味，楚平网购锅盖的桐木味，这天地间一段顶级的肉香，我怕是以后再也尝不到，要多吃几块，免得以后抓着棺材板失悔。"唉，吃蒸肉的滋味没有让我们的老师黯然消魂，说蒸肉的滋味倒是让他与我们黯然消魂了。学军拍胸脯："老师您别担心，等我们孩子过周岁，也请您来坐席，同样的肉，同样的甑，同样的锅盖，同样的木兰姑妈的手艺。"保生书记说："你们还要请一桌同样的客人嘛。"唉，书记大人没有想到将这个瓦甑上交市里的博物馆，为蒸肉申请非遗，已经是谢天谢地。丽丽说："你们男的，就知道吃肉吃肉，还一定要吃五花肉，减肥！多整几筷子黄花菜！"元初老师表示赞同："这黄花菜啊，也好吃，黄花菜是忘忧草，萱草，我们将母亲叫萱堂大人，坐席吃黄花菜，是要让你们莫忘记自己的娘亲啊。"听得我心里好难过。那边彭兰兰也眼泪巴沙地夹黄花菜吃，想的可不是她能干的公婆，想的是远在东北的亲娘唉。那边戴旧毡帽的陌生人吃完蒸肉，抬头对元初老师讲："张桂英也不是那么小气，她做姑娘伢的时候，有一年冬天我们修澴河堤，我跟她新婚的男将在一个组，挖土挑担轮流来，有一天中午，落小雪，她就将这个甑，裹在棉袄里，顶北风，抱着走了五六里路，来送肉给我们吃，那肉味真是香飘十里，像北风哗哗扯着红旗一样，扯着我们的口水，我们每人分了一块，桂英的男将只吃了三块，我一生吃的肉，那一回最美！"他的脸庞形模似曾相识，他是哪位我初中同学的父亲吗？我尽可能地回忆着我还记得的初中同学的张张脸孔，他们长大后将要变成的样子，我想不起来。元初老师点着头："我也有印象，那一年修堤我也在，特别冷，红旗都冻住了，堤下池塘上结的凌冰，都站得起人。那年标兵评的就是学群的姆妈凤英。那时候镇上的书记叫刘春山，跟保生书记一样，长得人长树大，亲自骑自行车来给凤英发奖状、扎大红花，拉着她的手不放，说她能战风雪，斗严寒，愚公移山，是红灯照,肖港公社的铁梅。"那边丽丽听到元初老师的话,侧头对保生说:"老师说的春山书记,就是你父亲对不对,你说过,你是跟着你妈妈姓的袁。"保生嘴里含着肉,点着头。元初老师问:"春山书记还好吗?"丽丽替保生说:"老头子前年走的,退休没几年,回老家山里种地种菜,特别爱一个人骑自行车去滑石冲水库边钓鱼,有一天心梗发作,坐在自行车旁边走了,笆篓扯起来,里面十几条鲫鱼还活蹦乱跳的。"

难以忘怀的团圆酒,我坐上筵席的时候,就已经意识到。如果没有元英婶妈的命令,我与林墨,学军与霞霞,也会喝醉。天下没有不散的宴席,我感到元初老师、保生书记、永朝表哥他们都有一点依依不舍,手里握着酒盅,他们的酒量还没有完全显现出来啊。那位陌生的客人,还在鼓起腮帮子大嚼最后几块蒸肉,刚才我们问他要不要喝点酒,他默默地摇了摇头,他来坐席,很少说话,可能是因为不好意思吧。丽丽提议继续唱歌,唱一个通宵,由"让我们荡起双桨,迎面吹来凉爽的风",唱到"成都,让我掉下眼泪的,不止是昨夜的酒",麦霸们唱个够,其他的人一边烤火,一边听,昏昏沉沉打瞌睡,直到红葡萄酒一样的晨光洒落,鸡鸣四野,鸟噪在林,我们揉开眼屎巴沙的眼睛,迎着朝阳走出帐篷,也没有关系,她还表示,愿意将她与保生恋爱的故事讲给我们听,绝对可以拍一个电视剧,不比《庆余年》差。兰兰表嫂也不甘示弱,说当年永朝表哥为了追她,在夜

团圆酒

市上用摩托车的车锁打倒了五六个东北大哥。元初老师也表示，哪怕是回家晚一点，师母要他跪搭板，也没有关系，为了他最喜欢的学生们，划得来的。保生书记说，一会儿唱完歌，我们再去考察那片野蔷薇藤看看，按之前的方案，让丽丽在那里的雪地上躺下来，去借隔壁大妈们的纱巾，扮一扮奥菲莉亚，不，玫瑰公主，试试看，效果一定不错，他犹豫了一下，说，但我席间有了一些新的思路，也许在这里扮演牛郎来趁织女洗澡时偷她的衣服，或者长生不老的七仙女看上了"小鲜肉"董永，跑去老槐树下央求土地公公说媒，这些非遗故事更有意思。唉，这些美妙的策划，在我吃了蒸肉，喝下最后一杯春元酒后，好像又变了，我觉得，将这里荒着，也没有什么不好。我们以前穷，搞革命，搞完革命还是穷，穷得卵打板凳响。玫瑰公主、织女、七仙女受不住穷，都往外面跑，现在，她们不是都回来了吗？我们不差钱了，不再被钱逼着活。霞霞说，再过几年，我要跟学军回来开荒种地，这些地荒了这么多年，再种水稻、棉花、小麦，种菜，一定会长得好。学军也点头同意，老一辈走光了，还有我们在，农村就在，我现在学种田，也学得出来，总比在城里学做生意容易，我们的孩子要是愿意，他们也可以继续种田。林墨担心霞霞学军死心眼，说荒着没关系的，我们这个世界已经被符号化了，就是应该有荒，有空，有欲望的不满足，不存在，就像你们方言里的"冇"这个字。你们不要管，不要让家乡过度审美化或者功能化，让这个地方长树，长藤蔓，长草，长虫子，长鸟，长水蛇，长野猪，长狐狸，长鬼，你们要有一个神荒的地方，就像学群，要去写神荒的小说，又野又仙。咳咳，林墨老师你扯远了，我们有听明白。陌生人呢，您吃掉最后一块蒸肉，最后几根黄花菜，擦擦嘴，放下碗筷，急急忙忙去赶路吧，深蓝色带白条纹的旧校服，戴着旧毡帽，微微塌着右边的肩膀，您会拉二胡对不对？雪夜中的桥，它一定有一个温暖的名字，您小心翼翼地过桥，小心桥面的深辙，桥栏杆上的凌冰，星光绽放在天上，某一处村落的门廊，雪厚厚地盖着青松，盖着栀子树，盖着桂花树，盖着压水井的铸铁阀与手柄，将手柄勾勒成一条小龙，门后的灯，灯下的狗，在等着您。

12

请神容易送神难啊，我听到隔壁的大爷大妈们，也有雪夜留守在我们荒村的意思。匡家三兄弟，红华金华庆华，大战三百回合，他们的酒量还没有分出个高低，怎么办？黑皮又提议打麻将，附近的人，谁打麻将能赢到他黑皮的钱？然而今天晚上他喝多了酒，说不定竞技状态会受到影响，树堂瞎子的麻将，靠着用手指头摸花色，也打得很不错啊，他又那么会掐算！对，树堂瞎子说，今天我高兴，我给你们二十四个人，包括我自己，每一个人算一个命，我算一个命，是五十块钱啊，比武汉的一碗牛肉面都贵，我陡岗镇的师父明堂定下来的价，今天我会一五一十地算，再不搞粉饰太平。金元唉,你平时将自己搞成一个假正经的道爷,三绺长须,目不斜视,又可以扮吕洞宾,又可以扮关公,你给我们讲讲房中术呗,你们道经上都写过的,采阴补阳,或者采阳补阴,我们就是听听,你过过嘴瘾,我们过过耳朵瘾。小元唉,你长得这么水灵,石张黄三位大姐,一个晚上,都在一边喝酒,一边吃菜,一边盯着你,恨不得喝口水,将你吞到肚子里去,让你学那孙悟空,在铁扇公主的肚子里喊,嫂嫂,把嘴张开,俺老孙要出来了,可是,孙悟空那雷公嘴的形模跟小元怎么比,小元是可以扮唐僧的啊,女儿国,唉,这三位女王的年纪的确又有一点大了。人不邪,世上绝。说归说,笑归笑,还是打麻将唉。木兰你们快来与我们一起收拾碗筷,学军你带了麻将的,我们搞起来,让霞霞也学学,天天踩缝纫机,那么好看的腰,会踩驼的。林墨老师?也来学学呗,血战到底会不会?嵌五星会不会?汉口的红中赖子杠,杠上开红花,我们都会,只要你愿意输钱,我们教,城里人有的是钱,我们有的是耐心。

元英婶妈、菊平叔叔、木兰姑妈、楚平叔叔解下围裙,在厨屋里匆匆吃了几筷子剩菜,扒了几口饭,出来端茶送客了。元英婶妈说:"来的都是稀客,元初老师、保生书记,平日八抬大轿都请不来,但今天情况特殊,大家没喝好的,再多喝两杯,没吃饱的,我让木兰抹上围裙,再去炒几个菜,你们先吃着。我还要去清理他们四个人的卧单、包单与棉被,那卧单都是缎子的,描龙画凤,不晓得几好看,是

团圆酒

我跟凤英年轻时去金神庙、朋兴店赶集时攒下来的，包单是我们两个自己纺的布，现在就是上孝感上武汉上淘宝也买不到。好几条都是凤英留下来，把得我，那时候，我还跟她抢，说学军小两岁，是弟弟，好看的卧单要让着他，凤英不干，说学群是大一点，要是他娶的媳妇小一些，是个妹妹呢？"元英婶妈要是考上大学，做一个外交官没问题，她也没听元初老师讲《烛之武退秦师》啊，如何入情入理，站别人的立场讲话；也没有听林墨老师讲米歇尔·亨利的"情感—感动"理论啊。菊平叔叔一听，转身就去重新系围裙，找酒瓮，被木兰姑妈扯住了呢子上衣的后摆："你们吃香的，喝辣的，送祝礼了吗？在微信里发红包了吗？团圆酒的规矩懂不懂，人生四大乐，久旱逢甘雨，他乡遇故知，洞房花烛夜，金榜题名时。你们占不到这几样，就莫耽误别个的时间，我这个侄媳妇，人家是由法国回来的，下午坐飞机到天河机场，脚才刚刚沾上黄陂到孝感的红泥巴土！你们精神好，睡不着，就扛锹的扛锹，挑担的挑担，去修小澴河堤去！"哈哈哈哈，修堤已经是四十年前的老黄历，木兰放炮仗，楚平打圆场："我们将这三顶帐篷留给年轻人，他们是早上八九点钟的太阳，我们老家伙，也不能太阳落土下了山，我们换到长富哥的万卉庄园去，在他那里继续喝酒，继续打牌，继续唱歌，不分出酒量的高低，不分出麻将的胜负，不唱到《两只老虎》谁跑得更快，不准走！饿了我们让长富去搞烧烤，困了我们让长富开房间，让他泡好茶，发好烟，你们万一输了钱，也找他借，他一个大财主，钱多得用脚捞，我们劫富济贫去！"

大家纷纷响应，红华金华庆华、石张黄三位大姐最积极，树堂听说能打麻将，跃跃欲试，他可是长富老财主的座上宾唉，金元小元也表示想去看看。这边屋里，保生书记表示要带着丽丽与民同乐，永朝表哥与彭兰兰喝酒打牌，都是好手，谁怕谁。元英婶妈、木兰姑妈表示收完碗、铺好床，也要去。菊平送元初老师与那个不认得的客到家，自己赶去庄园，楚平也会去继续主事唉。还有谁，对，黑皮没有表态，他说："我就不信，打麻将会输给一个瞎子，我要去！就是不许楚平和木兰跟着我们玩，他们今天晚上，就睡在厨屋的小帐篷里，顺便也将洞房花烛夜过了！"他是玩笑话，众人哈哈大笑，震得帐顶的积雪簌簌作响。木兰姑妈羞红了脸，气恼地要去撕黑皮的酒气熏天的臭嘴。楚平拿眼去瞄永朝表哥兰兰表嫂，发现两口子也在笑，他一颗心提到嗓子眼，终于又沉到了肺腑。木兰木兰，你晓不晓得，我才是十几岁的细伢，你就像棉花虫钻进了我心里。你嫁给腊狗哥那天，我一个人在梅家桥上哭到五更。刚才你做菜，我在灶下烧火，我们不说话，灶膛里的火光映在我们脸上，菊平哥与元英姐出去上菜，元英姐喊她拿手的《团圆彩》，我觉得我自己的心里，也像灶膛一样，装着一个火焰山。为了这个晚上，我等了大半辈子。大半辈子不算什么，我等三辈子，也是愿意的。我们老了，五六十岁的人了，没脸一起坐下来喝团圆酒，

团圆酒

这两桌席是给学军学群补的，也是我俩暗暗为自己补上的。

我和林墨、学军、霞霞四个人，会同树堂瞎子，站在门边上。十九位亲朋好友，男将们将锅碗瓢盆收到厨屋里，风卷残云一般，提水过来洗刷一净，装进行李箱，又将四方桌子条凳搬到帐篷外码堆，让能干的女将们打开包袱，在左右帐篷的中间分别铺好垫子、卧单、枕头、棉被。当年凤英姆妈与元英婶妈在周边集市里收集到的这些尖板眼货，果然是焕然一新，灿若云霞，描龙画凤，屋子里灯火明亮、喜气洋洋。木兰姑妈与三位大妈像往大田里撒麦粒与谷粒一样，将红枣、花生、桂圆、莲子分别撒在光滑闪亮的缎子被面上，元英婶妈与兰兰整理着床铺一侧的电热汀取暖器，丽丽没生孩子，没有铺床的资质，在一边捂着嘴笑，男将们收完家什，拥在门口，踮着脚尖看，不好意思进来。他们从前种庄稼、修水利，现在到各地工作，沉浸在日常生活里，都多么勤快、能干，充满了诚挚的热情。我，还有林墨，又重新回到他们中间，接受大家的祝福，林墨拉着我的手，握得很紧。学军站在我旁边，他好像知了猴蜕皮一样，由练达的人情与油滑里蜕回到二十余年前的那个小男孩，羞怯地在门前的苦楝树下一个人游戏，做不完元初老师布置的作业，含着一泡眼泪不敢去上学，被班上的女生欺负，第一次去深圳打工，跟着师傅学修手机，紧张到都握不住小起子，不敢与师傅在一张桌子上吃饭，第一次在师傅家，不知道如何用冲水马桶，大便后，不敢出卫生间，偷偷跟我打电话，后来也收购旧手机，结果收到与人命官司有牵连的手机，被关进看守所，菊平叔叔说，伢，莫光想着做生意，我们赚不到城里人钱的，我们力气值钱，血汗值钱……霞霞靠在他的肩头，慢慢地开始了她的哭泣，这肖港镇的林黛玉，原来是要来向我们村归还她的眼泪，以她的泪水之井，回到周巷镇的青山里，滑石溪边，十八岁，像莲花一样亭亭玉立，等着学军牵上小黑驴来娶亲。

  大伙告辞，学军与霞霞留在他们的帐篷里诉衷情，我与林墨送客。一行人钻出雪洞，田野上明月朗照，粉雕玉琢，远处的大别山如同夜色中的白鲸成群结队，近处的小㵐河堤环绕如带，小㵐河在冰雪下蜿蜒涌流。楚平叔叔领着树堂他们登上了路口保生、永朝、黑皮、金元的四辆车，余下我们的黑色帕萨特。保生、永朝、黑皮喝了酒，由没喝酒的石阿姨、小元与楚平叔叔替他们开，金元也没动酒盅，用他的奔驰带人。路上积雪，慢慢走啊，好在长富伯伯的万卉庄园并不远，长富伯伯由"团圆酒"微信群里，也得到了这些食客正在大批来临的消息……等四辆车缓慢地发动，巡游一般爬上宝成路，我帮元初老师戴好帽子，将我的围巾围到他的脖子上，菊平叔叔将他扶上驴背，提醒他张开腿坐稳，牵着驴绳，沿着村道折转向北往镇上走。黑驴兴高采烈、步伐矫健，以它的脚力，将已背诵到《后赤壁赋》的元初老师驮到镇上，交给何师娘看管，掉头把菊平叔叔送到万卉庄园寻欢作乐，应无问题，只是下小㵐河堤，过梅家桥，桥窄路滑，中间深辙好几寸，黑驴你要仔细些，你自己掉到河里喂鱼不打紧，葬送了我们肖港镇的"苏东坡"，他的朝云，会在桥边哭瞎眼睛。穿校服外套的中年男人跟在黑驴身后，低头抽着烟，烟头红光霍霍，一明一暗，他到底是谁的父亲？"陌生人，我也为你祝福，愿你有一个灿烂的前程。"

目送汽车队黑驴队迤逦消失在白茫茫雪地，我与林墨转身走向草木雪堆中的蔺家台子。雪村外，坟垅负雪，如一堆白馒头，石碑有字，幽明中历历在目，黑皮叔刚才放映过《少林寺》与《小花》的月白银幕挂在两根杉木杆之间，还未拆去，只是，杉木杆下的稻草人呢？之前，晏家塆的晏鲲学弟，就是站在它的身边，乖乖地在风雪里看电影的。"刚才我们唱歌的时候，树堂瞎子与金元道士出来找人，找到的就是这个稻草人吧，树堂念咒，金元画符，将他请到了我们的酒席上，成为第十位客人？"我分析道。"学群，我在飞机上昏昏沉沉，一路做梦，刚下飞机，就被你接到这个地方。我也许还在梦里，飞机还在奋力往前飞？也许是走进了你正在书房编织的小说里？你说那个不爱说话的客人是稻草人，是假的，其他的人呢？树堂叔、楚平叔、黑皮叔、木兰姑妈、元英婶妈，他们是真的吗？真的来到这里亲手操办了这个团圆酒吗？石阿姨、黄阿姨、张阿姨，还有金华、红华、庆华叔，这些人，你就能保证，他们不是被树堂念咒、金元画符拘来的黄鼠狼跟狐狸？黑皮叔难道不是河里的一条鳡鱼精？小元难道不是一只水獭精？树堂与金元，他们又是由哪

团圆酒

里来？这个雪地中的荒村，也是来自他俩的符咒？一个盗梦的空间？等一下在长富伯伯的庄园，子夜之后，公鸡喔喔一叫，他们就会四散奔逃？你这个搞叙事学的男人，你带我经历的，讲给我听的，给我阅读的，是现实还是虚构，是世界还是文本，是小说还是散文，我从来都没有搞明白过。"唉，我的新娘，她不再嘲讽，也没有哭泣，却因漫长旅途的劳累与酒饭的困乏，陷入了虚无与迷茫。

我们返身钻过曲折的林中雪洞，群青色的三顶帐篷顶着积雪，在银河下，在枫杨树下，含着温和的灯光。我走到林边小便，尿液滚热，天上北斗七星如同棉钩，林中清寒如针窟。林墨喊渴，我说等一下进帐篷再喝烫烫的热茶，我背包里带来了明前的恩施玉露，还有茶具。她摇摇头，让我去水井边洗酒瓮，取一瓮井水来给她喝。枫杨树上的乌鸦群已沉入梦境，每一只乌鸦做梦的睡相都不一样，黑驴钟情不已的野猪，小心翼翼地旁观了我们的筵席，眼下也不知所踪，水井里星辉斑斓，明月如同沉璧，我好像将星星破碎的玉屑，也咕咕灌进了瓦瓮里。林墨踮着脚尖，伸长脖子，拨开头发，就着我抱持的瓦瓮尝了几小口，夸井水温温凉凉，很甜，认真地跟我讲："我现在也是你小学的女同学，赶在上课的铁轨钟敲响之前，来喝了你们家的井水。"唉，说不定是野猪的洗澡水呢。它去了哪里？茫茫雪夜里奋蹄奔驰在吾乡，求索于迷宫一般的道路，还是一头扎进了深井，在黄泉中享受原乐？这个婆娘，我们刚刚吃过梅洛-庞蒂的"世界

248

之肉",汲完这海德格尔的"存在之渊",是不是该进屋,达到福柯的双手之间,在实践我们精神生产的同时,也能完成元英婶妈交给我们的苏格拉底身体生产的重任,摆脱掉拉康符号界的羁绊呢?元英婶妈没有错,只有婴儿的第一声痛哭,一个新的文本,生成,才能证明世界真实不虚,我们在宇宙的神荒里活着,无论有与冇,正在溯流而上,慢慢抵达它的源头。

2019 年 11 月 7 日,武汉

空山灵雨[1]

1. 一只犯强迫症的小蜘蛛

星期五的下午,夏天哗啦啦的暴雨停下来,空气清凉凉的,有一股子雷电与蘑菇混合在一起的味道。我们小树林里的这些叶子,来自樟树啊,苦楝树啊,枫杨啊,桑树啊,乌桕树啊,柿子树啊,一张张圆圆脸,也便在阳光中重新簇拥在一起,新鲜明亮,神采奕奕。一只蜘蛛匆匆忙忙地从深黑的树洞里爬出来,差点被在树枝背面躲雨的胖金龟子绊一跤,它嘟嘟囔囔地跟金龟子道歉,又继续沿着湿滑的树皮往前跑,去补它被暴雨前的狂风吹皱吹扁的网。苍天保佑,希望别出幺蛾子,没有破洞才好,谁知道呢?谁的生活不是充满穿破的袜子、做错的试卷、掉线的 WIFI、赶不上的高铁?我们想勉强维护好生活的秩序,并不比这只犯强迫症的小蜘蛛来得容易。

---

[1] 篇名同许地山(1893—1941)小说《空山灵雨》、胡金铨(1932—1997)电影《空山灵雨》。

空山灵雨

它大概是人类小朋友的指甲盖那么大，皮肤被夏天的太阳晒成了深褐色，它有两只小眼睛，像黢黑的芝麻粒似的，它宽宽的脑门上有两道弯曲的八字眉，当它趴着的时候，好像都在滑稽地笑。它有八只手或者腿，交错挥舞不停，毫无疑问，它脖子下的第一对手或者腿，最修长，最强壮，最灵活，也最好看，它刚才在树洞里，着急地盼着雨停的时候，就在情不自禁地啃咬这一对手脚上的指甲。大家都知道它是一只年轻的、独身的、孤单的男孩子蜘蛛，大小腿与嘴角都还只是刚刚长出淡黄的茸毛，又浅又软。四月的时候，被春风由它妈妈身边吹跑，也许是飘洋过海，也许是翻山越河，来到了我们这片春寒料峭的小树林。蜘蛛妈妈并不是不疼爱她的孩子们，她只是没有办法，她的卵囊里爬出三千个孩子，春风吹来的时候，她伸出它全部的手与脚，加上嘴巴，也只能按住九个，其他的小乖乖，就只能交给上天，交给命运。它们像星辰一样散布在世界上，城市，乡村，树林，草地，还有深山与沙漠。那些落脚到河流与大海上，不幸早夭的蜘蛛婴孩真可怜，夜晚蜘蛛妈妈领着她的九个宝宝，在一家农场猪圈的房梁上，一边织网，一边想念第一、第二、第三、第四……第两千九百九十一个儿子或者女儿，看着榆树上的幽蓝夜空叹气掉眼泪，妈妈区分出男宝宝、女宝宝，甚至都来不及给你们全部取好名字。

但是没有关系啊，每一只流散到世界上的蜘蛛，总会找到它自己的姓名。我们这只蜘蛛，它的名字叫阿水。春风将它吹到我们小树林东南边的第一棵老樟树上的时候,最后一块积雪正由西北边的乌桕树的根部黑土壤上消融。那天早上也没有打霜,晨露在树叶上凝聚起来,一个分子接一个分子,团成一滴,正好滴到小蜘蛛的背上,将它困住。它显然还没有学会游泳,蜘蛛也不是那种由娘胎里就自带游戏技能的小动物,它挥动七八条细胳膊细腿,总算由露滴里挣脱出来,鼻涕、眼泪、汗水与露珠混合在一起,将它弄得湿乎乎的。"我们叫它阿水吧,水让万物生长,"老樟树东南枝上的叶子们提议道,樟树的叶子冬天不会掉落,它们是有经验的,它们见过圣诞节花花绿绿的圣诞树,也看过除夕夜璀璨的烟火,它们饱经风霜,"蜘蛛也很好,比那些将我们啃得破破烂烂,又疼又痒,好像长智齿一样的毛毛虫好。夏天来的时候,蜘蛛不爱讲话,又可以织网,帮我们挡住蚊子与苍蝇,蚊子与苍蝇太讨厌了,会让我们晚上失眠的"。果然是非常有人生经验的樟树叶子唉,刚刚生出来的楝树叶芽、乌桕树叶芽,这些小粉红,不认识蜘蛛,也不认识蚊子,也不认识苍蝇,也不知道失眠的滋味。但我们都同意这只蜘蛛叫阿水,阿水阿水,春雨贵如油,有水不发愁。

  我们这片树林子却还没有取好名字,我们只知道它在一座公园的南边。这是一个很大很大的公园,金龟子们的探险团只有爬上长得比较高的那几棵马尾松与水杉树,站在树顶的叶片上,金龟子老二爬到老大的背上,金龟子老三又爬到老二的背上,这样才可以眺望到公园四周的景象,看到公园东边奔驰不息的高铁。一群蚂蚁要是想由东边樱园搬家到西边梅园，它们可能得忙活好几个星期，一路跋山涉水，绕过沼泽与湿地，又会遇到刮风下雨的坏天气。北边老柳树蜂巢里的熊腰蜂们有时候"掉妖"，在荷花的莲蓬台上呆久了，想换换口味，去采南边郁金香花丛里的花蜜，品尝它们奇怪的甜味，就得带好干粮，晚上在公园中央的"拜月亭"里野营过夜，听大风将竹林吹得啪啪作响。一只兔子与另外一只兔子玩捉迷藏的游戏，天亮时甲兔子藏好，天黑时乙兔子才可能将它由某个树洞里找到，虽然满头是汗，浑身沾满苔藓与地衣，饿得发疯，但也非常欢喜。曾经有两头黑猪由南山那边的学校里跑出来，想到我们公园里做野猪，大概花了一个星期的时间，它俩才摸清公园里迷宫一般的大路与小路，终于决定将它们的猪窝，修在那棵大名鼎鼎的"信号树"旁边的一块巨大的太湖石下面，现在它们已经生养了六只小野猪仔，这些精力无限的臭小子以后会撅着屁股拱翻多少棵树！

　　由南向北穿过公园，公园北边有一个大湖，湖水碧绿清亮，一眼望不到边的，第二眼望到了，是一个人类的城市，他们的楼房也像树林一样又高又密，只是那些"树林"是用钢筋、水泥与玻璃做的，白天在太阳下闪闪发光，晚上又自动亮起繁盛的灯火，让我们头顶上的银河变得比从前要黯淡。每逢周末或者节假日，人类就会坐着轮船，渡过宽阔的湖面，来到我们中间，他们来走路，跑步，骑自行车，钓鱼，搭帐篷，踢毽子，打羽毛球，或者将吊床系在相邻的两棵树上，铺开格子桌布野餐。他们还特别爱举着手机，以我们为背景，摆出各种姿势拍照。由他们老人、中年夫妇、不同年龄的小孩的谈话与吵嚷里，我们知道那个城市名叫武汉，那个湖名叫东湖，至于我们，他们说叫森林公园。

我们公园的确很美，春天的时候蓬蓬新绿，不同的树开不同的花，夏天时浓荫匝地，有一些树已经结好了果子，秋天的时候，很多树的叶子会变成红色，冬天下雪，我们银装素裹，好像站在童话世界里。我们是一些不同的树，除了几棵枫杨与马尾松，它们是本乡本土长大的，其他的桂花树、樟树、枫树、梧桐、朴树，都是由世界各地的苗圃里坐着车船，千里迢迢前来报到，由我们自己散枝发叶，奋力长出来。我们中间最高的一棵"树"，是去年冬天工人们用一辆大卡车拖来，一节一节安装起来的，它挺拔地站在树林的正中央，比老樟树还要高出一大截，枝条交错上举，有一点像马尾松，像松树一样，它的枝叶一年四季都是深绿色的。有人叫它"信号树"，是一棵假树，但我们并不同意，虽然现在它还铁青着脸，沉默地站在一堆枫树们中间，但我们相信，一旦它了解了我们这个和谐的集体，它就会融入我们中间，像我们一样，在风里喃喃低语，与我们肩头碰着肩头，手挽着手，用叶片亲密地谈话，讲述亲眼所见的树林内外的八卦与新闻。

阿水是我们公园里的第一只蜘蛛。我们毕竟是一个新公园嘛，第一只蝴蝶，第一只蜻蜓，第一只天牛，第一只独角仙，第一只猫头鹰，第一只野兔，第一头野猪……它们小心翼翼来到这片树林的时候，就像人类的小学校里来了插班的新同学一样，走进教室，又新鲜又好奇，又高兴又兴奋。作为一片树林，只有春夏秋冬、日月星辰、风霜雨露、开花结果，还是不够的，我们想与其他的生物生活在一起。阿水在露珠里哭泣的时候，它身下的那片樟树叶子，也被阿水哭得心里空空的、潮潮的，是它借着微风稍稍抖弹了一下，把露珠分成几瓣，才将阿水由水珠表面无形的张力中解救出来。在叶子们的提议下，老樟树欣然同意，将靠南第一根枝干分权的地方，刚刚出现的那个小树洞分配给小蜘蛛，做成它的新家。那是冬天的时候，一只啄木鸟，天生的洞穴专家，向内倾斜六十度，笃笃笃啄出来的，后来啄木鸟飞到湖边的松林树里，已经不太爱飞回来了，毕竟，松树笔直的树干里藏有更多的松毛虫。那时候阿水只有圆珠笔的笔芯大小，只有睁大眼睛，才能将它纤细的手脚看清楚。它也不太爱社交，常常是沉默地坐在它的树洞里，一待就是一整天。好在它长得很快，并且由它妈妈那里，悄悄继承了一身编织的好手艺。五月的第一个星期天，天气晴朗，早晨，当第一缕玫瑰色的朝霞射到树林里，将树叶上的露珠析出细小的虹彩的时候，蜘蛛阿水由它的树洞里爬出来，慢条斯理地爬上它织出来的第一张网，蹲在蜘蛛网的中央，像人类吃螃蟹一样，津津有味地吃掉了它网到的第一批花脚蚊子。一张金光闪闪、粘满着珍珠粒一般的晨露的网，经纬交错的八卦阵，小蜘蛛交出的第一份试卷。我们看得热泪盈眶。看到它认真努力，稚气尽脱，一本正经工作的样子，我们都松了一口气。

花脚蚊子去咬人类小朋友时，让他们又疼又痒，但作为蜘蛛们的美食，它们自己的味道是清甜可口的。每天阿水会一口气吃掉七只，然后用后腿将其他的蚊子蹬到草地上，稍后蚂蚁们会将这些不幸的家伙当成饭粒抬走。小蜘蛛将蛛网收拾干净，确认蜘蛛网安全、整洁、焕然一新，之后再用两只前爪抹抹脸，就慢吞吞爬回它的树洞里美美睡回笼觉。

与他们人类恰恰相反，一只蜘蛛的一天，大概会用十八个小时来睡觉吧。只是在深夜，天上有月亮与星星的时候，阿水才会重新爬出洞，来察看它的蛛网，织一会儿，或者补一会儿网。嗯，经线二十四条，纬线二十四条，交叉点五百七十六个，完整度百分之百，黏度百分之百，防风度百分之百，下周一再织新网不迟。织一张新网是四十五分钟，也就是人类小朋友在教室里坐一节课的时间。阿水检查完毕，会伏在网眼上，用八只手脚轻轻拨动着银白色的蛛丝，用别人听不见的声音弹弹琴，四分三十秒的小夜曲，来应和蛐蛐们通宵没完没了的吟哦。阿水自己不会唱歌，却是一个很不错的弦乐专家，要是树林里也有钢琴评级，它一定也可以评过十级。弹完曲子，阿水趁着星光回家，途中会找到一片树叶，在刚刚凝聚起来的露珠里洗洗澡，打打滚。现在它已经完全不怕露珠张力的拉扯了，露珠就是它的澡盆。不同的树叶，香味是不一样的，桂花树淡雅，樟树叶清香，苎麻的叶片，躺上去有一点火辣辣的感觉，就像在涂抹不同的草木精华沐浴露。樟树开出的碎绿的小花不太起眼，但是花瓣里纤细的花蕊折下来，用来搓澡却很不错。与有金属味的金龟子相比，与有难闻的体味的蜡象相比，蜘蛛阿水是一个干干净净的小伙子，这得益于它爱洗澡的好习惯。洗澡的时间是十五分钟，清洗每一条腿要花一分钟，洗脸两分钟，抹净身体的正面两分钟，搓背三分钟，这大概是阿水孤单的一天里，最开心的时刻了。

2. 一只有翡翠色翅膀的小人儿

这时候是下午四点钟，是城郊的对流雨结束，太阳由西南方四十五度角，重新返照进树林的时刻。阿水闷头闷脑地赶路，经过了老樟树曲折的东南枝，来到树林的边缘，抬头向悬挂在一片接骨木、蛇床子与松茸菌上的蜘蛛网眺望，不由得大吃一惊，紧紧地锁起它两条倒八字的眉毛。

要是平时，蛛网会像镂空的新鲜荷叶，在阳光里精神抖擞，此刻它却像深秋里即将萎落的荷盖一样卷了起来。在蛛丝抟成的漩涡里，有一团花花绿绿的影子。一只蜜蜂？不会，蜜蜂们就是昆虫界的狗熊，蛛网奈何不了它们。蜻蜓？铁青色的勾蜓们会撞破蛛网，薄翅蜻蜓会努力挣扎，挣脱失败，就会将翅膀贴在蛛丝上，两只大眼睛瞪着幽远深蓝的天空听天由命。更加纤细的豆娘，将淡绿的身体卡在网格上，没有一点点离开的机会。绿头苍蝇？牛虻？这些讨厌鬼，要么就是将蛛网冲出一个大洞，逃之夭夭，要么就是故意躺在蛛丝上聊天、荡秋千、吹风、听蛐蛐唱歌，等蜘蛛们急急忙忙爬过来时，就扮鬼脸吓唬蛛网的主人们。不过说实在的，它们都不好吃，味道比人类小孩们不爱吃的胡萝卜、西兰花、菠菜还差劲。豆娘嘛，唉，瞧它那可怜的瘦弱的模样，也让蜘蛛阿水没啥胃口，只有蚊子，才是阿水的盘中餐，按蚊、库蚊、伊蚊、煞蚊、大蚊、巨蚊、摇蚊，每一种蚊子的滋味都有细微的不同，就像五成熟、七成熟……的牛排，让阿水口水四溅，按捺住心里的欢喜，小心而文雅地举起它现成的刀叉：它越来越有力而熟练的手爪们。

阿水皱着眉头爬上它的蛛网，用两粒小眼睛往前一看，立马就发现了它的"不速之客"：一个柠檬黄头发、蓝眼睛、翘鼻子、雪白肤色的小人儿，戴着白色软帽，穿着两侧有口袋的裙子，裙子上绣着一朵朵各种颜色的小花，有蕾丝边的白色短袜，蹬着红色小皮鞋，躺在它的蛛丝堆里。人类的公主，一个芭比娃娃，可以说是非常仿真的硅胶了，比真人版大概缩小了一百倍，只有小指头的第一节与第二节加起来那么大，但对阿水的蛛网来讲，已经算是无霸勾蜓一级的庞然大物了。小人儿浑身缠满亮晶晶的蛛丝，就像端午节的下午，来树林里野餐的人类没吃完的一只粽子。

可能是哪个孩子弄丢的玩具吧，被狂风吹到网上来，前几天不是还由蛛网上摘下来一个迷你版的迪迦奥特曼吗？阿水毫不迟疑地翻过蛛网的褶皱，准备笑纳下人类陌生小孩送来的礼物，将它拖回家，扔进树洞里，与那个迪迦奥特曼一起，陪自己度过漫漫长夜。

"臭蜘蛛，别用你恶心的爪子碰我！"小人儿尖叫道，声音还蛮好听，这样的音质，说明是一个有声版的芭比娃娃，拥有跟主人互动的能力，比那个一碰就枪林弹雨吱吱怪叫的奥特曼高级不少。

"我怕死蜘蛛了，我会做噩梦的，呜呜呜……"小人儿哭了，眼眶里漫出来一串串眼泪，足够阿水洗三次澡的。阿水的手爪碰到了她的胳膊，热乎乎的胳膊，是蛋白质与脂肪，能吃，并不是硅胶与塑料。

夏天暴雨前的狂风吹来一个活生生的小人类，可以说非常真实，如假包换的拇指小姐姐，被紧紧捆绑在它的蛛网上，除了眼皮与嘴皮，其他的地方都已不能动弹，可是眼皮像舀眼泪的勺子，能说会道的嘴皮蹦出来一句一句怒斥的话，这些都足够让蜘蛛阿水头疼，手足无措的，本来，作为一只蜘蛛，随时察觉自己的八只手足摆在哪里，并不是一件容易事。

"还不快将我解开，我都快喘不过气来了！"小人儿发布命令，已经顾不得蜘蛛的爪子令她恶心了。

按理说，蛛网就是蜘蛛的饭桌啊，摆上这张桌子的蚊子、苍蝇终归是要被吃掉了，所以阿水虽然会织网，但从来没有将蛛丝解开过的经验。它也没有办法将蛛丝咬断，蛛丝由它的身体里喷涌出来，迎风一吹，就会变得柔软坚韧，蜘蛛并没有长出足够切断蛛丝的牙齿，也没有办法吐上口水让蛛丝融化。小人儿被狂风刮进来，又迎着绿豆大的暴雨挣扎了许久，翻来转去，几乎将蛛网像一件毛线衫一样，套在了身上。阿水爬上爬下，查看小人儿的身体。小人儿含着两泡眼泪，紧闭着双眼，浑身都在发抖。大概花了吃掉五只蚊子的时间，阿水结束调查停了下来。

她的确是有一点惨唉，帽子、连衣裙、袜子、鞋子，连带她的头发与身体，没有一处是干的，刚才持续四十五分钟的瓢泼大雨，她没有错过，淋雨淋得非常完美，风还将她的连衣裙扯开了几个破洞。她之所以没有挣脱出来，主要还是因为她的背后，有一对翡翠色的翅膀，像纽扣一样，将她扣在蛛网里。她身上有一点小雏菊的花粉的气味，让阿水觉得很好闻。她的确长得很白，但要是这样挂在网上晒，等到太阳落土的时候，她就会被晒得与阿水一样又红又黑。

阿水一声不吭地爬下树，在老樟树的树底下挑了一片没有虫眼的淡红色的落叶，将落叶顶举在背上，急急忙忙拖上树，拖到它皱成一团的网上，侧起树叶，像撑起一把伞一样，替惊恐地睁着眼睛的小人儿将斜射进来的阳光挡起来。做完这些，阿水继续蹲在蛛网与树枝相接的那个黑色树瘤上，手足无措，脸憋得像抹了酱油。

"我饿。"由树叶下的荫凉里缓过气来，小人儿感觉到嘴巴里干干的，喉咙与胃都在抽紧，已经很久没有吃东西了吧？到底有多久呢，两只口袋里的零食一定都弄丢了，即使还在，两只不能动弹的手，也没法将它们掏出来。

收到人类小公主的指令，阿水飞快地爬下树，在树下的草丛里翻弄。她爱吃什么呢？她裙子上有小雏菊的气味，给她折几根雏菊的花蕊吧。以前我无聊的时候，尝过一点松茸菌，味道有一点淡，但也算能吃。最好吃的其实是摇蚊，它们不喝动物的血，一丝腥味都没有，草丛里也有好几只它们的尸体，是昨天晚上我由网上蹬下来的。阿水还发现了一颗松籽，那是它树干上面第十一层树洞里的一只松鼠，三天前失手掉落的。松鼠家里粮仓里的松籽多得很，坚持到三年，五年，十年，外星人，不，外星松鼠来地球都没问题，所以它懒得爬下树来捡。

阿水吐出一根蛛丝，小心地将三根雏菊花蕊、两只摇蚊、一片松茸菌帽（整支的松茸实在是太大了）、一颗松籽捆扎在一起，顶到背上，小心翼翼地爬上树，翻过树瘤，来到自己的网上。

"我喂你吃？"阿水不太会讲话，讲起话来声音嘶哑，吞吞吐吐，也不好听。

小人儿有什么办法呢，要不是该死的蛛丝捆住她灵巧的双手，她这一辈子都不会同意一只蜘蛛举着手爪给她喂东西吃。可是她的肚子里咕哝哝响，她的嗓子在冒烟，好像要烧起来一样，身体的每一个器官都在喊饿，她只好眨了三下眼睛表示同意。

雏菊的花蕊好苦，其实她并不怕苦味，小咖啡豆就是苦香苦香的，但雏菊的苦，会让人皱眉头，所以小公主只勉强吃掉了一根雏菊花蕊。摇蚊是什么鬼啊，虽然阿水热情地将它们递到她嘴边，一边嘟囔着："香，香。"但小公主坚决地闭着嘴，闭着眼睛。松茸好吃！又香又嫩又脆，里面还有大量的水分，水分里溶入了蘑菇的清香，是很高级的汤汁，又绿色又天然。她一小口一小口地吞咽着，费了九牛二虎之力，告诫自己不要在这只看起来还不算太坏的小蜘蛛面前呛到。松籽也不错，就是阿水剥松籽有一点麻烦，如果它只有两只脚，一定是剥不成松籽的，好在它的八只脚都可派上用场，它将松籽团团抱在怀里，手脚由松籽腹部的裂缝出发，一边四只，然后腹部一挺，用力掰开，松籽仁就滚落到了蛛网上，给吃了松茸大餐的小公主作甜点。

嗯，她爱吃松茸与松籽，松茸菌草丛里多的是，只要每周下一场暴雨，雷声唤醒它们在地下的孢子，松茸们闻到雷电的硝味，就会没完没了啪啪往外冒。松籽嘛，如果十一楼的松鼠小气鬼不愿意借，我也可以自己去采，松树林离我们这里，并不算远。有了吃的，她就是在网上这样捆绑着呆上一年半载，也不会饿死了，要不一会儿我再去拖几片树叶，前后左右各一面，给她搭一个印第安人的小棚子？

小公主已经能够慢条斯理、文质彬彬地啃吃挂在嘴边的松籽仁的时候，阿水爬到隔壁的树枝上，用它最快的手速，飞快地织成了一张新网，一边在网上织出了三个汉字："对不起。"

对，自从太平洋彼岸的一只了不起的蜘蛛，在农场的猪圈里，学会了在蛛网上织字之后，很快全世界的蜘蛛母亲，都掌握了这个了不起的技能，并将它传授给了它的孩子们，当它们还是一粒卵，乖乖地藏在蜘蛛妈妈的卵囊中的时候。以后风将它们吹到哪里，它们在哪里长大，就能学会使用哪里的文字，自然而然，并不需要特别去上英语、汉语、日语、德语或西班牙语什么的培训班。

我们树林里的这只蜘蛛，如果有一天，在它的蛛网上织出一首诗，比如"洞前明月光，疑是地上霜"之类，我们也不会奇怪。它本来就是一只满腹经纶，又爱沉思默想的聪明的蜘蛛。我们看着它长大，将生活弄得有条有理，它织出的每一张网，都是世界上的一个奇迹。只是，它将这天上掉下来的小东西当成人类的小公主，这个就有一点犯糊涂了。我们都见过真正的人类，他们此刻就在树林与湖泊的那一边工作、上学、开车、划船、打球、散步，他们忙忙碌碌，虽然偶尔也读读童话，特别是那些要哄孩子睡觉的年轻父母，但他们从来都不会相信，拇指姑娘？长翅膀？会掉眼泪？爱吃蘑菇？除非是他们自己吃了致幻蘑菇，才会相信这是真的。

她到底是不是真的？我们，我们这些饱经风霜的树，狐疑不定，在黄昏来临前，在慢慢变红的晚霞前，在轻轻吹拂的东南风里摇头晃脑，窃窃私语。

3. 蛛网上更新了两个字：欢迎

"对不起"三个字，虽然写得歪歪扭扭，但粗大结实，像松树的枝干，捺与撇都写得很凶很凶，一看就是男生的字。这也说明，蜘蛛妈妈在百忙之中，并没有搞错阿水的性别。小人儿盯着这三个字看，破涕为笑，就像乌云堆里，太阳透了一口气。现在她相信，这是一只不坏的蜘蛛，他[1]没有恶意，自己不小心撞到他抓蚊子的网上，只是运气不太好。只要你是一只蜘蛛，你就要织网。只要你是一个女生，你就会迷路。问题是，现在怎么办？虽然吃饱喝足，食物的味道还很不错，松茸与松籽正在身体里变成源源不断的力气，但她还要继续挣扎下去吗？她会在这个很坏的网上，呆一整个晚上？两个晚上？一个星期？一辈子？想到这里，她又开始眼睛发红，颗颗掉眼泪。

天黑下来的时候，会有蚊子吹着喇叭，排着队来咬我，我的脸蛋、胳膊、小腿都露在外面，会被咬得又红又肿，我甚至都没有办法挠痒痒。毛毛虫也会扭着屁股由我的头发边爬过去，要是被它们有毒的毛发尖碰到，我浑身上下都会跳出风疙瘩，像我们飞过的世界的地图。到了晚上，猫头鹰、野猫、刺猬、黄鼠狼由树上树下经过，它们会将我漫不经心地当成点心，就像我将松籽当成点心。即便它们没

---

[1] 小说从第三节开始，阿水的第三人称统一为"他"。——编者注

有发现我，明天早上，鸟儿们起来唱歌的时候，也会将鸟粪都拉到我脸上。树林里青草与泥土的气味并不难闻，但总让人觉得脏脏的，好像生下来到现在就没有洗过澡。如果明天下午继续刮风下雨，夏天的对流雨每天都会有，我的裙子一定会被拉扯得更破，对一个女花仙来讲，这可太尴尬了。我不能呆在这个网上，我必须马上与这个蜘蛛一起想办法。等等，我，我是谁？小花仙？我是一只小花仙吗？我们是谁？我们飞过的世界是哪里？果然，只要开始思考，她的记忆与智力，就会慢慢恢复起来，说不定就会发现你自己是谁，就会去寻找解决麻烦的路径，就会有一些办法。

等到最后一颗眼泪滚入蛛网，掉到地上，风吹干她的脸颊，小人儿决定不再哭泣。她对蹲在黑色树瘤上的阿水说："没有关系的，不用说对不起，其实你也不是故意的。现在我吃了一点东西，有力气了，我请你来帮帮我，再试试看，能不能将这些蛛丝解开。"阿水点点头，瞪着他的芝麻小眼睛飞快地爬到她的身边。

"我们不需要将蛛丝咬断，或者锯断，这些蛛丝是有韧劲的，我们一起用力拉扯它，就可能出现一些空当，我就可以挣脱出来部分的身体，你又正好有八只手，所以可以同时拉开八个地方，这样，说不定反复拉伸几次，我就可以由你的蛛网里一点一点钻出来了。"

阿水表示同意，这也是他先前想到的。只是这样反复拉扯，前提是，这个凶巴巴的小公主能够赞成，并且主动配合啊。

就像刚才剥松籽那样，阿水将八只手脚分成两排，来分开小人儿小红皮鞋上的蛛丝，希望能够将它们左右拉扯，形成一个空洞，然后小人儿自己用力，将脚由空洞里扭出来。阿水深吸一口气，腹部像一面小鼓，脸憋得通红，两条倒立的眉毛都变平了，手脚上的褐色汗毛像刺猬一样张开。他的力气足够将蛛丝拉出五毫米的空当，这五毫米对小人儿伸脚蹬腿，也并不是不够。可是小人儿想蹬脚，得运动她的脚踝与小腿，她的脚踝与小腿又被更多的蛛丝死死地捆住，她虽然有力气，却派不上用场。"要是我变成一只蜈蚣，也许情况会好很多。"这一刻阿水心里想。

坚持了大概有一分钟，这对蜘蛛并不容易，毕竟他们的腿上的肌肉比蚊子也没有多到哪里去。松手之后的蛛丝反弹回去，将小人儿的红皮鞋击打得啪啪作响。唉，失败了。

"要不先试一试我的手，如果我的一只手能挣脱出来，我就可以帮助你一起解结。"好主意，智商并不低的小公主啊。

她的手自然是比脚要小一些，但是缠住的蛛丝，却是更多更密，之前拼命挣扎的时候，手当然也是最努力的。阿水搭上八条手腿，这一次坚持了一分三十秒，小公主的手，并不能由层层蛛丝里哪怕是挤出一个小指头。等蛛丝反弹回去，啪啪打在她的手背，勒出条条血痕的时候，她也并没有哭，只是皱了一下眉头，唉，除了眼皮与嘴唇，原来眉头也没有被蛛丝捆住嘛，她想挤出一个鬼脸，但眉头、眼皮与嘴唇一起努力，并不能表现出一个好看的鬼脸。

"我们也许可以找一些帮手过来，我记得，我是有很多朋友的，我们一起在天上飞来飞去。你在这片树林里有朋友吗？"小人儿问。

阿水摇摇头，没有。一只蜘蛛的生命是短暂的，即便是这样短暂的生命，也是又操心又忙碌，都要花费在黑夜里酝酿蛛丝液，花费在将蛛丝液吐出来织成网，花费在新旧蛛网的维护上。他们要织出来一百张网，吃掉网上的蚊子，将蚊子变成精力，然后秋天就来了，男蜘蛛就得离开家去寻觅伴侣，在第一场大雪来临之前，生育出孩子，他们中的绝大多数，都不太可能活到明年的春暖花开。一只男蜘蛛的孤单是必然的。如果没有那阵风，也许还可以跟妈妈与兄弟姐妹们再待一会儿，但风迟早会来。那只在风雪之前，在另一片树林，或者猪圈里，同样忙碌的，在等待着男蜘蛛的女蜘蛛，终究不能算是朋友。

"如果你有一只蜈蚣朋友，它大概率可以解开网绳，但是蜈蚣们都是坏蛋，它解开蛛网后，说不定会商量着，将我抬到它的地洞里做晚饭吃。与其被一只蜈蚣吃，我还不如求你将我吃掉呢，说不定，我比蚊子要好吃一点点。你吃我的时候，可以趁我睡着，这样，我也不会疼。"小人儿说。

"我没有蜈蚣朋友。我早上听黄鹂们聊天，说在树林中央的拜月亭里有一个蜈蚣洞,里面住着一条一百只脚的蜈蚣,它可住得有一点远,它就是愿意来帮忙,回去时天会黑,它还得打一个灯笼。"阿水说。至于小人儿的肉好不好吃,这个问题,阿水不会去考虑的。

"如果你有一个螳螂朋友,它可以用它腿上的刀,将绳结一个一个锯开,这样,我就能够由锯开的绳结中站起来。但动刀还是太危险,螳螂们又都是阴阳怪气的,是好是坏,很难一下子弄明白。"小人儿说。

"我没有见过螳螂,也没听黄鹂们谈论到它。"原来阿水的世界知识,其实都是由大清早黄鹂们的"参考消息"里得到的,这些黄鹂,并没有多少飞出树林的经验,除了偶尔一两只由那边城市的鸟笼里逃出来的家伙。

"那我再想想看。"小人儿叹了一口气。

蜘蛛阿水蹲在黑色树瘤上,伸出身体右侧的第一只手挠脑袋。手上有松茸菌的味道,也有松籽的油腻,也有小人儿衣服上的香气,但手上还有一种奇怪的金属的气味。这是雨停后,由树洞里爬出来,在胖金龟子身上摔跤时,金龟子留下的气味。唉,要是雷雨之后,偷一下懒,继续在树洞里睡觉,也许就能躲过这个麻烦的事情……勇敢面对当下吧,阿水。对,金龟子,也许可以算是我的邻居,我的朋友?他,他们很可以帮得上忙啊!

小人儿对金龟子的印象也不错,眨眼嘟着嘴表示同意。

出发去邀请金龟子们来帮忙之前,小人儿问他:"你还没有告诉我你的名字?"

"我叫阿水,是我树洞上的树叶们替我取的,它们看到我在露珠里哭。"阿水闷头闷脑地说。

"我也有名字,但是我记不起来了。我想重新取一个名字。我们花仙的规矩是,生下来的时候,由遇到的第一个花仙或者动物,来给自己取名字。我在这个树林里醒过来,看到的第一只动物是你,所以你可以给我取一个新名字。"

"黑黑。"阿水扬起头。她来到这一片夏天的树林,迟早会晒黑的,提前取名叫作黑黑,做一下预备,以后真的变成了真正的小黑人,不,小黑仙,心里可能会好受一些?毕竟被晒黑这件事,对女生来讲,太可怕了。

"哈哈哈哈哈哈,我记得我的同伴们,有的被人取名叫大海龟,有的被人叫水牛,有的叫岛,有的叫榴莲,有的叫龙眼,有的叫带鱼,有的叫蚵仔,看到什么就是什么。比较起来,你取的这个名字不算坏。阿水,在你跟金龟子成为朋友之前,你要记得,我已经与你交了朋友。你的第一个朋友是黑黑。"小人儿,不,黑黑又回忆起来一点从前的事情,她曾生活在南方的海岛上,她曾有过很多名字起得莫名其妙的朋友。她好像变得有些高兴,哪怕是蛛丝依旧捆着她,将她的白胳膊勒得生疼。毕竟,风已经将她衣服上的雨水吹干了。

"好。"阿水点点头,准备去找金龟子。

"阿水你等等,成了朋友,就不要说对不起,你将旁边那张蛛网上的字换掉吧。"黑黑说。

夕阳里，阿水在出发去找金龟子求救之前，又去旁边他的新网上织了一小会儿，他将"对不起"三个字用蛛丝小心翼翼地覆盖掉，在上面又织了两个字："欢迎。"唉，你们在这里看到的这两个字，是简体的汉字，阿水是用繁体字织的"欢迎"，其实是蛮不容易的，对，前面"对不起"的"对"，繁体字也很难。

4. 多谢二十六位金龟子拔河队的队员

金龟子们的家离阿水的啄木鸟树洞并不远，这是老樟树自己长出来的一个树洞，就像我们长一个痣。树洞又深又大，但是有一点潮湿。两个小时零十四分钟之前，蜘蛛阿水踢到的那只金龟子，只是"金龟子们"中的一只，运气不错的是，他踢到的是队长。没错，这是二十六只金龟子兄弟，同时，他们也是小树林里面的一支金龟子拔河队。每个星期六，也就是明天的傍晚，七点钟，就会有金龟子的拔河比赛。没错，阿水遇到的是一支冠军队，作为冠军队的特权，他们因此，可以随意在树林里挑选钟爱的树，畅饮风味各异的树汁，也就是说，他们每一个，都是小树林里的酒类与饮料的品尝大师。没错，小树林里是有酒的，毕竟，有一些树汁、草汁、果汁、蘑菇汁，都已经经过了程度不同的发酵。

"阿水我是金龟子A，没错，跟在我后面的，是我的弟弟B、C、D、E、F、G、H、I、J、K、L、M、

N、O、P、Q、R、S、T、U、V、W、X、Y、Z。抱歉我必须一一介绍他们，我们友爱又平等。"金龟子队长回头说。阿水挥起他右手中的第一只第二只，向他们打招呼。他领着金龟子拔河队，沿着樟树的枝干向蛛网爬去。他们排成一列，不慌不忙，黄昏的阳光将树干与枝叶，照得金灿灿的，金龟子们虽然身上有一股树洞里的霉味，背甲上却是闪耀着金属的光，就像森林公园外东湖路上金光闪闪的跑车，它们正载着主人向郊外飞奔去过周末。

"我父亲本来想按天干地支甲乙丙丁之类为我们取名字，按中国的传统嘛，一个一个就像商代的皇帝，与我们长相的青铜感也很般配。但我母亲不同意，她年轻的时候，在南山山后华中科技大学某个教室外的法国梧桐树上，碰巧听了几节英语课。再说，天干地支才二十二个，我们又是二十六个亲兄弟，说不定，我们以后还可能成为出国比赛的金龟子拔河队。取英语名字好。男金龟子怎么可能说服女金龟子！这就是我们的名字的来历，总之比那些叫一、二、三、四、五之类的金龟子的名字好听。"是一位有一点唠叨的队长。阿水礼貌地点着头。他忽然想到妈妈与那三千个他还来不及全部认识的兄弟姐妹。如果妈妈有足够的时间给我们取名字，也用英语，大概只能"ABCD、ABCE……"这样循环下去，才能将我们区别开来吧。

"这也是我们在拔河的绳索旁边，排列的次序，我们就是按字母排列的。阿水大哥，我可以开诚布公地告诉你，拔河赛的秘诀,就是每一个金龟子,都能出现在他命中注定应该出现的位置上,然后朝向绳子的后方,撅着屁股,挤出全身的力气。"金龟子队长 A 继续介绍,阿水继续礼貌地点头。为什么他叫我大哥呢?可能是我脸上皱纹多,看起来比较显老吧。他们金龟子爱拔河,我们蜘蛛可能会组织一些织网比赛,看看谁织网比较快?

"说到拔河的绳索,对,我还要与你商量一下。我们一定会努力帮你将那个可怜的倒霉鬼黑黑救出来,周五下午本来就是我们为明天的比赛认真训练的时间,按你的办法去救人,也算是一个很好的 plan。作为报酬,你得给我们织一条拔河绳。之前我们用牛筋草、马唐草,或者狗尾巴草的草茎作绳子,都不太结实,在激烈的比赛中,常常由中间猛然断开,我好几个弟弟都将屁股摔裂了。说实话,我想求你已经很久了,只是不知道该怎么开口。"金龟子队长有一点不好意思,本来,帮助人是不应该讲条件的。

"没事,等一会儿我们本来就会多出很多蛛丝,再说,蛛丝在我肚子里,是吐不完的。"阿水用左边的第三只手拍拍肚子,他是一只善良的,也很慷慨的蜘蛛,所以他一下子交到二十六只金龟子朋友,不是没有道理的。

将金龟子们一一介绍给黑黑,背上的花纹有何特点,爱喝何种树汁之类,魔幻蘑菇如何可怕,又花了不少时间,不过这是值得的,如果我是金龟子 W,排名靠后,没有像 C 一样,被隆重介绍,我一定会在拔河绳旁边不小心睡着,阿水心里是这么想的。金龟子们介绍出场，一一鞠躬，然后回到树瘤后面的树枝上排队等候再次登场。他们的确是训练有素，很有冠军队的气场，哪怕是无人鼓掌的时候，他们表现得也很不错。

因为吃过松茸与松籽，黑黑看起来神采奕奕，在樟树叶伞的阴影下，激动得小脸通红，认真地听金龟子A队长的方案。简单地讲，队长将黑黑被蛛丝捆住的身体划分出十三个部分，每一部分的蛛丝都会整理成一个蛛丝束捆，每一个束捆都会有一前一后两个受力点，这样两只金龟子由相反的方向用力，就可以将这个束捆拉伸扩展，然后黑黑就可以手、脚、头、身体依次由蛛丝里挣脱出来了。

两只金龟子如何用力呢？他们会一前一后咬在我身上，口器中的门牙会硌到我的皮肤吗？二十六只金龟子贴在身上，我会像穿了铠甲？他们用力拉扯的时候，还会将汗水溅到我身上……黑黑两只眼睛里都是疑惑，但这些顾虑怎么好意思讲出来。

"我们不可能用嘴巴来咬蛛丝。在我们的拔河比赛里，用嘴咬拔河绳是犯规动作。阿水大哥你要将每一个束捆整理好，然后由受力点引出一条绳子，这样，我们每一位队员就可以飞到半空里，将蛛绳反牵在背甲上，向不同的方向用力。受力点不同，蛛绳的长短会不一样，队员们飞起来的角度不一样，使出的力气也不一样，这的确有一点难，但相信我们，我们是专业的！"队长的背甲金光闪闪，他很自信，只要是又专心又敬业的少年，脸上就会有这种自信的光彩。

一个完美的计划。Perfect！如果今天金龟子妈妈不是去隔壁枫树林里走亲戚，看望儿子们的姨妈们，而是前来履行她啦啦队队长的职责的话（队员就是姨妈们唉），她一定会用听课时学到的英语这样表扬。在金龟子队长Ａ的指点下，阿水开始整理束捆，并在用力点吐出蛛丝，反复牵绕，勾当成蛛绳：左手、右手、左肘、右肘、左胳膊、右胳膊、合并的大腿、小腿、脚、头部、胸部、腹部、臀部，十三个束捆，不多不少，二十六个用力点清清楚楚，二十六条引绳规规矩矩。现在万事俱备，只欠队长一声令下。金龟子队长盯着这些蛛丝引绳看，又羡慕，又喜欢，一眼不眨地一直盯着阿水勾完第二十六根，然后，他恋恋不舍地收起目光，嗡嗡振翼飞向树瘤，去召集他的了不起的拔河队的队员们！

金龟子Ｂ、Ｃ、Ｄ已经离开树瘤，在金龟子们脑内循环的《运动员进行曲》的音调里，小心翼翼地踏上蛛网的时候，黑黑忽然叫了暂停。"你们金龟子都是男生，对不对？"金龟子队长点点头，他的确是金龟子男子拔河队的队长。黑黑小脸更红了，她低声请求阿水，将她白色软帽、红色碎花连衣裙、白色短袜上的破洞补一补。这是完全有必要的，如果这些破洞没有得到处理，一会儿的救援行动里，可能会被拉扯得更大。虽然金龟子男生们都是正人君子，但说不定，小花仙的衣着破败，还是会困扰到这些少年啊。金龟子队长严肃地点点头，觉得黑黑的请求是完全必要的。所以阿水又花了三十分钟的时间,又耐心,又细致地替黑黑将衣服上的破洞缝结实。补衣服这种活,对任何一只蜘蛛,都是小菜一碟,不在话下。

现在,七点钟,黄昏已经来临。七点钟,人间的"新闻联播"开始的一刻,是白天的结束,也是夜晚的开始,那么,这一个时刻,到底是白天,还是晚上呢?阿水思考过,没有答案。他只知道,这时候的太阳,就像一个金蛋,正好镶嵌在湖边那个城市的楼房中间,一半在地下,一半在地上。城市里的灯光亮了,像星星,天上的星星亮了,像灯光。太阳的余光,新月的微明,灯光的投射,星星的闪烁,让这一个时刻的黄昏又静穆,又温柔,清凉而甜蜜。

我们的小树林里,树叶在微风里沙沙作响,一些花朵吸饱了阳光,闭合起来,另外一批喜欢暗夜的花,又吐露芬芳,一些植物即将入睡,一些植物反而清醒过来,鸟儿归巢歌唱,蟋蟀开始弹琴,青蛙在更远的湖沼里打鼓,猫头鹰们展翅飞向他们的岗位,空气里凝结出第一轮夜露,细碎如同芝麻粒,滋润着大树、灌木、野草、蘑菇们,发出夜晚清甜的气息。

二十六只金龟子排着整齐的队伍,在脑内重新循环的《运动员进行曲》里,走进阿水皱成一团的蛛网,按照队长的指挥,进入自己的位置。每一只金龟子用三对脚紧紧地捏着蛛绳,小心翼翼地避开嘴巴,将绳子背到背甲正中央,头朝向蛛网外的天空,屁股朝向小花仙黑黑。位于黑黑头部的金龟子队长一声令下，所有的金龟子，包括队长，都裂开背甲，扇动翅膀，像无人机一样冲向半空，将蛛绳绷成一条直线。他们的起飞动作，发生在同一秒，不，是同一微秒，整齐划一，如出一辙，就像人类"新闻联播"里，踢着正步通过天安门的仪仗队。

5. 如同鲸鱼游向大海

现在，阿水伏在树瘤上，不敢出声，细细地喘着气，紧张地盯着他的蛛网，蛛网上正在发生的奇迹。余晖丝丝缕缕返照进来，在幽暗的林木间，将蛛网、小花仙、腾飞的金龟子们照得晶莹透亮、纤微毕现。蛛网几经折叠，有一点像一条透明的独木舟，它唯一的乘客，小花仙黑黑，就被捆绑在独木舟的正中央，她现在闭着双眼，放松身体，乖乖地一动不动。阿水织出的蛛绳长短不一样，金龟子们振飞的方向也不一样，所以二十六只金龟子，看起来就像是二十六个纤夫，向不同的方向用力牵引着空中之舟，令它保持一种微妙的平衡，短暂地悬浮在幽明之中。二十六条蛛绳的荧光，二十六只金龟子背上的斑点，都看得清清楚楚。

金龟子们翕动翅膀，昂着头，收紧上下颚，一脸平静，汗珠正一点一点地在斑点中间凝聚起来。独木舟之上，是樟树的簇簇新叶，新叶之上，是星月交辉的夜空，独木舟的后面，是暮色渐浓的树林与隐隐南山，独木舟的前面，是公园之外的东湖彼岸，浪涛隐隐之上，浮动的灯火繁盛的城市，独木舟的下面，是正在长出新的松茸菌的草地，牛筋草绿得像翡翠一样。五六只萤火虫由树林深处飞出来，它们一边看热闹，一边给金龟子们掌灯。以前，阿水在深夜织网，它们也常来打照面，虽然彼此还是陌生脸。

金龟子队长Ａ可没有觉得自己像纤夫，我分明像一个指挥家！我指挥着拔河队的这些兄弟们，不是在拉纤，而是在演奏，不同的乐器，不同的曲调，高低起伏，分散开，又汇聚到一点。我在舞台的正中央，既是指挥家，又是第一小提琴手。队长有时候会跟随妈妈飞到后山的大学城里，金龟子妈妈当然是那种爱学英语、爱看电影、爱拍照、有很多彩色纱巾、有很多姨妈的好妈妈，也常常会带着孩子们伏在学校音乐厅的横梁上听交响乐。老实说，金龟子队长的很多拔河的心得，就是由交响乐里悟出来的。有时候金龟子队长还会想，如果妈妈不是将我们送进了拔河队，而是去上音乐的培优班，我们组织一个金属摇滚乐队，也会在这片树林里大名鼎鼎的。

对，我们的确是有一条拔河绳，但这条拔河绳，是由二十六条交织在一起的啊。以前我曾跟他们讲，要心往一块使，力往一块用，实际上，我并没有体会到，这二十六位兄弟也有自己的想法、自己的个性，表现在拔河上，有自己的特点，我应该努力理解这些不同，将它们重新组织起来，又统一，又各自发挥自己的特点，这样就可以产生出更大的合力。金龟子队长想到这些的时候热泪盈眶，他已经能够预计明天下午的比赛，与枫林晚金龟子拔河队的比赛，他们会表现得更好，他们会超过那个冠军队，也就是从前的自己。

　　金龟子队长激动的眼泪滑过脸颊，顺着挺起来的脖子，又流到背甲上，与一汪汪的汗水合在一起。他的队员们可没有哭，依然是一脸平静，每一个金龟子，现在都在自己的方向上，脖颈、六条腿，藏在背甲里的无数块肌肉，翅根的筋脉，将全身的这些力气完全焕发出来，就像甲壳虫的汽车，油门踩到了底，就像手机，音量、震动与亮光，都调到了最大值。他们的汗水也由背甲上流淌下来，像一场淅淅沥沥的小雨，落进蛛网下的草丛里，落到那些正在展开新伞的小蘑菇们头上。

　　当然也会有一些汗珠滴到黑黑的身上，可她没有办法嫌弃人家，因为在这个紧张的时刻，躺在蛛网独木舟中的小花仙黑黑，居然美美地睡着了。实在是挣扎得太久了，操心得太久了，好累，好困，眼皮好黏好重……一合上眼皮，黑黑就掉进了梦乡。她抓紧时间，很快便做了一个梦。这是一个梦中梦。她梦见在一片大海的中央，有一个小岛，小岛上春雨霏霏，雨滴温暖地洒在她的脸孔上。她也是戴着白色软帽，穿着红花花的连衣裙，穿着小红皮鞋，躺在一片玫瑰花丛里，她的身体被玫瑰花藤缠住了。她心里想，我真是太倒霉了，不是被蛛丝，就是被花藤纠缠着，我可能是花仙子们中间，最倒霉的那一个，我有招绳子的体质。不对，这是一个童话呀，难道我就是那个被玫瑰藤缠住的公主，在等一个王子来……很快她就听到玫瑰花丛外响起一阵整齐的脚步声,对,一阵,难道是来了一群王子吗?我猜,小花仙在梦境里想,可能来到的是一群樵夫,他们会用斧头来救出这个公主,也就是我。也有可能是一个乐队,他们会用美妙的音乐,让玫瑰藤们听得暖洋洋的,放松些,再放松些,公主,也就是我,就可以由玫瑰藤里摆脱出来了……黑黑在梦境里这么想的时候,她感觉到自己的身体也发生了变化,那些束缚住她的东西,让她梦魇一般不能动弹的东西,在变松,变软。在温暖的细雨里,她像一条蓝黑色的鲸鱼,轻轻地由无数线头线脑线圈线套的迷宫里滑出来,滑出玫瑰花丛,滑过沙滩,游向平静而宽阔的大海。

是一块布满绿藻的大海中的礁石?不,是草地上的一棵松茸菌让黑黑醒过来。阿水突出两只小眼睛,盯着那十三个线圈同时拉开,达到它们各自的最大值,好像有一个瞬间,在二十六只金龟子的努力下,整个树林里的时间都停滞下来,就是在这个停滞的、无限长又无限短的一刻,迷宫将黑黑"啵"地吐了出来,黑黑由阿水的蛛网上轻轻地滑落,像一片绯红色的樱花花瓣,悠然落下,降落在一片新鲜的松茸的伞盖上。伞盖又肥又厚,轻轻一弹,堪堪将小花仙托在掌心里。黑黑喜悦地睁开了眼睛,阿水却蹲在树瘤上悄悄抹去了一小颗眼泪。这是他来到这片树林里,第二次流眼泪。第一次是被风吹来的时候,他一个孤儿,在孤单而漆黑的世界里号啕大哭,用哭出的泪水洗了一个澡,这个场景,我们这些树都没有忘记。

现在二十六只金龟子欢呼着，扔掉背上的纤绳，由半空里俯冲下来，在黑黑与托住她的松茸菌旁边围成了一个圈，来庆祝小花仙的脱险。黑黑下意识地看了一下自己的裙子与袜子，幸亏刚才阿水缝好了破洞，不然现在会多么难为情啊。金龟子队长Ａ还沉浸在指挥交响乐的狂喜里，他满脑子都是新的训练计划在冒泡泡。他催促队员们，赶紧集合出发，去他们的训练营里好好训练，因为明天下午就会有新的比赛，这一次，我们一定要赢得比冠军更像冠军。金龟子们高高兴兴地重新飞上半空，排成一条Ｓ形的曲线，飞向他们的训练营地，准备吸一点高能量的树汁之后，继续摸黑练习。金龟子队长飞在队尾，回头对阿水说："阿水大哥，别忘了你给我们的承诺！"对黑黑说："再见，祝你旅途愉快！"

阿水在树枝上，已经整理好了折叠起来、又挂上了二十六条蛛绳的蛛网，将它用肚皮压实成为一条蛛丝，缠绕在树瘤上。现在该回树洞里小睡一会儿，等月亮半圆，升到夜空的正中央，再来旁边写着"欢迎"两个字的新网上吃饭，然后将这条粗蛛绳编好，我的漫长的一天就结束了。回树洞之前，还是应向这个小花仙告个别，不是吗？蜘蛛阿水侧起身体，准备向树下的黑黑挥动他右侧的第一、二、三、四只手，学着金龟子队长说："再见，祝你旅途愉快。"可是转念一想，天已经黑了，她一个女生，能走夜路吗？安全吗？遇到猫头鹰、黄鼠狼、赤练蛇们，怎么办？我的网给她添了麻烦，我可能还要负责到底。

"我的树洞离这里不太远，要不你先住一个晚上，明天早上太阳升起来的时候再赶路？"阿水鼓起勇气说，就是被她拒绝也没什么啊，但真正交朋友，就应该主动些，不是吗？比如刚才找金龟子队长求援的时候。

"问题是，我还不知道我自己是谁，我由哪里来，我又要往哪里赶路？你的蛛网可能有一种特殊的功能，就是清洗掉记忆。"黑黑坐在松茸菌上，仰起脸来说，她已整理好了自己的白色软帽和帽子外面柠檬黄的头发。

阿水在吃蚊子时，它们都已经死掉了，身体是温凉的，并不知道这些蚊子在垂死挣扎之前，是否在蛛网上失掉了生前漫游与吸血的记忆。也许这个黑黑是吓坏了，被惊吓之后，一时记不起来自己的名字、来路与去路，也是常有的。明天早上，一觉醒来，她就会是一尾活龙，弄明白一切。这是一只聪明的小花仙，业已经过了证明。

"今天晚上的月亮也不够圆，掌灯的萤火虫也不够多，早晨又凉快，又干净，林中的道路被阳光照得清清楚楚，我帮你准备一个有蘑菇与松籽的包裹，你就可以挎着出发了。"阿水并不是一只热心的蜘蛛，所以说出这些话的时候，他自己都觉得有点惊讶。

"好吧，只是我从来没有想过，会去一只蜘蛛家里做客，要是同伴们知道，她们一定会吓得惊叫的。"一群小花仙尖叫会是什么样子，不知道唉。黑黑点点头，同意了阿水的邀请。

"我下来将你扶到树枝上来吧！"阿水说。主人的确是盛情的，诚心诚意的。

"不用，我也是会飞的呀！"黑黑伸手到背后捋捋她翡翠色的翅膀，有五六处细微的破洞，但不太会影响飞行吧，鸟儿们弄掉了几根羽毛，一样可以继续往前飞。

在蟋蟀们刚刚鼓起的琴声里，在被晚风拂动的我们这些树木温柔的注目下，在星月的微光里，在白花簇簇的蛇床子与红果点点的接骨木旁，小花仙黑黑翕动翅膀，由菇伞上飞起来。她的翅膀像蛱蝶一样开合，小心翼翼地避开阿水的"欢迎"新网，上升到老樟树的树枝，微微俯冲两步，停到黢黑树瘤之上，走向今天晚间，她旅店的主人，阿水先生的身边。

2022 年 7 月 30 日，武汉

图书在版编目（CIP）数据

团圆酒 / 舒飞廉著. -- 上海：上海文艺出版社，2025

ISBN 978-7-5321-8969-4

Ⅰ.①团… Ⅱ.①舒… Ⅲ.①中篇小说－小说集－中国－当代 Ⅳ.①I247.5

中国国家版本馆CIP数据核字(2024)第048143号

发 行 人：毕　胜
策 划 人：李伟长
责任编辑：胡曦露
封面设计：钱　祯
插画设计：李启龙

书　　名：团圆酒
作　　者：舒飞廉
出　　版：上海世纪出版集团　上海文艺出版社
地　　址：上海市闵行区号景路159弄A座2楼　201101
发　　行：上海文艺出版社发行中心
　　　　　上海市闵行区号景路159弄A座2楼206室　201101　www.ewen.co
印　　刷：上海盛通时代印刷有限公司
开　　本：889×1194　1/32
印　　张：9
插　　页：2
字　　数：172,000
印　　次：2025年2月第1版　2025年2月第1次印刷
I S B N：978-7-5321-8969-4/I.7063
定　　价：68.00元
告 读 者：如发现本书有质量问题请与印刷厂质量科联系　T:021-37910000